인간 표본

NINGEN HYOHON
© Kanae Minato 2023

First published in Japan in 2023 by KADOKAWA CORPORATION, Tokyo.
Korean translation rights arranged with KADOKAWA CORPORATION, Tokyo
through JM Contents Agency Co.

이 책의 한국어판 저작권은 JMCA를 통한 저작권자와의 독점계약으로 교보문고에 있습니다.
저작권법에 의하여 한국 내에서 보호를 받는 저작물이므로 무단전재와 무단복제를 금합니다.

인간 표본
미나토 가나에

人間標本

김선영 옮김

차례

『인간 표본』 사카키 시로　7

SNS 발췌　153

여름방학 자유 탐구 「인간 표본」
2학년 B반 13번 사카키 이타루　181

독방에서　243

면회실에서　295

분석 결과　343

옮긴이의 말　346

주요 참고문헌　351

『인간 표본』

사카키 시로

표본 제작에 이르게 된 경위 메모

나비만큼 숭고한 생물은 없다.

내 안에 그런 생각이 싹튼 것은 화가인 아버지가 아틀리에가 필요해서가 아니라 세상과 연을 끊을 목적으로 사람 그림자라고는 좀처럼 찾아보기 힘든 산속에 가족을 데리고 이주했을 때일까.

초등학교 입학 전이었던 나는 어머니처럼 그 전의 환경을 그리워하며 한탄하지는 않았다. 날마다 하얀 눈으로 뒤덮여 가는 창밖을 바라보며 지루하다고 생각한 적은 있었지만 뒷산에 봄이 찾아오고 그해 첫 나비를 발견한 뒤로는 완전히 달라졌다.

나비를 처음 보는 건 아니었다. 이사 오기 전에 다녔던 유치원 앞마당과 근처 공원에서는 배추흰나비나 호랑나비가 계절마다 피는 꽃들 사이로 너울거렸다.

그런 나비들에게 다가가 손을 뻗으려 하면 유치원 선생님도 어머니도 불쌍하니까 그러지 말라고 넌지시 타일렀다.

인간 세상에 잘못 들어온 가여운 존재. 나비는 멀리서 바라보아야 하는 것. 그것으로 만족할 만큼 얌전한 아이가 아니었던 나는 그런 시시한 관찰보다 그네를 높이 탈 수 있는 방법에 더 관심을 갖게 되었다.

하지만 뒷산은 달랐다. 그곳은 나비가 넘쳐났다. 그들의 세상에 잘못 들어간 것은 나였으니 가엾다는 감정은 조금도 들지 않았다.

나비를 만져보고 싶다. 얼굴을 들이대고 가까이서 보고 싶다.

어머니에게 조심스레 털어놓자 이번에는 가엾다고 하지 않았다.

"엄마도 애플파이라도 구워볼까 하던 참이었어."

그렇게 말하더니 나를 차에 태워 산기슭에 있는 슈퍼로 가서 제과 도구와 함께 잠자리채와 채집통을 사주었다. 요컨대 이곳에서 가여운 대상이 된 나의 지루함을 달랠 장난감을 사주어야겠다고 생각한 것이다.

그렇지만 나는 스스로가 가엾기는커녕 보물을 손에 넣은 기분이었다. 여의봉을 휘두르는 손오공처럼 잠자리채를 휘두르며 나비 무리 속으로 뛰어들었다.

나비에게 에워싸여, 낯선 세계로 끌려가지 않으려고 잠

자리채를 휘두르며, 사로잡은 나비를 통에 넣어 소유물로 삼았다.

어제보다 한 마리라도 더 많이. 모험 소설 속 용사가 된 기분으로. 그리고 꿈에서 깨어나듯 날이 밝으면 이야기는 리셋된다.

하루 종일 잡아들인 채집통 속의 나비들은 이튿날 아침에는 죽어 있었다.

통이 꽉 차지 않도록 숫자를 줄이거나 꽃과 풀을 함께 넣어주는 등 오래 살아남도록 아무리 애를 써봐도, 새 책가방을 메고 산기슭에 있는 학교에서 버스를 타고 집 근처 정류장에 내려 아이 걸음으로 또 30분은 걸어서 돌아올 즈음에는 함께 넣어둔 꽃이 시든 것처럼 아름다운 날개도 생기를 잃고 빛이 바래 보였다.

"살아 있을 때 풀어주렴. 불쌍하잖니."

보다 못한 어머니의 그런 한마디에 마음속으로는 거부감이 들었지만 그보다 좋은 방법을 찾아내지 못하고 무력감에 사로잡혀 채집통을 들고 마당으로 나갔다. 덮개를 열고 가장 싱그러워 보이는 풀꽃 옆에 내려놓고 집 안으로 뛰어 들어갔다.

밤이슬이 나비를 아름다운 모습으로 되살려 줄 것이다.

그런 상상을 하면서.

그런 기도가 하늘에 닿았는지 이튿날 통 안은 텅 비어 있을 때가 많았지만, 때때로 죽어 있기도 했다. 내가 죽이고 만 생명.

죄책감은 조금 들었지만 집 안에서 죽은 나비는 부엌 쓰레기통에 버려도 아무렇지 않았는데, 밤의 의식으로도 되살아나지 못한 나비들은 꼭 흙으로 돌려 보내줘야 한다는 생각이 들었다.

미모사 나무뿌리 밑을 나비들의 묘지로 선택한 이유는 처음 땅에 묻은 배추흰나비에게 가련한 자태의 노란 꽃이 어울린다고 생각했기 때문일까? 자그마한 꽃들이 줄지어 있는 모습이 무리 지어 날아가는 나비처럼 보여서, 이 나무 아래라면 쓸쓸하지 않을 거라고.

어린애였던 나는 한번 묻은 자리를 또 파지 않도록 표식으로, 아니, 비석처럼 유리구슬을 하나씩 남겨두었다. 이사 온 지 얼마 되지 않았을 때 산기슭 마을도 구경할 겸 어머니가 데려가 주신 신사 축제에서 뽑은, 참가상이나 다름없는 경품이었지만 그 시절 내가 가진 것들 중 가장 아름다운 물건으로, 나비의 생명을 대신해 하나씩 내놓는 기분이었다.

그것을 어머니는 오싹한 악마 의식처럼 여겼던 걸까. 그 무렵에 나온 서양 호러 영화에 비슷한 장면이 있었던 것도 같지만…… 어쩌면 어머니라 불리는 사람들만 갖는 육감으로 어린아이 등 뒤로 40여 년 후 아들의 모습을 보았는지도 모른다.

사과 한 알도 겨우 들어갈 작은 노란색 망에 들어 있던 유리구슬을 채 절반도 쓰기 전에 어머니는 무덤을 만들지 못하게 했다. 거스르면 나비 채집까지 못 하게 할 기세라 마지못해 수긍하고 비바람에 지저분해진 유리구슬을 도로 가져왔고, 대신 산수국 꽃잎을 뿌려두었다.

죽은 나비들이 유리구슬보다 그걸 더 기뻐할 것 같다고 생각한 것은 마음의 죄를 덜고 싶기 때문이었을까? 그렇다, 모든 것은 내 이기심에서 비롯된 행위. 하지만 그 후 나비 채집에서는 어떤 감흥도 찾을 수 없었다. 내게는 나비 채집부터 매장까지가 일련의 흐름이 되어 있었기 때문이다.

도움의 손길을 내밀어 준 것은 아버지였다.

이사 오기 전이나 후나 하루의 태반을 아틀리에에서 보내는 아버지와 대화할 기회는 저녁 식사 때뿐이었다. 초등학교에 들어간 뒤로는 주로 학교 수업이 화제였는데, 아버지는 새로 배운 한자나 계산식처럼 아무래도 좋을 일들을,

다른 아이들보다 배우는 게 뒤처진다 해도 아무렇지 않다는 태도로 듣고 있었다.

미술과 공작 수업에 대해 이야기한 적은 없다.

기술을 먼저 배우면 그럭저럭 괜찮은 그림을 그릴 수는 있어도 무에서 유를 창조하는 상상력은 잃게 된다.

아버지는 그런 말로 어렸을 때부터 크레용 쥐는 법 하나 가르쳐주려 하지 않았고 유치원이나 학교에서 그린 그림을 봐도 열심히 했네, 라는 무심한 반응뿐이었다.

나 역시 그림 실력이 뛰어나다고 생각한 적은 없었으므로 아들에게 재능이 없다는 사실을 꿰뚫어 본 아버지가 그래도 다정하게 대하려고 애쓰는 거라고 믿으며 체념에 젖어 있었는지도 모른다.

그래서 저녁 식사 중에 아버지가 갑자기 나비 말인데, 하고 말을 꺼냈을 때는 가슴이 철렁했다. 네가 싫지 않다면, 이라는 뒷말에 숨이 멎을 뻔했다. 잡은 나비를 그 자리에서 그림으로 그리고 바로 놓아주라고 할 것 같았기 때문이다.

내가 그린 나비는, 나방과 분간이 갈지 의심스러울 정도다.

하지만 아버지의 제안은 전혀 예상하지 못한 내용이

었다.

"표본을 만들어보지 않겠니?"

아버지의 미소는 낯설지 않았지만 그렇게 들뜬 표정은 처음이었다. 반대로 어머니의 얼굴은 딱딱하게 굳었다.

"당신, 그런……."

어머니가 도중에 말을 멈춘 것은 아버지가 한 손을 들어 막았기 때문이다.

나는 어머니의 표정이 의미하는 바를 이해하지 못했다. 단순히 표본을 만드는 작업이 아이에게는 위험할 수도 있겠다는 정도로만 해석했다. 처음 카레 만드는 것을 돕겠다고 했을 때와 똑같은 반응이라고.

나는 처음 식칼을 썼을 때도 손을 베지 않았고, 어머니도 내 실력을 보고 환하게 웃었다. 손재주가 좋다고 칭찬도 받았다. 그래서 힘차게 대답했다.

"나, 만들고 싶어!"

어머니가 당장이라도 울음을 터뜨릴 듯한 표정을 감추려고 주방으로 달려간 의미를 알게 된 것은 아버지가 돌아가신 다음이었다. 아니, 어쩌면 이때도 어머니는 아들의 미래를 보았던 건지도 모른다.

어머니가 지금도 살아계신다면 그때 왜 강하게 반대하지

않았는지 후회했을 게 틀림없다.

아버지는 다음 주말에 도구를 사러 가자며 내게 새끼손가락을 내밀었다. 새끼손가락을 감은 순간, 형편없는 그림 실력에 대한 걱정은 사라졌다. 다음 주말까지 기다릴 필요 없이 내일부터 여름방학이 시작된다는 것도.

도구를 사러 갈 때까지는 채집도 중단하고 학교 도서실에서 빌려온 나비 도감으로 집 주변 산에 서식할 만한 나비를 조사했다. 의태와 독성, 암컷과 수컷의 차이 등, 나비에 대한 지식이 깊어질수록 그저 겉모습만 아름다운 줄 알았던 나비에게 애정을 품게 되었다.

거창했던 약속 의식에 비해 쇼핑은 허망하게 끝났다.

아버지가 미술 재료를 사는 도쿄의 전문점 같은 가게에 데려가 줄 거라 믿고 아침부터 양말까지 신고 현관에서 기다리고 있었는데, 물감 묻은 셔츠에 면바지를 무릎 아래까지 걷어 올린 아버지가 맨발로 아틀리에에서 나왔다. 목에 지저분한 수건을 감은 채로. 가방도 없었다.

그 모습 그대로 낡은 경차를 타고 도착한 곳은 내가 다니는 초등학교 정문 맞은편에 있는 문방구였다. 삼각자도 서예 도구도 실내화도, 학교에서 필요한 물건은 전부 파는, 동네에서는 '대형'이라 불리는 가게였지만 표본 제작 도구까지 팔 것 같지는 않았다.

하지만 그 상자는 가장 눈에 띄는 입구 근처 코너에 있었다. '여름방학 숙제'라고 매직으로 쓴 하늘색 도화지가 붙어 있는 테이블에 지점토나 새장 만들기 목공 세트, 인형 만들기 수예 세트가 수북했는데, 그보다 조금 야트막하게 쌓여 있는 게 '곤충채집 세트' 상자였다.

상자에는 장수풍뎅이, 사슴벌레, 그리고 호랑나비 사진이 큼직하게 인쇄되어 있었다.

아버지는 상자를 하나 집어 계산대로 가져가 바지 주머니에서 천 엔짜리 지폐를 내고 500엔짜리 동전을 하나 돌려받았다. 그 정도 금액이라면 내 저금통에도 충분히 들어 있었다.

마음만 먹으면, 누구나, 어른의 도움 없이도, 할 수 있는 일이었다.

일상과 동떨어진 세계에 발을 들여놓는다는 사실에 흥분했는데, 그 도구는 매일 다니는 초등학교 앞 가게에서 싼값에 살 수 있었다.

돌멩이라도 걷어차고 싶은 기분이었던 나는 그때는 아직 깨닫지 못했다.

거기에서 내 미래의 문이 열렸다는 사실을.

열지 말았어야 할 문이…….

집에 돌아와 바로 곤충채집 상자를 열어보고 싶었지만 아버지는 차에서 내려도 집으로 들어가려 하지 않았다.

"당장 나비를 잡으러 가자."

아버지의 해맑은 웃음에 할 말을 잃었다. 표본 제작만 도와주는 게 아니고 채집도 같이 해주는 건가? 아버지에 대한 기억은 산속으로 이사 오기 전부터 늘 아틀리에에 처박혀서 캔버스를 바라보는 뒷모습뿐이었고, 아이라는 존재에는 통 관심이 없는 것 같았는데.

집에는 잠자리채도 통도 내 것밖에 없었지만 우리는 함께 뒷산 깊숙이 들어갔다. 그렇지만 아버지는 잠자리채를 손에 들고 여기저기 뛰어다니지는 않았다.

"평소 하던 대로 해보렴."

그렇게 말하더니 몇 미터 떨어진 나무 그늘 밑에 서는 것이었다. 나비도 더 잘 잡는 사람이 있다고 생각했다면 평소대로 하지 못했을지도 모른다. 하지만 늘 혼자서 나비를 쫓았던 나는 그런 생각조차 없었다.

시야에 나비가 들어온 순간 잠자리채를 홀쩍 휘두른다. 두 번 휘둘러 세 마리를 잡았다.

잡은 나비를 채집통에 넣어 아버지에게 가져가자 놀란

듯 눈을 휘둥그레 뜨더니 곧바로 환하게 웃었다.

"나비 채집 전문가로구나."

그렇게 기뻤던 적이 또 있었을까? 나는 쑥스러움을 감추려고 채집통 속을 들여다보며 나비 종류를 말했다.

"호랑나비가 두 마리, 이쪽은……."

"청띠제비나비로구나. 아버지가 어렸을 때는 도쿄 집 근처에서도 많이 날아다녔는데, 설마 다시 보게 될 줄이야. 속세를 등진 삶도 나쁘지 않네. 좋아, 빨리 표본을 만들어보자."

속세를 등졌다는 말이 마음에 걸렸지만 즐거운 분위기를 깨고 싶지 않았다.

아틀리에에는 아버지만 출입할 수 있었다. 나는 "저녁 드시러 오세요"라는 말을 전하기 위해 문을 두드리고 몇 센티미터 여는 게 고작이었는데, 마치 그런 규칙은 없다는 듯이 아버지는 나를 아틀리에 안으로 데려갔다.

구석에 책상이 있었다. 아버지는 나를 책상 앞 의자에 앉히고 자기는 근처에 있던 나무상자 같은 물건을 끌어와 걸터앉았다.

드디어 곤충채집 상자를 연다. 조금 떨리기는 했지만 새 물감 세트를 여는 것과 그리 다르지 않았다. 하지만 상자를 연 순간, 나는 숨을 삼켰다.

주사기가 들어 있었다. 장난감이 아니라 예방접종을 맞을 때 보았던 것과 거의 똑같은, 진짜가. 그리고 돋보기, 핀셋, 곤충 핀, 그리고…….

빨간 병과 파란 병. 라벨은 없다. 상자에 설명서도 없고, 뚜껑 위에 인쇄된 '안전하게 사용합시다'라는 경고문이라고도 부를 수 없는 짧은 문장이 전부였다.

"빨간 게 살충제, 파란 게 방부제야."

옆에서 아버지가 설명해 주었다.

"아빠도 써봤어?"

"그럼. 옛날에는 동네 구멍가게에서 팔았거든."

문방구가 아니라 훨씬 가까운 생활권에서 팔았다니. 요즘 아이들은 어른이 가르쳐주지 않으면 사용법을 모르지만, 옛날에는 아이들끼리 가지고 놀 수 있었던 것. 아버지의 어린 시절 에피소드가 궁금했지만 그보다도 눈앞에 있는 물건에 대한 흥미가 더 컸다.

빨간 병은 살충제. 그러니까 독약. 그것을 주사기로 나비에게 주입한다. 암흑 조직의 박사라도 된 기분이었다. 실제로는 그렇지 않았지만 이날을 회상할 때면 아버지와 나는 백의를 입은 모습으로 떠오른다.

아버지는 시범을 보여주겠다면서도 새로 사 온 도구를 내가 먼저 써볼 수 있도록 동시에 해보자고 했다.

두 날개를 가지런히 포개어 한 손으로 잡은 호랑나비를 채집통에서 꺼내, 다른 손으로…… 나비의 배를 살짝 짓눌렀다.

"어……."

독약은 빨리 놓아보고 싶었지만 손으로 짓누르는 것에는 거부감이 들었다.

"학부모회 잔소리가 심해서 옛날보다는 약도 묽어졌을 테니까 먼저 가사 상태로 만들어두는 게 나비도 편하게 죽을 수 있을 거야. 게다가 표본으로 만들 거면 채집통에 넣지 말고 잡아서 바로 배를 누른 다음 약봉지로 감싸두는 편이 날개를 생생하게 보존할 수 있어. 기왕 표본으로 만드는 거니 가장 아름다운 모습으로 남겨둬야 나비에게도 미안하지 않지."

그 말을 듣고 손에 든 나비를 보니 잡은 직후보다 날개가 색채를 잃은 것처럼 느껴졌다. 살짝 누르기만 하면 된다. 나비의 배를 붙잡아, 눈을 한 번 깜빡할 정도의 속도와 힘으로 손끝을 움직였다. 다행히 체액이나 내장 같은 건 나오지 않아 안도의 한숨을 쉬었다. 아버지는 가사 상태라고 했지만 내 눈에는 나비가 이미 죽은 것처럼 보였다. 하지만 주사는 놓고 싶다.

책상에 펼친 화장지 위에 나비를 살며시 내려놓고 빨간 병의 뚜껑을 열었다. 주삿바늘을 넣어 천천히 피스톤을 잡아당겼다. 빨려 올라오는 액체는 빨간색이 아니라 투명했다.

왼손으로 나비를 잡고 여기? 하고 몇 번이나 아버지에게 물어보며 짓누른 배 위쪽, 나비의 가슴 언저리에 오른손으로 쥔 주사기 바늘을 찔러 넣었다.

오싹, 가슴이 떨렸다. 아버지가 배를 짓누른 나비에게도 내가 주사를 놓았다.

이어서 파란 병을 열어 두 마리에게 연속으로 방부제 주사를 놓았다. 파란 병에 든 액체도 투명했다. 썩지 않도록 만드는 약물인데 어째선지 이걸 주입하면 나비가 되살아나는 게 아닐까 상상하고 말았다.

아버지는 그렇게 처리한 나비 한 마리를 집어 들더니 다른 손에 쥐고 있던 가위로…… 몸통 아래쪽 절반을 잘라냈다.

나는 외마디 소리조차 지르지 못하고 숨을 삼켰다.

"방부제도 효과가 미심쩍으니까. 몸통에는 수분이 많아

서 이렇게 잘라내야 곰팡이가 피거나 썩지 않아."

요컨대 주사는 연출이라는 뜻이다. 약제도 물이나 다름없을지도 모른다. 곤충채집 세트를 사지 않아도 표본은 만들 수 있다. 아버지는 자기가 어렸을 때 느꼈던 고양감을 내게도 맛보게 해주고 싶었던 걸까?

그것이 지적 호기심이 아니라 엽기적 취향의 씨앗이 될 줄은 상상도 못 하고. 아니, 아니다. 아버지는 내게 위탁하려 했던 것이다. 그가 억눌러 온 욕망을.

가위로 자르는 건 손으로 짓누르는 것보다 쉬웠다. 자를 때 나비의 몸통에서 느껴지는 저항은 가위를 타고 손에 느껴질 만큼 크지 않았다.

아버지는 책상 위에 목제 화판을 내려놓았다. 같은 화판에서 내가 작업할 수 있도록 오른쪽 위에 나비를 내려놓고 짧아진 몸통 한가운데에 곤충 핀을 꾹 꽂아 판에 고정했다.

한쪽 날개를 펼쳐서 화장지로 살살 눌러가며 곤충 핀으로 모양을 잡아 고정한다. 다른 쪽 날개도 똑같이.

"큰 동네 화방에 가면 날개를 누를 때 쓰는 필름도 팔지만 화장지면 충분해. 셀로판지나 미농지로도 해봤지만 통기성이 나쁘면 곰팡이가 피거든. 뭐, 압화 같은 거야."

압화를 만들어본 적은 없지만 나비의 날개와 꽃잎 사이에 공통점을 느꼈다.

"이걸로 완성이다. 이제 일주일쯤 바람이 잘 드는 곳에서 말린 다음 상자에 넣어 장식하면 돼. 예쁜 접시를 담아두는 상자 있지? 안쪽에 헝겊이 붙어 있는 나무상자 말이야. 엄마에게 부탁해서 하나 비워달라고 하렴. 표본 때문에 그러는 게 아니라 여름방학 숙제 때문이라고 해라. 일등상을 받고 싶다고 말이야."

이 교섭은 나중에 결렬된다.

나는 아버지처럼 곤충 핀으로 나비를 고정하고 날개를 펼쳤다. 아버지가 할 때는 쉬워 보였는데 손끝이 계획에서 몇 밀리미터만 어긋나도 날개가 부서지거나 꺾일 것 같아 숨을 참고 해야 했다.

"잘하네. 양쪽 날개의 각도도 좋아."

아버지는 마냥 칭찬해 주었다. 나는 신나서 채집통에 남아 있던 청띠제비나비를 아버지의 조언도 구하지 않고 처리했다. 배를 짓누르는 것도, 주사를 놓는 것도, 몸통을 잘라내는 것도, 곤충 핀을 꽂는 것도, 전혀 거부감이 들지 않았다. 날개를 펼치는 작업도 처음에 들인 시간의 절반 정도로 끝낼 수 있었다.

아버지는 나비 세 마리를 고정한 화판을 책상 위에 내려놓고 가까운 창문의 커튼을 닫았다. 직사광선을 막기 위함이다. 조금 어두워진 아틀리에에서 나는 곤충채집 상자를 정리하기 시작했다. 병뚜껑을 단단히 닫아 상자에 넣었다. 주사기도 바늘 끝까지 화장지로 닦고 마개를 끼워 원래 자리에 돌려놓았다.

아틀리에 반대편 구석에 있는 휴지통으로 가려다가 미완성 그림 앞에서 걸음을 멈추었다. 어머니와 비슷한 나이대의 여성을 그린 초상화였다. 배우처럼 화려하고 아름다운 사람이었다. 나는 한참 그 얼굴에 눈길을 빼앗겼다. 어지간히 넋 나간 표정을 짓고 있었는지 아버지가 웃으며 곁으로 다가왔다.

"미인이지? 내 예술대학 동창생이야. 같이 유채화를 전공했지."

그 말을 듣자마자 아버지가 옛날에 이 사람을 좋아했던 게 아닐까 하는 생각이 들었다.

"왜 이 사람을 그리는 거예요?"

조금 짓궂은 마음으로 물었다. 첫사랑을 떠올리며 그리는 거라고 넘겨짚으며. 그래서 아틀리에에 들어오지 못하게 했던 거라고.

"부탁받았거든. 졸업하고 거의 15년 만에 연락을 받았어. 심각한 병에 걸려서 지금 모습을 형태로 남겨두고 싶다고. 자기도 화가지만 인물은 그리지 않거든."

그런 사정이었구나. 이해는 됐지만 그런 목적이라면 그림보다 사진이 더 선명한 모습을 남길 수 있지 않을까 하는 생각도 들었다. 말로 하지 않아도 아이의 그런 단순한 생각을 아버지는 꿰뚫어 보았다.

아버지는 방금 전까지 표본을 만들었던 책상으로 가서 서랍을 열고 사진 한 장을 꺼내 그림 앞으로 돌아왔다. 사진을 내 앞에 말없이 내민다. 사진에는 그림과 똑같은 여성의 얼굴이 있었지만 뺨은 그림처럼 장밋빛이 아니었고, 미소도 억지로 짓고 있는 것처럼 보였다.

"인간도 가장 아름다운 순간에 표본으로 만들 수 있다면 좋을 텐데."

잘못 들은 게 아닐까 의심하면서 아버지를 쳐다보았지만, 아버지의 시선은 그림만 향하고 있었다.

인간 표본…….

아버지가 바로 지금 나비에게 한 작업을, 내가 당하고 있는 모습이 머릿속에 펼쳐졌다. 작업하고 있는 사람은, 아버지다.

아버지가 아름다운 친구를 그리고 있는 장소에 낡은 진찰대(나이 많은 내과 의사가 운영하는 산기슭 개인 병원에 있는, 목제 받침대에 낡은 옷핀으로 고정한 진녹색 비닐 가장자리에 손톱으로 찢은 듯한 구멍이 나 있고 그 사이로 주황색 스펀지가 보이는)가 놓여 있고, 내가 알몸으로 팔다리를 대자로 뻗은 채 반듯하게 누워 있다.

두 손으로 가슴을 짓누르고, 왼팔에 주삿바늘을 찔러 넣어……. 주사 놓는 자리가 나비와 다른 것은 내가 병원에서 경험한 일이 떠올라, 아팠던 기억이 상상이라는 필터를 찢고 튀어나왔기 때문이리라.

경험은 상상을 능가한다.

최고의 스테이크 맛을 상상할 때 대부분의 사람들은 자기가 그때까지 먹어본 고기의 맛을 기준으로 상상한다. 하지만 상상을 백번 반복해도 실제로 먹어보기 전까지는 진짜 맛을 모른다.

상상 속에서 나는 주사를 맞은 후에도 의식이 있어 눈을 뜨고 있었다. 아틀리에 안을 하늘하늘 날아다니는 나비처럼 그 모습을 위에서 바라보고 있었는데, 아버지가 이어서 손에 든 물건을 본 순간 전율하며 시점이 내 본체 속으로 빨려 들어갔다.

가위가 아니라, 도끼였다. 산속 집은 아버지가 지은 게 아니라 외국인이 쓰던 별장을 구입한 것으로 널찍한 거실에 진짜 난로가 있었다. 평소 사용하는 일은 없지만 크리스마스에 어머니 친구네 가족이 놀러 왔을 때만 난로 위 장식 선반에 예쁜 접시를 늘어놓고 불을 지폈다.

장작용 도끼는 불을 지피는 날 외에는 창고가 아니라 난로 안에 놓여 있었다.

내게는 특별한 흉기가 아니라 이국적인 인테리어의 일부 같은 것. 바야흐로 지금 아버지가 그것을 내게 휘두르려 하고 있다.

상상만 한 게 아니라 실제로 눈까지 질끈 감았다 떴는데, 아버지의 목소리를 듣고 나서야 겨우 머릿속 광경이 사라졌다.

"뭐, 그럴 수가 없으니 화가가 된 거지만. 게다가 악질적인 기자들이 악평만 잔뜩 퍼뜨렸어."

아버지는 그렇게 말하더니 내 쪽으로 고개를 돌리고 쓴웃음을 지었다.

표본을 만들어서는 안 되니까 그림을 그린다. 전혀 다른 줄 알았던 두 가지 작업이 하나로 연결된 것은 그때였다고 할 수 있다.

다음 날도, 또 그다음 날도, 나는 나비를 잡아 와 표본으로 만들었다.

남방제비나비, 긴꼬리제비나비, 남방남색꼬리부전나비, 작은녹색부전나비, 희귀한 기생나비도 잠자리채 속으로 날아들었다. 처음에는 잡은 나비를 모조리 표본으로 만들었지만 흥분에 들뜬 마음도 서서히 잦아들어 이미 표본으로 만든 종은 그 자리에서 놓아주기로 했다.

단순히 표본만 만드는 게 아니라 나비의 생태도 조사해서 여름방학 자유 탐구 숙제로 제출하기로 했다. 다른 아이들은 아무도 모르는 지식을 기록하고 싶다. 학교 도서실에 있는 책은 누군가 이미 읽었을지도 모른다. 그런 생각에 어머니에게 마을 도서관에 데려가 달라고 부탁했다. 독서 감상문을 쓰기 위해서라고. 아버지의 조언을 떠올리며.

표본 제작에 대해 어머니가 잔소리하는 일은 없었지만 탐탁지 않게 여기는 것은 알 수 있었다.

그 증거로 차 안에서 접시 상자를 하나 달라고 부탁하자 대뜸 안 된다고 했다.

"크리스마스용 접시니까 전부 상자가 필요해. 나비를 넣다니 말도 안 되는 소리. 그런 건 비누 상자에 넣으면 되잖니."

표본을 담을 거라고 말하지는 않았다. 하지만 그렇게까지 말씀하시니 다른 숙제 때문에 그런다고 거짓말을 해봤자 소용없으리라. 나무 상자는 포기했다.

도서관에서 아동용 자유 탐구 도서를 보니 상자에 면포를 깔고 표본을 넣은 다음 투명한 셀로판지로 덮으면 된다고 적혀 있었다. 셀로판지 정도는 돌아가는 길에 사줄 것도 같았지만 부탁하지는 않았다.

밤, 아틀리에로 향하는 아버지를 따라가서 수채화 캔버스를 하나 달라고 쭈뼛쭈뼛 고개 숙여 부탁했다.

표본 제작을 통해 우리 사이는 눈에 띄게 가까워졌고 다른 대화도 긴장하지 않고 나누게 되었지만, 그림에 관한 이야기를 하려니 역시 온몸에 땀이 솟았다. 아버지의 얼굴을 볼 수가 없어 발끝을 말없이 바라보며 생각했다.

여름방학 숙제라고 해도 네 그림은 도화지면 충분해. 아버지에게 그런 쓴소리를 듣기 전에 표본 때문에 필요하다고 털어놓는 게 좋을지도 모른다. 거짓말이 아니다. 다만 성공할 자신은 없었다. 그러는 사이 비누 상자 뒷면은 무늬 없는 백지일 테니 일단 그걸로 시험해 보는 게 낫겠다는 생각마저 들기 시작했다. 하지만…….

"마침 좋은 게 있다."

아버지는 아틀리에로 들어가더니 6호짜리 캔버스를 가져왔다. 나는 그것을 상장처럼 두 손으로 공손히 받았다.

"여기서 그릴 거니?"

고맙다고 대답하기도 전에 그렇게 물어서 허둥지둥 고개를 저었다. 아버지도 그 이상 다그치지는 않았다. 무엇을 그릴 건지 물어보지도, 완성하면 보여달라는 말도, 열심히 하라는 말도 없었다. 만약 그런 말을 들었다면 나는 분명 처음에 세운 계획을 바꿔서 확실하게 재현할 수 있는 것을 그렸으리라.

그렇게 손에 넣은, 초등학생으로서는 분수에 넘치는 캔버스 앞에 바로 앉은 것은 아니다. 도서관에서 빌려온 책을 몇 번이나 읽고 중요한 부분은 메모해서 머릿속에 완성도를 그릴 수 있게 된 다음에 시작했다.

나비를 잡으러 가지도 않고 하루 종일 캔버스 앞에 앉아 사흘을 꼬박 들여 그림을 그렸다.

내가 그림을 그리고 있다는 것은 어머니도 알고 계셨다. 무엇을 그리는지 물어보기에 뒷산 가는 길에 있는 꽃밭이라고 대답하자 안도한 듯 한숨을 토하며 얼른 보고 싶다고 했다.

하지만 완성한 그림을 본 어머니는 눈썹을 찌푸렸다.

"이게 무슨 꽃이니?"

"민들레야."

"색이 독특하구나. 여기 토끼풀처럼 생긴 꽃도. 아버지가 뭔가 가르쳐줬니?"

어머니가 그렇게 말하는데 때마침 거실로 들어온 아버지가 어디 보자, 하며 테이블 위에 놓아둔 캔버스를 들여다보았다. 물끄러미 바라보더니 고개를 갸웃거리며 어머니와 얼굴을 마주 보았다. 나를 병원에 데려가 봐야 하는 건 아닐까, 서로 불안해하는 표정으로.

"네 눈에는…… 이렇게 보이니?"

"아니."

단어를 신중히 골라가며 묻는 아버지에게 나는 냉큼 대답했다. 살짝 웃었는지도 모른다. 아버지도 이건 모르는구나, 하고 우쭐한 기분으로.

나는 민들레의 가운데를 짙은 핑크색, 바깥쪽을 하얀색으로 칠했다. 토끼풀은 전체를 빨간색으로.

"내 눈에는 민들레는 노란색, 토끼풀은 흰색으로 보여. 하지만 나비 눈에는 이렇게 보일 거야. 책에 적혀 있던 거라 제대로 그린 건지는 모르겠지만. 사람은 보지 못하는 자외선을 볼 수 있대. 이건 미술 숙제가 아니라 자유 탐구 과제니까, 다른 도화지에 조사 내용도 정리해서 함께 적어 낼 거야."

아버지도 어머니도 놀란 표정으로 나를 쳐다보았다.

"굉장하구나. 학자가 될 수 있겠어."

먼저 칭찬해 준 것은 어머니였다. 아버지도 그렇다고 거들었지만 마음이 딴 데 가 있는 것처럼 들렸다. 그래서 내가 학자가 되기로 결심했던 걸까.

하지만 그림을 완성하려면 아직 한 단계가 더 남아 있었다.

아틀리에 책상 위에서 목제 화판에 곤충 핀으로 고정한 화장지를 조심스레 걷어내니 나비가 모습을 드러냈다. 살아 있을 때와 거의 변함없는 색과 빛을 유지하는 날개로 당장이라도 날아갈 것 같아서 무심코 열어두었던 창문을 쳐다보고 외마디 소리를 질렀을 정도다.

당연히 나비가 날아오를 리는 없다.

"예쁘게 됐네."

옆에서 아버지도 만족스러운 듯 들여다보았다.

"엄마한테 나무 상자 달라는 말은 해봤어?"

그림의 비밀을 털어놓았는데도 아버지는 아직 눈치채지 못한 것 같았다. 나는 고개를 가로젓고 아틀리에로 가져온 내 그림을 화판 옆에 놓았다.

처음 표본으로 만든 호랑나비의 가슴에 꽂아두었던 곤충 핀을 잡아 목제 화판에서 천천히 뽑아냈다. 애초에 나비의 무게 같은 걸 의식한 적은 없었지만 살아 있을 때보다 가벼워진 것만 같았다.

창문으로 들어오는 바람에 혹시나 날개가 꺾일까 봐 비어 있는 손으로 바람을 막아가며 나비를 적당한 높이로 들어 올려 책상에 평행하게 옆으로 옮겼다.

도화지 아래쪽에 그린 민들레 위에 나비를 내려놓고 곤충 핀을 손끝으로 꾹 눌렀다.

나는 표본 배경으로 쓰려고 그림을 그렸던 것이다.

도서관에서 인간과 나비의 눈에 보이는 것이 다르다는 사실을 알고, 나비가 보는 세계를 상상하며 거기에 나비를 장식하면 재미있을 것 같다고 생각했다.

나비를 고정하고 시선을 들어 올렸다가 침을 꼴깍 삼켰다.

이게 정말 내가 아는, 뒷산을 날아다니던 나비인가?

산과 들에 핀 하얗고 노란 화초에 내려앉아 꿀을 빠는 나비는 깜찍한 인상이 있었다. 마치 달콤하고 맛있는 주스를 마시고 있는 것처럼.

하지만 선명한 두 가지 색의 민들레 위에 내려놓은 나비는 아이로서는 명확하게 표현할 수 없는 분위기를 뿜어내고 있었다. 이제 와서 기억 속 표현을 덧씌운다면, 요염하다는 표현이 가장 가까울까?

독주를 유유히 마시고 있다. 그 독으로 자신이 죽을 일은 없다. 입을 맞춘 상대를 죽이는 것이다……. 그때, 내 몸속을 전류처럼 꿰뚫은 감각도 이제는 말로 표현할 수 있다.

쾌감이다.

나는 그림 위에 서로 다른 여섯 마리의 나비를 고정했다. 만들어둔 표본은 그보다 배는 더 되었지만, 그림과 조화를 생각하면 그게 최선으로 느껴졌다.

화판에는 가지런히 놓인 나비. 그림에는 저마다 요사스러운 빛깔의 꽃에 유혹당한 나비.

시골에서 초등학교를 다녔고 만화나 텔레비전 프로그램도 어머니가 허락한 작품만 볼 수 있었기 때문에 불량배나 가출 청소년 같은 존재를 현실적으로 인식한 적은 없었지만, 그림 위 나비들은 교실을 빠져나가 원래는 출입이 금지된 어른의 세계에 몰래 섞여 있는 어린아이처럼 보였다.

창에서 불어오는 바람이 뺨을 어루만진 순간, 문득 깨달았다.

출입 금지는 무슨, 이건 나비들이 원래 있던 장소, 뒷산이잖아. 그러자 대번에 머릿속에서 집 주변 풍경 전체가 나비의 색각色覺으로 바뀌었다. 한 걸음 들여놓는 순간 달콤한 향기에 감싸여 모든 감각기관이 행복만을 감지하는, 유토피아에 있는 듯한 황홀한 감각에 사로잡혔다.

진짜 나비들의 왕국…….

아버지는 허리춤에 손을 짚고 표본으로 완성한 그림을 뚫어져라 바라보았다.

칭찬받으리라는 예감에 설레는 마음으로 아버지의 말을 기다렸지만 기대한 칭찬은 듣지 못했다.

"구산당에 액자를 주문해야겠구나."

아버지는 그렇게 말하더니 아틀리에 밖으로 나갔다. 구산당은 아버지의 모든 작품을 도맡아 표구로 만들어주는 오래된 액자 전문점이다. 해외의 저명한 화가들도 주문한다는 말을 들은 적이 있다.

지금은 그것이 아버지가 해줄 수 있는 최대의 찬사였다는 것을 알지만 당시에는 훨씬 단순한 표현을 기대했고, 액자에 얼마나 큰 가치가 있는지도 알지 못했다.

오히려 그런 액자에 넣으면 학교에 가져가기 부끄러울 것 같았다. 상을 받은 그림을 액자에 넣어 학교 현관이나 복도에 걸어두기는 하지만 그마저도 간이 액자고, 처음부터 액자에 넣어서 제출하는 아이는 없다.

애초에 캔버스를 쓴 것부터 화가 아버지가 거들어주었다고 오해받지 않을까?

아버지에게 넌지시 액자는 필요 없다고 전할 방법이 없는지 고민했다. 액자라니 호들갑이야, 하고 어머니가 말씀해 주시는 게 가장 좋은데, 아마 어머니는 아버지가 나를 위해 액자를 주문한 줄도 모를 것이다. 아버지가 액자를 사주신대, 하고 식사 시간에 시치미를 떼고 말해볼까?

하지만 그런 유치한 계획은 실행하지 못했다.

아버지가 그날 이후로 거의 하루 종일 아틀리에에 처박혀 있었기 때문이다. 초상화를 의뢰한 예술대학 동급생의 상태가 나쁜 쪽으로 기울고 있다는 연락을 받은 탓이다.

그 아름다운 사람이 끝내 죽고 마는 걸까. 뒷산에서 멍하니 그런 생각을 하면서 어느새 그 사람의 시체를 꽃밭 속에 내려놓는 상상을 했다.

하반신이 제거된 하얀 나체는 가슴 한복판에 꽂힌 은빛 쐐기로 땅에 박혀 있고, 두 손은 날개처럼 우아하게 활짝 펼치고 있다. 주위를 에워싼 꽃들은 나비의 눈으로 본 색. 창백해진 피부 아래로 아직 따스한 피가 흐르는 것처럼, 그 아름다운 자태를 선명하게 부각시키는 색조.

하지만 나비의 색각으로 시체를 아무리 예술적으로 꾸미더라도 인간의 눈에 비치는 여름꽃의 색은 노랗고 하얀, 싱그럽고도 가련한 색이다.

그건 그 사람에게 어울리지 않는다. 사진 한 장밖에 보지 못한 내가 그렇게 느낀 것은 아버지가 그린 초상화에 영향을 받았기 때문일까? 아름다운 그 사람은 사진에서는 하얀 드레스를 입고 있었지만 그림에서는 장밋빛 드레스를 걸치고 있었다.

그렇다면 인간의 눈에도 강렬하게 비치는 진홍색 장미나 나무에서 떨어지기 직전의 농익은 동백으로 시체를 장식하면 될까? 그것도 아니다.

소박하고 앙증맞은 민들레를 엉뚱한 색으로 칠하면 보아서는 안 될 것을 보았다는 꺼림칙한 느낌을 받는다.

개량 품종이면? 조화라면? 그렇다면 그림이라고 안 될 이유가 무엇인가. 시체도…….

전부 그림으로 만들면 된다.

위험한 상상을 떨쳐내듯 고개를 젓고, 실눈을 뜨고 머리 위 태양을 올려다보았다.

내 눈에는 자외선이 보이지 않는다.

보통 아버지는 그림을 완성한 다음 어떻게 표구할지 의논하는데, 그때는 구산당에서 먼저 집으로 찾아왔다.

그림이 어느 정도 진척되었는지는 몰라도 완성을 앞두고 있었던 모양이다.

"어디에도 발표하지 않고 넘기다니 아깝군요."

어머니가 거실에 차를 준비해 두었다고 알리러 갔더니 아버지와 나이가 비슷해 보이는 남자가 그렇게 말하며 아틀리에에서 나왔다. 그 사람은 나를 보고 미소를 지었다.

"네 작품도 봤다. 아이디어가 훌륭하더구나. 멋진 액자를 만들어줄 테니 기대하렴."

아버지는 잊지 않고 내 액자도 부탁했던 것이다. 그것도 기성품이 아니라 그 작품을 위해 새로 만든다는 게 아닌가?

그날 밤, 나는 어머니에게 수건 세트가 들어 있던 빈 상자와 수예용 면포를 달라고 했다. 사이에 셀로판지가 붙어 있는 창이 있어 표본용으로 안성맞춤인 상자였다.

여름방학이 끝났다. 다행히 액자가 완성되기 전이라 수건 상자로 만든 나비 표본을 학교에 제출하는 것에 대해 부모님은 딱히 아무 말씀도 없었다.

"일등상은 못 받을지도 모르겠네."

짐이 많아서 어머니가 학교까지 차로 태워주면서 그렇게 말했지만 전혀 아쉬워하는 기색이 아니었다. 오히려 안도한 것처럼 보인 것은 훗날 이유를 알게 된 후에 기억이 왜곡된 걸까?

애초에 내가 다니는 초등학교에서는 여름방학 숙제에 등수를 매기지 않았다.

곤충채집을 한 아이들은 반에 다섯 명쯤 되었다. 교실 뒤에 전시했을 때 장수풍뎅이나 투구벌레, 비단벌레처럼 다양한 곤충을 늘어놓은 작품이 더 많은 아이들의 주목을 받았다.

그래도 곤충채집을 한 아이들 가운데 담임 선생님이 가장 많이 칭찬한 것은 나였다. 채집한 곤충의 특성을 조사해서 정리한 자료를 함께 제출한 사람이 나뿐이었기 때문이다.

"그냥 잡아서 죽이고 끝이 아니라 시로처럼 확실하게 연구도 해야 해."

아이들 앞에서 그런 칭찬을 받고 반 전체 친구들에게 박수까지 받은 것이 그 후의 인생으로 이어졌다고 생각은 하지만, 사실 내가 제출한 내용은 전부 책에서 베낀 것이라 나비를 죽이지 않고도 얻을 수 있는 정보들이었다.

하지만 그것은 결과론이고 표본을 제작하지 않았더라면 분명 나비에 대한 관심도 장래를 바칠 만큼 깊어지지는 않았을 것이다.

나비와 그림을 연결 지으려는 시도도.

아침저녁 기온이 떨어지면서 뒷산에 펼쳐진 꽃밭에 연보라색, 핑크색 꽃들이 눈에 띄기 시작했을 무렵, 그 사람들이 찾아왔다.

아버지에게 초상화를 의뢰한 여성, 이치노세 사와코 씨와 그 남편 기미히코 씨, 딸 루미, 세 사람이었다.

그 한 주 전에 구산당에서 커다란 상자를 가져왔으므로 그림이 완성되었고 표구도 끝났다는 건 알고 있었지만, 다시 아틀리에 출입이 금지되어 이치노세 가족보다 먼저 완성품을 볼 기회가 없었다.

하지만 그들을 따라 아틀리에에 들어갈 수는 있었다.

사와코 씨가 그림을 정면으로 마주할 수 있도록 기미히코 씨가 휠체어를 고정했고 루미는 그 옆에 섰다. 나와 어머니가 그들을 사이에 두고 양 끝에 서자, 아버지가 그림을 덮어두었던 하얀 천을 천천히 걷어냈다.

주위에 들릴 정도로 숨을 삼켰다가 토해내는 동시에 아름답다고 중얼거린 것은 기미히코 씨였다. 몸집이 커서 섬

세함과는 거리가 있어 보이는 사람이었다. 겉모습에 공통점은 없지만 우리 어머니와 똑같은 분위기를 가지고 있었다.

꿈만 좇는 예술가를 받쳐주는 현실주의자. 그 두 눈에서 눈물이 폭포수처럼 쏟아졌다.

눈물의 이유를 상상해 보았다. 휠체어를 탄 사와코 씨가 그림의 모델이라는 건 누가 굳이 알려주지 않아도 알 수 있다. 하지만 두 사람이 '똑같지'는 않았다.

비좁은 채집통 속에서 하룻밤을 보내고 겨우 숨만 붙어 있는 나비. 사와코 씨는 그렇게 보였다. 죽지는 않았지만 다시 날개를 펼치고 날아오를 일은 없는, 그저 마지막 순간을 조용히 기다릴 뿐인 나비. 하얀 상하의도 그런 인상을 강하게 만들었다.

살아 있는데도 죽은 것처럼 보이는 사람.

오히려 지금 당장이라도 날아오를 것처럼 보이는 것은 그림 속의 사와코 씨였다. 손톱으로 뺨을 살짝 할퀴면 새빨간 핏방울이 맺히지 않을까. 장밋빛 드레스 가슴께에 손을 대면 힘찬 박동을 느낄 수 있지 않을까.

무엇보다 마음을 사로잡는 것은, 눈이었다.

똑같은 것을 보더라도 그 눈동자를 통해서 보면 더욱 선명하고 찬란하게 보이지 않을까? 만화처럼 눈동자 속에 별이 있는 것도 아니다. 그런데 그 눈 속에 강렬한 빛이 있는 것을 느낄 수 있다.

이 사람 눈에 비치는 세계를 보고 싶다.

이 눈을 가지고 있던 시절, 이 사람이 그린 그림을······.

분명 같은 생각을 하더라도 기미히코 씨는 나보다 몇 배나 강한 마음으로 사와코 씨를 지탱해 왔을 것이다. 서서히 잃어가고 있던 것을 한 번에 직시하는 바람에 미처 감정을 추스르지 못하고 여태 참아왔던 눈물이 넘쳐흐른 걸지도 모른다.

대조적으로 정작 모델인 사와코 씨는 아무런 표정 변화 없이 그림을 똑바로 바라보고 있었다. 아니, 시선은 그림을 향하고 있었지만 그 눈동자가 이미지를 얼마나 인식하고 있는지 의심스러울 정도로, 표정에서 그림에 대한 반응을 전혀 느낄 수 없었다.

그래도 사와코 씨는 아버지를 돌아보며 조용히 미소를 지었다.

"고마워. 역시 이치로에게 부탁하길 잘했어."

그 말에 아버지는 말없이 목에 두르고 있던 수건으로 눈가를 훔쳤다. 그림과 너무 동떨어진 모습으로 변한 옛 친구를 눈앞에 둔 아버지의 마음은 지금 어떨까. 그 심경을 상상해 보려는 순간이었다.

"하나도 안 예뻐!"

비명 같은 소리를 지른 것은, 루미였다.

"이런 그림보다 지금 엄마가 몇 배는 더 예뻐!"

나와 동갑이라는 루미는 어른들을 한 사람씩 차례로 노려보았다. 그러더니 도화지를 태우려고 돋보기 초점을 맞추듯 그림을 뚫어져라 바라보다가 굵은 눈물을 왈칵 쏟아 냈다.

사와코 씨가 휠체어 위에서 가녀린 팔을 뻗어 루미의 자그마한 어깨를 끌어안았다.

"죄송합니다."

기미히코 씨가 아버지에게 머리를 숙였다. 아버지는 조용히 고개를 가로저었다.

"루미 말이 맞아. 아이는…… 눈앞에 있는 어머니를 가장 좋아하니까."

그 말에 나도 작게 끄덕였다. 아버지가 얼버무린 부분이 '어떤 모습으로 변해도'라는 말일 거라는 상상도 했다. 애초에 아픈 사람을 앞에 두고 그 사람이 건강했을 때의 모습을 칭찬하는 게 정상인가? 그런 생각도 했다.

루미의 심정을 조금도 알지 못하면서 나만은 이해한다는 착각으로 위로할 심산이었을까. 그저 귀여운 소녀 앞에서 멋진 모습을 보이고 싶었던 건지도 모르지만, 나는 루미를 밖으로 데려갔다.

"고마워, 시로."

사와코 씨가 다정하게 웃어준 것보다 루미의 얼굴이 환해졌다는 사실이 더 기뻤다.

현관에서 신발을 신을 때 우산꽂이에 꽂아둔 잠자리채에 시선이 갔지만 그것을 집어 들지는 않았다. 나비가 날아다니는 계절은 이미 끝났기 때문이다. 자신 있게 밖으로 안내했는데 가장 멋진 경치를 보여주지 못하는 게 아쉬웠다.

하지만 뒷산 꽃밭에 도착한 루미는 두 팔을 벌리며 탄성을 질렀다.

"와아! 정말 예쁘다!"

동그래진 눈이 그 말이 진심임을 증명하고 있었다.

"여름이면 여러 종류의 나비들이 날아다녀."

"그래? 나는 배추흰나비가 좋아."

약간 뜻밖이었다. 루미는 조금 더 화려한 나비를 좋아할 줄 알았다. 어쩌면 나비 자체를 많이 못 보았을지도 모른다. 이곳에 오기 전에는 나도 그랬으니까.

『인간 표본』 사카키 시로

"이 꽃은 뭐야?"

루미가 연보라색 꽃을 가리켰다. 뒷산에서 볼 수 있는 나비라면 전부 대답할 수 있지만 꽃은 잘 몰랐다. 그래도 그건 집 주변에도 잔뜩 피어 있는 꽃이라 아버지가 가르쳐 줘서 알고 있었다.

"솔체꽃이야."

"독특한 이름이네. 여기, 가장자리 색이 귀여워."

루미가 웅크리고 앉아 보드라운 꽃잎 가장자리를 손가락으로 어루만지며 말했지만 나는 이해할 수 없었다.

가장자리나 안쪽이나 같은 색이다. 여자아이가 귀엽다고 느끼는 것이 남자 눈에는 다르게 보일지도 모른다고, 어떻게든 납득할 수 있는 해석을 찾아보았다.

나비와 인간의 눈에 보이는 색이 서로 다른 것처럼…….

내가 잘 아는 이야기로 화제를 돌려 멋진 모습을 보여주고 싶다. 루미가 다른 꽃 이름을 묻기 전에 나는 나비를 잔뜩 잡아서 표본을 만든 이야기를 루미에게 들려주었다. 루미는 표본을 직접 만들어보기는커녕 본 적도 없다고 했다.

아틀리에 구석에 화판에 꽂아둔 나비가 남아 있어 그걸 보여줄 생각으로 꽃밭을 뒤로 했다. 루미는 아쉬운 듯 몇 번이나 뒤를 돌아보며 걸었다.

어른들은 거실에서 차를 마시고 있었다.

"엄마, 들어봐. 처음 보는 색이 잔뜩 있었어."

루미는 사와코 씨에게 달려가더니 흥분한 기색으로 그렇게 말했다.

나는 아버지에게 루미에게 나비 표본을 보여주고 싶은데 아틀리에에서 가져와도 되는지 물었다.

"오늘 밤에 하려고 했는데, 그래, 모처럼 다 모였으니 보여줘야겠다."

아버지는 그렇게 말하더니 직접 가져오겠다며 일어섰다. 내 뜻이 잘못 전달된 것은 알아차렸지만 아버지가 무슨 말씀을 하시는지 알 수가 없었다. 아버지가 쟁반을 받치듯 두 손으로 어떤 상자를 들고 왔을 때에야 혹시 그건가 싶었다.

아버지는 상자를 널찍한 테이블 위에 내려놓고 덮개를 열었다.

"나비 그림이다!"

루미가 환성을 질렀다.

내가 처음 만든 표본이 아름다운 액자 속에 담겨 있었다. 민들레를 본뜬 기하학적 무늬가 목제 액자 테두리를 휘감고 있고 각각의 모서리에는 정교한 호랑나비 조각이 있었다. 내 그림이 이렇게나 훌륭했나? 남의 작품을 처음 보는 기분으로 말없이 액자 속 세계를 바라보았다.

액자는 별세계로 이어지는 창이고 그 너머에는 무한한 경치가 펼쳐져 있다. 인간이 없는 나비들만의 왕국…….

"진짜 나비를 붙인 거야."

루미도 액자 속으로 빨려 들어가는 게 아닐까 잠시 착각할 정도로 집중해서 고개를 앞뒤로 움직이며 내 작품을 보고 있었다.

"아까 본 꽃밭이구나. 예뻐. 나, 여기 가봤어요."

루미의 말에 사와코 씨와 기미히코 씨도 액자를 에워쌌다.

"예쁘구나."

사와코 씨가 실눈을 뜨며 말했다. 아이 작품에 해주는 빈말처럼 들리지는 않았다. 시선은 루미와 같았다. 나비보다도 그 밑에 있는 그림을 보고 있는 듯했다.

"상당히 예술적인 색조네."

기미히코 씨가 사와코 씨에게 말했다. 사와코 씨도 화가였다는 사실이 생각나 갑자기 부끄러워졌다. 훌륭한 액자에 넣어 프로에게 보여줄 수준의 작품이 아니다.

"나비가 보는 세계랍니다. 여름방학 때 그냥 나비를 잡기만 한 게 아니라, 도서관에서 책을 빌려와 나비의 생태도 조사해서 이 그림을 그렸대요."

손님 대접에 여념이 없던 어머니가 이때는 한 걸음 앞으로 나서서 설명했다. 아들의 색각에 대한 오해를 방지하려던 게 아니었을까?

"그런 표현을 생각해 내다니 대단하구나."

기미히코 씨는 감탄한 듯 팔짱을 끼고 그림을 요모조모 뜯어보았다. 우리 가족은 뒤로 빠지고 손님 세 사람이 그림을 열심히 보는 광경은 연극을 가까이서 보는 것처럼 재미있었다.

내 작품에 푹 빠져 있는 사람들.

"나, 이 그림 갖고 싶어."

루미가 부모에게 그렇게 말하면서 내 쪽을 돌아보았다. 나는 그 진지한 시선을 제대로 마주하지 못하고 패스하듯 아버지 쪽을 보았다. 칭찬은 기쁘지만 남에게 주기는 싫었다.

단순히 여름방학 숙제로 만든 작품이지만 뜻하지 않게 내 손을 떠날지도 모른다고 의식한 순간 이건 내게 몹시 소중한 보물이라고, 작품에 대한 애정이 부풀어 올랐다.

이건 나와 나비의 세계를 연결해 주는 창이다. 다시 그리면 그만이라고 생각할 수는 없었다. 이 그림으로만 갈

수 있는 나와 나비만의 세계가 있다, 그 문이 닫혀서는 안 된다.

"팔아주십시오. 딸아이가 이렇게 눈을 빛내는 걸 보는 게 얼마 만인지. 꼭 좀 부탁드립니다."

기미히코 씨가 아버지에게 고개를 깊숙이 숙였다. 이번에는 아버지가 그 말이 버거운 듯 내 쪽을 쳐다보았다.

"소중한 작품을 달라고 말씀드리기 죄송하지만, 저도 이렇게 부탁할게요."

사와코 씨까지 고개를 숙였다.

무거운 분위기를 깬 것은 어머니였다.

"이런 일로 고개 숙이지 마세요. 여름방학 숙제로 만든 걸 돈을 받고 팔다니 말도 안 되죠. 시로가 루미에게 선물할 거예요."

유일하게 내 작품에서 아무런 가치도 발견하지 못했던 사람. 그렇게 표현하면 어머니 자격이 없다고 오해할 수도 있겠지만, 그 작품을 보면 보통은 어머니와 똑같은 생각을 할 것이다.

게다가 나는 '시로가 루미에게 선물'이라는 표현을 기분 좋게 받아들였다. 그림을 주면 우리의 인연이 오늘 하루로 끝나지 않을 것 같았다.

"좋아, 선물할게. 돈도 필요 없어. 괜찮지, 아빠?"

액자째 주려고 아버지에게 허락을 구했다.

"시로가 만든 거니 네가 결정하렴."

아버지의 말을 듣고 나는 루미를 쳐다보았다. 고맙다고 와락 끌어안아 줄지도 모른다고 살짝 기대했지만, 루미는 여전히 그림을 바라보고 있었다. 마치 영혼이 이미 저쪽 세계로 가버린 것처럼.

사와코 씨의 초상화와 내 표본을 차에 싣는 것을 돕는데 기미히코 씨가 내게만 들리는 작은 목소리로 물었다.

"시로는 돌아오는 크리스마스에 산타에게 무슨 소원을 빌 거니?"

사실 우리 집에 산타클로스가 온 적은 없었다. 케이크를 먹으며 어머니가 평범하게 "엄마 아빠가 주는 선물이야"라고 말하며 책이나 장갑을 주었다. 생일에도 뭔가를 조른 적이 없다.

그래서인지 무엇을 갖고 싶은지 고민하는 일에 익숙하지 않았다.

"나비 관찰을 좋아하면 카메라는 어떨까?"

기미히코 씨가 제안해 준 뜻밖의 아이디어에 나는 눈을 휘둥그레 떴다. 그것이 충분한 대답이 되었던 모양이다.

루미는 고맙다는 말과 함께 "편지 쓸게"라는 멋진 약속을 해주었고, 나는 발그레해진 뺨으로 떠나가는 차에 손을 흔들었다.

산등성이 위로 아른아른 퍼져나가는 노을에 물든 하늘이 아름다웠다.

나비의 눈에는 어떻게 보일까?

그런 생각을 끝으로 나는 나비의 눈에 보이는 세계로 이어지는 창을 머릿속에서 지웠다.

며칠 뒤 어머니가 놀라 자빠질 만큼 비싼 카메라가 배달되었고, 나는 홀딱 빠져서 눈에 보이는 것들을 닥치는 대로 렌즈에 담았다. 마치 지금의 기억을 통째로 필름 속에 담으려는 것처럼.

이곳 생활이 오래가지 않으리라는 것을 예감했던 걸까?

아름다운 친구의 죽음을 알리는 전보를 받고 며칠 뒤에 아버지도 세상을 떠났다.

산기슭 마을로 혼자 외출했다가 돌아오는 길에 눈길에 차가 미끄러져 절벽에 충돌했다. 그 사람이 아버지를 데려갔다고는 생각하지 않는다. 아버지가 그 사람을 따라갔다고도 생각하지 않았다. 어머니를 배려했던 건 아니다.

아버지와 그 사람의 눈에 보이는 세계는 달랐다. 왠지

모르겠지만, 그렇게 느꼈기 때문이다.

그리고 아버지의 장례식 때 속물처럼 쑥덕대는 사람들의 이야기가 내 귀에도 들려와, 아버지가 예술 훈장 수여 파티에서 소감으로 "인간 표본을 만들고 싶다"고 말해 훈장을 취소당했을 뿐만 아니라 요즘 시대에는 글로 쓰기도 꺼려지는 딱지가 붙어 인간 불신에 빠졌다는 것을 알게 되었다.

하지만 내가 기억하는 아버지의 가장 멋진 얼굴은 아틀리에에서 함께 표본을 만들던 모습이다. 어머니가 나비 표본 제작을 꺼림칙하게 생각하면서도 입 밖에 내지 않았던 것은, 그것으로 아버지의 마음이 회복된 것을 느꼈기 때문일지도 모른다.

아버지가 돌아가시고 외가에 의탁하면서 탁한 공기가 나비는 물론이고 인간을 제외한 생물들의 존재를 지워버린, 인조물로 가득한 곳으로 이사하게 되었다. 산속 집에서 썼던 물건들은 어머니가 대부분 처분했다.

다행히 경제적으로는 풍족한 환경이었다.

어머니와 단둘이 사는, 당시로써는 고층에 속하는 아파트에는 널찍한 내 방도 있었다. 새 책상도 책장도, 평생 쓸 수 있는 튼튼한 가구를 고른 것은 외할아버지가 대학교수였기 때문일까?

어머니는 새로운 초등학교도 마음에 들어 했다.

종류는 달라도 똑같이 교육부 지정 교과서를 쓸 텐데, 초등학교 2학년이 아니라 실수로 고학년 교실에 배정된 게 아닌가 싶었다. 공부는 비교적 잘하는 축이라고 자신하고 있었건만 혼란스러울 정도로 모든 게 빠르게 진행되는 것처럼 느껴졌고 다른 아이들의 뒤를 따라가느라 필사적이었다.

힘들었다. 시시했다.

나비를 쫓는 건 그토록 즐거웠는데. 손이 닿지 않는 아득히 높은 하늘로 날아오르든, 잡았다고 생각한 순간 훌쩍 몸을 피하든, 의태로 모습을 숨기든, 더 이상 못 쫓아다니겠다고 생각한 적은 한 번도 없었다.

머리 위에 있던 태양이 어느새 어두운 빛으로 바뀌어 나비들의 모습을 지우려는 것을 아쉬워했는데.

하루가 길었다. 앞으로 이런 일을 몇 번이나 반복해야 하는지 생각만 해도 커다란 바위가 등을 짓누르는 것처럼 무릎이 꺾였다.

내일은 다시 못 일어날지도 모른다. 창백한 얼굴로 학교에 갔다가 가쁜 숨을 몰아쉬며 집으로 돌아와서 그대로 침대에 쓰러졌다.

나비가 그립다. 나비 생각만 하며 살고 싶다.

그렇게 나는 산속에 있었을 때보다 나비에 몰두했고, 그렇게 만들어진 것이…….

아름다운 나비 같은 소년들을 살해해서 표본이라는 이름으로 꾸며 사진에 담고, 그 예술을 완성하기 위해 친자식까지도 희생시킨 사이코패스다.

프롤로그

 일본의 곤충학, 특히 나비 분야에서는 권위자로 불리며 교수직을 얻은 내 인생은 나비가 인도해 주었다고 해도 과언이 아니다.

 그렇다면 이번 행위가 오랫동안 탐구해 온 내 연구의 집대성이었는지 묻는다면, 그건 아니라고 정정할 수밖에 없다.

 나비 같은 소년들을 모아놓은 인간 표본을 만들고 싶다는 마음이 싹튼 것은, 사실 2주도 채 되지 않은 얼마 전의 일이다.

 금단의 세계로 이어지는 문은 갑자기 열렸다. 문을 열어줄 열쇠는 역시 그 표본이었다.

 초등학교 1학년 가을, 산속 집을 찾아온 루미라는 동갑내기 소녀에게 그해 여름에 만든 나비 표본을 선물했다. 헤어질 때 편지를 쓰겠다는 루미의 말에 이치노세 가족이 돌아간 다음 날부터 매일 우편함을 들여다보는 습관이 생겼지만 우편함에 루미의 편지가 배달되는 일은 없었다.

어머니의 용태가 나빠서 편지를 쓸 경황이 없는 걸까? 고작 편지 한 통을 깊은 산속에 있는 집으로 배달하기가 귀찮아서 집배원이 몰래 버린 건 아닐까?

온갖 상상을 하면서 실망스러운 마음으로 하루하루를 보냈지만 나도 갑자기 아버지를 여의어 경황이 없었다.

새집으로 이사한 뒤로는 편지를 기다리지 않았다. 루미네 가족은 아버지의 장례식에 오지 않았다. 그 정도 관계인 상대에게 어머니가 새 주소를 알렸을 리 없다. 그렇게 생각했기 때문이다.

하지만 루미는 편지를 보냈다. 25년의 세월을 지나, 내가 근무하는 대학 연구실 주소로. 당시에는 아직 조교수였던 내가 오가사와라 제도의 무인도에서 신종 나비를 발견했다는 신문기사를 읽고 어렸을 때 만난 아이라는 것을 알았다고 했다.

루미는 화가가 되었다. 편지에는 개인전 안내장이 함께 들어 있었고, 나는 작품보다도 귀여웠던 루미가 어떻게 성장했을지 궁금해 작은 갤러리를 찾아갔다.

회장에 한 걸음 들어선 순간, 현기증을 일으킬 뻔했다.

색의 홍수. 그녀의 작품을 비평할 때 가장 많이 사용하는 표현이다. 수많은 색을 덧칠해 풍경화와 인물화를 강렬하게 그려낸다. 어느 과학연구소가 그녀의 그림을 분석한 결과, 한 장의 그림에서 1만 종류에 이르는 색이 검출되었다는 이야기도 들었다.

색채의 마술사라는 별명도 작품을 보면 수긍할 수밖에 없었다.

하지만 결코 높은 평가나 인기를 얻고 있는 것은 아니었다.

화려하다. 눈이 따갑다. 비움의 미학을 이해하지 못한다. 실제 풍경이나 모델에 대한 경의가 느껴지지 않는다.

하지만 나는 압도당했다.

진짜 홍수처럼 탁한 물이 아니라 선명한 색으로 이루어진 압도적인 양의 물이 서로 섞이지 않은 채로 거대한 물결이 되어 온몸을 휘감아 숨도 못 쉬도록 농락한 뒤 메마른 공간에 내던진다. 투명해야 할 공간에는 광채의 잔상이 남아, 꿈의 세계를 두둥실 표류하는 감각으로 육체를 이끈다.

이것이야말로 내가 이 눈으로 보고자 갈구해 온 세계였다.

나비의 눈에 비친 세계…….

나비의 시각은 내 연구에서 가장 중요한 테마 중 하나였다. 그 주제를 다룬 논문은 해외에서도 높은 평가를 받았다.

　근무하는 대학 이공학부의 도움을 받아 나비의 눈이 감지하는 주파수의 자외선 렌즈를 제작해 안경으로 만들어 쓰고 전 세계의 나비 서식지를 돌아다녔다. 지식과 경험이 쌓이자 안경 없이도 눈에 보이는 경치를 머릿속에서 나비의 시각으로 변환할 수 있게 되었다.

　나는 나비의 눈을 손에 넣었다.

　그 우월감이 루미의 그림을 눈앞에 두고 단숨에 무너져 내렸다.

　내가 연구를 거듭해 얻은 나비의 눈에 비치는 세계는 결국 사진처럼 포착한 평면적인 풍경 위에 정밀한 자외선 필터를 씌운 수준이었다. 인간이 식별할 수 있는 색만 변환했을 뿐이다.

　루미가 그린 그림은 깊이와 입체감, 빛과 바람이 부는 각도에 따라 색채 자체와 그것들이 그리는 궤적이 변화해 노란 민들레, 빨간 튤립, 하늘색 커튼, 하얀 원피스처럼 고정된 색은 존재하지 않는다는 사실을, 색이란 항상 변화하는 생물이며 물체는 그것을 담는 그릇이고 작품은 그것들이 가진 어느 날 어느 순간의 찰나를 잘라낸 것임을 보는 이들에게 가르쳐주었다.

솔체꽃 가장자리 색이 귀엽다고 했던 루미의 눈에 비친 것은 단순히 연보라색 꽃에 자외선 필터를 씌운 색이 아니었던 것이다. 루미 본인도 그 후로 같은 색을 보지 못했을지 모를, 그 순간만의 색. 인생의 한순간을 스쳐가는 색.

하지만 그녀는 그것을 그림으로 재현하고 담아내, 그 눈을 갖지 못한 사람들에게 보여줄 수 있다.

신이 주신 재능을 갖지 못한 자들에게 나눠준다. 이것이 바로 진정한 예술가 아닌가?

녹다운 상태의 내 앞에 나타난 루미의 모습을 선명하게 떠올리기는 어렵다.

마침 하얀 드레스를 입고 있어 배추흰나비 같다고 느꼈던 것은 기억한다. 그녀에게는 그것이 가장 컬러풀한 의상이리라.

나비가 인간으로 모습을 바꾸어, 그 눈에 비친 세계를 그린다.

루미는 나비의 세계로 인도해 주는 안내자다.

그래서 나는 경외심을 담아 루미에게 이렇게 말했다.

"너는 나비의 눈을 갖고 있구나."

하지만 루미는 내 말을 싱그러운 웃음과 함께 부정했다.

"내 눈은 내 거야. 전부 내 눈에 비치는 세계야. 나비도 분명 나보단 못할 거야."

완전한 패배. 기분 좋은 패배였다.

열대우림 속 오지, 건조한 사막, 하늘에 손이 닿을 것만 같은 고원, 정신없이 나비를 쫓아다녔던 땅을 떠올렸다. 짙은 초록, 황토색, 코발트블루. 그 장소들은 루미에게 어떻게 보일까?

함께 여행을 가보고 싶다는 희미한 바람은 눈 깜짝할 사이에 내 몸속 깊은 곳에서 소용돌이치는 축축하고 시커먼 모래 속으로 빨려 들어갔다.

몇천, 몇만 마리의 나비와 함께 쌓아 올린 내 성역을 루미에게 한 발짝도 허락하고 싶지 않았다. 내게는 나만의 시각이 있다. 표현법도 있다.

내가 보잘것없는 인간임을 인정하면서도 버릴 수 없는 자그마한 오기였다.

사랑으로 발전하지 않았던 것도 그 탓일까. 하지만 좋은 친구는 될 수 있었다.

루미는 내 연구에 관심을 보였다.

눈에 비치는 세계를 표현할 수는 있지만 피사체의 은밀한 특성을 알려고 한 적은 없었다. 내면에 있는 것도 색으로 표현할 수 있는지 도전해 보고 싶다. 표리일체를 표현할 수 있어야 진짜라고 할 수 있지 않을까? 그런 말들은 내게도 많은 깨달음을 주었다.

루미의 눈에도 보이지 않는 나비의 세계.

그저 가련하고 아름답기만 한 생물이 아닌, 각각의 나비가 가진 특성.

생일에 반지나 꽃이 아니라 내 논문이 실린 잡지와 표본을 몇 개 선물한 것도 계속 친구로 지내게 된 요인이었을지 모른다. 아니면 서로 열중할 대상이 있는 우리 사이에는 시간이 부족했던 걸까.

재회하고 1년도 지나지 않아 또다시 이별의 날이 찾아왔다.

루미가 활동 거점을 뉴욕으로 옮기게 된 것이다. 그녀의 작품에 대한 국내외 평가를 비교해 보면 누구나 이해할 수 있는 결단이었다.

그렇지만 인터넷이 발달한 덕에 서로 근황은 쉽게 주고받을 수 있었고 루미의 신작도 모니터 너머로 볼 수 있었다.

내가 "먹고 자는 것도 잊고 나비를 쫓는 내게 주먹밥을 만들어준 상대와 결혼하게 되었다"고 소식을 전하자 "나는 핫도그와 커피를 매일 아침 가져다주는 사람하고"라는 답장이 왔고, "다행히 아내를 쏙 빼닮은 아들이 태어났다"고 연락하자 "숫자에 강한 우수한 남편의 재능을 이어받은(제발!) 딸을 낳았어"라는 답이 왔다.

서로 배우자를 잃은 시기마저 비슷했다. 둘 다 슬픈 사고가 원인이라는 점도.

서로 격려하고, 의논 상대가 되었다. 특히 육아에 관해.

루미가 미국에서 유학하고 복지를 공부한 여성이 운영하는 베이비시터 파견회사를 소개해 준 덕분에 아들은 구김살 없는 천진한 아이로 자랐고, 나는 연구에 지장 없이 교수가 될 수 있었다.

다시 말해 인생에서 한순간도 나비의 세계에서 멀어져 본 적이 없다는 뜻이다. 그럼에도 내 머릿속 깊은 곳에 박힌 금단의 문이 열리는 일은 없었다.

문은 잠겨 있었다. 그 열쇠는 루미의 재능과는 상관없다.

이번 내 작품 속에 색채 면에서 특히 루미의 스타일을 상기시키는 부분이 있다고 해서 그녀의 영향을 받았다고 안일하게 해석하지는 말아주길 바란다.

뛰어난 작품이 영혼을 뒤흔드는 일은 있어도, 내면에 숨어 있는 문은 스스로 만든 열쇠로만 열 수 있다.

루미는 내게 열쇠를 내밀어 주었을 뿐.

그 초대장을 받은 것은 올해 초여름이었다.

정확히는 내가 아니라 중학교 2학년이 된 아들 이타루 앞으로 온 것이었다.

반년 전에 일본으로 돌아온 루미는 후진 양성을 위해 미술 학원을 열었다. 그중에서도 재능 있는 아이들을 모아 여름방학에 합숙을 할 예정인데 이타루도 참가해 보지 않겠느냐는 내용이었다.

루미에게 메일을 보낼 때 이타루의 그림을 언급한 적은 없었지만 초등학교 6학년 때 여름방학 숙제로 그린 풍경화가 전국대회에서 대상을 탄 것을 업계 소식지를 보고 안 모양이었다.

리우데자네이루의 슬럼가를 포함한 거리 풍경을 그린 수채화였다. 이타루는 내게도, 신문사 인터뷰에서도 혼자만 외국 풍경을 그린 게 이색적이라 뽑혔을 뿐이라고 겸손한 발언을 했지만 그런 한마디로 치부할 수 있는 작품이 아니라는 것은 한눈에 알 수 있었다.

인물은 한 사람도 그리지 않았는데도 그곳에 사는 사람들의 다양한 생활상을 느낄 수 있는 그림. 결코 자식 사랑에 눈이 먼 팔불출의 의견이 아니다.

그 증거로 학교 작품 전시회 같은 것을 보아도 이타루

의 그림 재능이 또래 아이들보다 뛰어난 줄은 알고 있었지만, 미국식 유아교육 프로그램의 일환으로 세 살이 되기 전부터 베이비시터가 추천한 미술 유치원에서 그림을 배웠기 때문이라고만 생각했다.

아니, 이 부분은 솔직하게 기록해야 한다.

나는 시기했던 것이다. 내가 아버지에게 물려받지 못했던 재능을 그가 가졌다는 사실을. 아내를 닮은 아름다운 용모, 그리고 빠른 지식 흡수 속도까지…….

루미도 열정적인 메시지를 보냈다.

'사카키라는 이름이 없어도 이타루가 사카키 이치로 화백의 재능을 물려받았다는 걸 알 수 있는 훌륭한 그림이야. 이타루가 그린 인물화를 꼭 보고 싶어.'

이어서 우리가 처음 만난 날, 그 산속 집에서 있었던 일이 적혀 있었다.

어머니의 초상화를 그려준, 일본을 대표하는 화가였던 너희 아버지에게 그렇게 무례하게 굴었던 걸 진심으로 후회하고 있어.

그 그림이 얼마나 뛰어난지 이제야 겨우 이해할 수 있게 되었어.

네가 그 꽃밭으로 데려가 주었던 게 내 눈에 비치는 세계를 긍정할 수 있는 계기가 된 거야.

겨우 몇 시간 머물렀을 뿐이지만 그곳이 예술가로서의 출발점이었다고 할 수 있어.

귀국하고 찾아가 봤더니 그 집이 아직 남아 있더라. 별장으로 사들여서 리모델링했으니 이타루가 미술 합숙에 참가하지 않겠다면 시로만이라도 꼭 놀러와.

깊은 밤, 자택 서재에서 가만히 컴퓨터 앞에 앉아 있다가 설마, 하고 큰 소리를 지르며 벌떡 일어났다.

그 산속 집이 아직 남아 있고 소유자가 루미라니. 손님이었던 루미가 이번에는 나를 초대한다. 살다보면 기묘한 일도 있는 법이다.

목가적인 기분으로 소년 시절을 떠올리던 나는 이튿날 이타루에게 미술 합숙에 참가해 보라고 권했다. 중학교에서는 미술부가 아니라 사진부에 들어갔으니 시큰둥해할까 봐 반쯤 불안해하며. 하지만 그다지 감정을 크게 드러내지 않는 이타루가 그 제안에는 웃는 얼굴로 가고 싶다고 대답했다.

"남방제비나비를 볼 수 있을까?"

그림보다 나비에 관심을 갖는 모습에 애정이 솟구쳤다.

붉은무늬제비나비를 잡은 적도 있는데 이제 와서 남방

제비나비를 보고 싶다니.

평소 함께 지내는 시간이 짧은 만큼 여름방학이나 겨울방학처럼 긴 휴가 때 해외 출장 기회가 있으면 데리고 다녔기 때문에 이타루가 남미나 동남아시아에 서식하는 모르포나비나 삼색청띠제비나비처럼 희귀한 나비는 보았어도 국내의 나비를 잘 모른다는 것을 그때 번뜩 깨달았다.

내가 어렸을 때는 도시라고 불리는 곳에서도 조금만 찾으면 볼 수 있었던 배추흰나비나 호랑나비 같은 나비들이 어느새 일상 풍경 속에서 사라졌다.

그 집에서 뒷산으로 이어지는 꽃밭에 있던 나비들의 왕국, 그곳은 변함없을까?

이타루를 데려가서 "아버지의 나비 연구는 여기서 시작되었어"라고 알려주면 어떤 표정을 지을까?

문이 열리기 전까지, 나는 평범한 아버지였다. 아들의 성장을 열심히 지켜보는 것에서 행복을 느낄 줄 아는 아버지, 혹은 인간…….

아득한 타향 같은 곳인 줄 알았던 산속 집이 일본 전역에 고속도로가 깔린 덕분에 자택에서 자동차로 두 시간이면 갈 수 있는 곳임을 알게 되었다. 어린 마음에 집배원이 편지 배달을 포기한 게 아닌가 의심할 정도로 비좁았던 산길도 깨끗하게 포장되어 있었다.

그뿐만이 아니다. 최근 야외 활동의 인기에 힘입어 집에서 500미터 떨어진 아래쪽에 세련된 통나무집이 딸린 캠핑장까지 생겨서, 역까지 한 시간에 한 대꼴로 직통버스가 다닌다는 것도 알았다.

미술 합숙에 참가하는 아이들을 픽업하기 위해 캠핑장 주차장에 들렀다. 짐을 들고 가지 못할 거리는 아니지만 자가용으로 올 거면 도와달라고 루미가 부탁한 것이다.

버스 도착 시각에 맞춰서 가니 대합실을 겸한 널찍한 정자 밑에서 다섯 명의 소년들이 캐리어와 스포츠백 같은 커다란 짐을 옆에 두고 스마트폰을 보거나 책을 읽는 등 각자 하고 싶은 일을 하며 벤치에 앉아 있었다.

요즘 아이들이 전부 자그마한 머리에 길쭉한 팔다리를 가지고 태어나는 걸까, 예술적 재능이 있는 아이들이기 때문에 자기 관리에 신경을 쓰는 걸까.

연예인을 만난 것처럼 압도당해서 말을 걸기가 조심스러웠지만 차에서 내려 이름을 밝히자 모두 자세를 가다듬고 잘 부탁드린다고 인사하며 저마다 미소를 보였다.

"사카키 선생님도 미술을 가르치시나요?"

운전을 하는데 뒷좌석에 앉은 아이가 그런 질문을 했다.

유감스럽게도 나는 그림 재능이 없어서, 하고 가볍게 흘리면 좋았을 텐데 캠핑장에서 이어지는 길은 어린 시절 기억 그대로 비좁아서 아들까지 여섯 명의 소년들을 태우고 대형차를 모는 입장에서는 잡담에 어울려줄 여유가 없었다.

하지만 그것을 나중에 소년들을 불러낼 구실로 써먹었으니, 문은 아직 열리지 않았지만 파멸로 치닫는 서곡은 울려 퍼지고 있었는지도 모른다.

얼마 지나지 않아 차는 무사히 산속 집에 도착했다.

차에서 내린 순간, 숨이 턱 막힐 정도로 눈앞의 광경에 빠져든 것은 집이 내가 기억하는 모습 그대로 그곳에 있었기 때문이다. 루미가 리모델링했다고 해서 멋대로 이국적인 산장 같은 외관을 상상했는데, 그런 구석은 찾아볼 수 없었다.

마치 타임 슬립이라도 한 것처럼 부모님과 함께 살던 시절의 우리 집이 그곳에 있었다.

삭아버린 건물을 기억 속 모습으로 되돌리기만 한 리모델링이랄까. 루미가 이 집에 와본 건 한 번뿐이었을 텐데.

나를 더욱 놀라게 한 것은 그 집 현관에서 나온 루미의 모습이었다.

정말 타임 슬립을 한 게 아닌가 싶어 이번에는 눈을 비비고 몇 번이나 껌뻑거렸다. 그 모습은 그날 그림을 받으러 온 여성, 사와코 씨와 판박이였다. 아버지가 그린 예술대학 시절의 아름다운 동급생 쪽이 아니다. 휠체어는 타지 않았지만 앞으로 얼마나 이 세상에 머무를 수 있을지 불안했던 모습이다.

이메일을 주고받을 때 내가 상상했던 모니터 너머의 모습은 언제 적 루미였을까? 일본으로 돌아온 이유는…….

하지만 외모는 변해도 감성은 그대로다. 내 심경을 정확히 꿰뚫어 보았으리라.

"밀린 이야기는 나중에 따로 해."

루미는 다정한 미소를 머금은 얼굴로 내게 그렇게 말하더니 몸을 돌려 학교 숙제는 다 했어? 하고 밝은 목소리로 물으며 소년들을 집 안으로 안내했다.

소년들의 뒤를 따라 마지막으로 들어간 내 가슴은 어느덧 뛰고 있었다.

걸음을 들여놓는 순간 그 시절의 내 모습으로 변하는 게 아닐까? 이 집을 떠났던, 아니, 루미네 가족이 돌아간 날 이후의 인생은 전부 꿈이고 지금부터 그날 이후가 시작되는 것 아닐까?

그런 상상을 코웃음으로 지워버리고 한 걸음 들어서니

기억 속 풍경과 미묘하게 달랐다. 우산꽂이에 잠자리채도 없고 현관에 아버지가 애용했던 슬리퍼도 없다.

다만 신발을 벗으려는 순간, 집 안쪽에서 눈앞으로 다가온 소녀의 모습에 또다시 숨이 턱 막혔다. 루미가 있었다. 부모님과 함께 찾아왔던, 그 시절의 루미가.

여행길의 긴장에서 벗어난 해방감과 향수에 눌려 그곳에 없는 존재를 뇌가 멋대로 만들어낸 걸까?

귀여운 소녀는 모처럼 실내용 슬리퍼를 꺼내놓고도 들어올 생각을 하지 않는 나를 보더니 어리둥절한 듯 고개를 갸웃거렸다. 그때 한 소년이 현관으로 다가왔다.

"안나, 짐은 어디로 옮기면 돼?"

그 말에 현실로 돌아왔다. 소녀는 루미가 아니라 딸 안나다. 유심히 보니 헤어스타일도 그날의 루미와 달랐고 복장도 완전히 요즘 스타일이었다.

애초에 나이부터 다르다. 소년들을 보고 느낀 것처럼 자그마한 머리에 늘씬하게 뻗은 팔다리, 요즘 아이들이 다 그렇듯 초등학생이라고 하면 그렇게 보이고 스무 살이라고 해도 그런가 보다 할, 보는 사람에 따라 어떻게도 보이는 외모는 그 시절의 아이들에게는 없었던 특성이다.

그렇게 현실로 돌아왔는데 거실로 들어가니 또다시 발

밑이 울렁거리는 착각에 빠졌다.

아마존강 오지에서 험한 날씨에 프로펠러 비행기를 탄 적이 있는데, 그때 느낀 감각과 비슷했다. 기류에 휩쓸려 기체가 요동치다가 간신히 평형을 되찾았다고 안심한 것도 잠시, 또다시 크게 요동친다.

나를 집어삼킨 것은 벽에 걸린 그림, 아버지가 그린 사와코 씨의 초상화였다. 넓은 거실 벽에 그 그림 한 장만 걸려 있었다. 색채의 마술사로 전 세계에서 평가받는 루미의 작품은 어디에도 없었다.

그렇기에 기억이 흔들린다. 이 그림은, 그날부터 줄곧 이곳에 걸려 있었던 게 아닐까? 아니, 바야흐로 지금 건네줄 것이다. 타임 슬립을 한 게 아니다. 이 집만 시간이 멈춰 있었던 것이다.

무엇 때문에? 기다리기 위해. 누구를? 루미를?

어쩌면 나를? 어째서?

그런 마음의 동요를 지운 것은 이타루의 목소리였다.

"아버지, 짐은 2층 안쪽 방에 뒀어. 루미 선생님이 햇볕이 제일 잘 드니까 아버지가 쓰던 방이었을지도 모른다고 하시던데."

이타루는 이번에 처음 만났을 텐데 내가 소개하기도 전

에 루미 선생님이라고 불렀다. 다른 소년들의 영향이리라.

다른 소년들도 거실로 나와서 안나가 마련해 준 차가운 레모네이드를 마실 즈음에는 이타루도 미술 학원의 일원인 것처럼 위화감 없이 잘 어울렸다. 학교는 어디야? 동아리는? 숙제 다 했어? 불꽃놀이 할 수 있을까? 그런 대화를 나누는 소년들을 바라보는 것만으로도 마음이 부드러워졌다.

마치 꽃밭을 살랑살랑 날아다니는 나비 같았다.

저 아이는 어떤 나비를 닮았을까? 저 아이는, 저 아이는……. 우연인지, 루미가 어떤 지시를 한 건지, 이타루는 검은 폴로셔츠를 입고 있었지만 다섯 소년들은 모두 티셔츠든 폴로셔츠든 흰옷을 입고 있었다. 바지 색은 저마다 달랐다. 이타루는 흰옷을 챙겨 왔던가, 잠시 생각해 보았지만 알 수 있을 리가 없다.

둘이서 옷을 사러 간 적은 없었다. 하지만 검은 옷만 입는다는 인상이 강하다. 네가 좋아하는 붉은무늬제비나비가 아니라 그냥 제비나비구나, 라고 말하지 않았던가? 그래서 이타루가 그걸 보고 싶다고 했던 걸까?

"시로, 이쪽으로 와봐."

거실 안쪽, 불이 없는 난로 앞에 있던 루미가 나를 불렀다. 연약한 외모와 달리 목소리는 당찼다. 그래서 또 옛날로 돌아갈 뻔했지만 지금의 루미는 울지도, 화를 내지도 않았다.

루미를 쏙 빼닮은 안나도 소년들 틈에 껴서 버스는 어땠는지, 멀미는 하지 않았는지, 캠핑장은 어떤지 즐겁게 묻고 있었다. 두 사람은 택시로 왔다는 것 같았다.

난로 앞으로 가니 자연히 그 안쪽에 시선이 갔다. 안쪽 벽에 기대어놓은 것처럼 도끼가 세워져 있었다. 자루는 낡았지만 날은 당장이라도 장작을 팰 수 있을 만큼 빛을 머금고 있었다.

당연한 일이지만 난로 위에 예쁜 접시는 없었다. 대신 낡은 상자가 놓여 있었다. 옛날에는 하얬을 텐데 완전히 누렇게 바랜 상자. 당시 이 거실에 그림이 걸려 있었던가? 틀린 그림 찾기라도 하듯 그날과 현재를 비교하는 것을 루미가 눈치챈 걸까.

"나중에 꽃밭에 가보자."

루미가 살며시 웃으며 그렇게 말했다. 하지만 그 전에, 라고 뒷말을 이었다.

"이것도 벽에 걸어두려는데 한번 봐줄래?"

루미가 난로 위 상자를 들어 테이블 위에 내려놓더니 천천히 상자 뚜껑을 열었다. 안에서 나온 물건을 본 순간, 내 영혼은 단숨에 몸속에서 빠져나갔다.

내가 만든 나비 표본이었다. 아버지의 아틀리에서 만든 나비 표본. 뒷산으로 이어지는 꽃밭을 나비의 시각으로 그린 그림에 나비를 꽂은, 내 작품. 표구 덕분인지 나비의 날개 색도 당시와 똑같아 보였다.

그림 재주는 없다고 생각했는데 다시 보니 구도는 탄탄했다. 거기에 칠한 선명한 색들. 도서관에서 빌린 책을 참고로 내 안에서 상상을 부풀려 그렸던 나비가 보는 세계는 지금의 지식으로 대조해 보면 엉뚱한 구석이 많았다.

하지만 이쪽이 진짜에 가깝지 않을까? 머릿속이 저려오는 감각과 함께 그 생각은 강해져 갔다.

그 후로 걸어온 인생의 어떤 순간보다도 이곳에서 살던 시절의 내가 나비의 세계와 가장 가깝게 이어져 있었던 것이다.

표본에서 눈을 떼지 못했다. 따뜻한 두 종류의 초콜릿이 차가운 대리석 위에서 교차로 얽혀 알맞게 융합된 층을 만들며 굳어가는 것처럼, 당시 상상했던 나비의 세계와 새로운 지식을 쌓아 얻은 나비의 세계가 머릿속에서 더욱 깊고 힘차게 확장되었다.

이게 정답이었나. 머릿속 풍경을 이미지로 빼낼 수 있다면 루미에게 물어보고 싶었다. 네 눈에 보이는 건 이 세계냐고.

아니, 아니다. 루미의 눈은 과거 루미가 말했던 것처럼 나비와는 다른, 루미의 시각이다. 그쪽이 더 선명할지도 모른다.

그러니 역시 내 머릿속에 펼쳐진 경치가 진짜 나비의 세계에 보다 더 가깝다. 그것을 루미에게 보여주고 싶다.

흥분과 함께 두려움도 생겼다.

아무 때나 마음대로 머릿속에서 경치를 변환할 수 있다는 보장은 없다. 신이 주신 재능에 영원한 것은 없다.

그렇다면 어떻게 남겨야 하나? 이미지를 의도한 색으로 변환할 수 있는 프로그램을 만들 수는 없을까? 렌즈 기능을 더욱 세분화한다면? 아마 불가능할 것이다. 법칙을 초월한 끝에 도달한 영역이니까.

그림을 그릴 수 있다면.

그때 이타루의 목소리가 들렸다. 아버지, 하고. 실제로 나를 찾은 모양이라, 겨우 표본에서 눈을 떼고 목소리가 난 쪽으로 고개를 돌렸다.

"할아버지 아틀리에가 그대로 남아 있대. 애들하고 구경

해도 돼?"

함께 있는 소년들의 얼굴이 나를 바라보고 있었다. 하지만 그 모습은 인간이 아니었다. 저마다 다른 나비의 화신이었다. 배경도 여전히 나비의 눈으로 보는 색이었다.

전류 같은 감각이 몸의 중심을 훑고 지나갔다.

인간 중에서는 내게만 보이는 이 세상에서 가장 아름다운 광경을 영원불변의 형태로 남겨서 한 명이라도 더 많은 사람들에게 보여주는 것이야말로······.

신이 내게 부여한 천명이 아닐까?

준비

 내게는 없다고 포기했던 예술적 재능이 유전자에 각인되어 있었다는 사실을 깨닫고, 인생 전부를 잃을 각오로 도전해 보고 싶어 흥분했지만 남들 앞에서는 억눌러야만 한다.

 내 손으로 그 아름다운 모습을 영원한 형태로 만들고 싶다.

 대상이 나비라면 흘러넘치는 충동을 억누를 필요가 없다. 새삼 궁금해졌다. 지금까지 나비를 쫓을 때, 나는 어떤 표정을 짓고 있었을까?

 연구실 학생들은 종종 선생님은 포커페이스라 본심을 알 수 없다고들 했지만 조수쯤 되면 지금은 머릿속에 어떤 나비가 있어요? 하고 놀리는 경우도 있었다.

 반드시 손에 넣고 싶은 나비가 있어.

 이번만큼은 입에 담을 수 없는 말이었다. 그렇다면 들키지 않으려면 어떻게 해야 할까? 머릿속으로 성서 한 구절이라도 외워볼까? 그런 부자연스러운 짓을 할 필요는 없다.

내 안에 예술가의 피를 느꼈다 해도 나라는 사람을 구성하는 것은 '연구'다. 하루 종일 나비 생각만 해서 아내는 "잠꼬대도 나비 이름만 말해. 가끔은 여자 이름이라도 중얼거려서 가슴 졸여봤으면 좋겠네"라며 어이없어하기도 했다.

제작에 착수하지 못하는 동안에는 표본에 곁들일 리포트를 쓰면 된다. 미지의 영역을 일상 행위로 가리면 두려워할 건 아무것도 없다.

저 아름다운 소년들은 나비다.

지금까지 나비를 쫓아 출입 금지 구역에 몇 번이나 발을 들여놓았던가. 남미의 사유지에 들어갔다가 총구를 마주한 적도 있다. 하지만 일본 주택가의 작은 공원에서 어린아이들 앞에 서서 나비를 쫓을 때는 수상한 눈으로 바라보는 어머니는 있어도 신고당한 적은 한 번도 없었다.

나비 관찰에 몰두해 다소 과하게 보이는 행동을 해도 사카키 시로라는 인간으로서는 딱히 이상하지 않은 일이다.

설령 그 끝에 금단의 행위가 기다리고 있다 하더라도.

진짜 예술이란 스스로가 전하고 싶은 세상을 그 작품 하나로 표현해야 하는 건지도 모른다. 하지만 나는 연구자다.

내 세상은 표본과 리포트로 완성된다. 그렇게 생각하면 신비롭다.

초상화는……. 처음 본 것이 아버지가 그린 사와코 씨 그림이었기 때문에 사진으로 차마 표현할 수 없는 부분을 그림으로는 나타낼 수 있다는 점에서 어린 마음에 가치를 발견할 수 있었지만, 아버지도 모르는 인물을 그린 적은 있었을 것이다.

화가는 모델을 얼마나 이해할까?

루미는 산속 집에 도착한 첫날, 이타루를 포함해 여섯 소년 앞에서 열흘 동안 그린 그림을 보고 후계자에 걸맞은 한 명을 선택하겠다고 발표했다. 단순한 일등상이 아닌, 색채의 마술사로서 세계적으로 이름을 떨친 화가의 후계자.

여름방학, 일상에서 동떨어진 공간에서 들떠 있는 소년들을 앞에 두고 연극적인 표현으로 흥을 돋우려는 걸지도 모르지만 그곳의 공기가 팽팽하게 긴장되는 것을 경쟁에 참가하지 않는 제삼자인 나도 느낄 수 있었다.

그들의 작품은 본 적이 없지만 루미가 후계자 후보로 선택한 것으로 보아 진지하게 그림의 길을 가려는 재능 있는 아이들이리라.

그 안에 이타루가 들어가도 괜찮은 걸까? 진심인 아이들

사이의 완충재, 혹은 자극제로 작용하도록 게스트 같은 역할로 초대한 걸까?

그렇지만 경쟁이라는 말을 들으면 나도 운동회를 구경하는 보호자 같은 마음이 든다. 눈에 비친 것을 정교하게 재현하는 루미의 화풍과는 정반대라 해도 확실한 그림 실력을 가진 아들에게 일등상을 기대하고 만다.

하지만 모델이 안나라는 사실을 안 순간, 불안감이 피어올랐다.

산속 집에 도착하고 몇 시간밖에 지나지 않았지만 소년들과 안나가 처음 보는 사이가 아니라는 것은 알 수 있었다. 친하게 이름을 부르는 아이도 있었고 음료수를 받은 것뿐인데도 뺨을 붉히며 눈을 피하는 아이도 있었다.

적어도 다들 안나에게 호의를 품고 있다는 걸 알 수 있었다.

소년들 한 사람 한 사람의 마음속에 안나가 있다. 그리고 그것은 모두 다른 모습이다. 단순히 일본 인형처럼 아름다운 용모나 싱그러운 미소에만 이끌리는 게 아니라 그들만이 아는 성격 때문에 반한 아이도 있을 것이다.

하지만 안나를 처음 본 이타루 안에는 그녀가 없다. 가령 짧은 시간 안에 관심을 갖게 된다면 외모에 끌린 것일 테니 눈에 비치는 모습을 묘사하는 수밖에 없다.

소년들은 어떤 그림을 그릴까? 아니, 그림을 그리는 그들의 모습, 바로 그것을 곁에서 지켜보고 이 눈에 또렷하게 각인해서 내 작품을 구상하고 싶다. 그런 갈망을 품었지만 아이들과 똑같은 여름휴가는 보낼 수는 없었다.

산속 집에는 하루만 묵고 이튿날 아침 돌아가게 되었다.

열흘 후에 데리러 오겠다고 루미에게 약속했다.

"어떤 작품이 나올지 기대해."

루미가 웃는 얼굴로 배웅해 주었다. 똑같은 얼굴로 후계자는 이타루로 결정했어, 하고 맞이해 주기를 기대하며 귀로에 올랐다.

돌아오는 길에 문득 루미 옆에서 하얀 원피스를 입고 손을 흔들던 안나가 떠올랐다. 아침 식사 때는 검은 티셔츠를 입고 있었으니 모델을 하려고 갈아입은 게 분명했다. 그 드레스를…….

하얀색 그대로 그려서는 루미의 후계자가 될 수 없다.

어디 휴게소에라도 들어가 이타루에게 연락할까 고민했지만 바로 고개를 저었다. 산속 집에서는 스마트폰을 쓸 수 없다. 거기서 무슨 일이 생기면 캠핑장으로 내려가면 되지만, 이쪽에서 긴급 연락을 취할 수단은 없다.

애초에 이타루가 아버지의 연구에 얼마나 관심을 가지고 있는지 모르겠지만 하루아침에 재현할 수 있는 세계가 아니다.

그런가, 웃음이 치밀었다. 남의 시선을 신경 쓸 필요가 없어서 소리 내서 웃었다.

그 눈을 갖지 못한 사람들 중에서 그 세계를 가장 잘 이해하는 것은 바로 나다.

루미의 후계자가 될 수 있는 건 내가 아닌가?

또 웃었다. 같은 나이에 후계자는 무슨.

그렇지만 내가 상상하는 작품은, 세상 모든 사람들이 비판하더라도 루미만은 높이 평가해 주지 않을까? 윤리관을 배제하고 순수하게 예술 작품으로 봐주지 않을까?

그 어린 시절 내 표본을 탐냈던 것처럼.

루미에게 바치는 작품을 만들자.

머릿속에 펼쳐진 나비의 세계. 그 깊은 곳 궁전에 사는 여왕의 모습이 루미와 중첩되어 하나의 사진처럼 선명하게 각인되었다.

하지만 여왕은 이제 없다.

산속 집에서 돌아온 이튿날, 나는 다시 같은 길을 달렸다. 이타루에게 루미 선생님이 병원에 실려 갔다는 전화를 받았기 때문이다.

산속 집으로 향하는 길에 병원에 들르니 다행히 루미는 면회할 수 있는 상태로, 집 열쇠를 내게 맡기며 소년들을 각자의 집으로 바래다주길 부탁했다.

"작품을 보여주고 싶었는데 유감이야."

루미는 숨을 깊이 내쉬었다. 산속 집에 도착한 내게 소년들이 똑같은 표정으로 아직 거의 손대지 않은 캔버스를 어떻게 해야 할지 물었다.

30호짜리 캔버스가 여섯 개. 사와코 씨 초상화와 똑같은 사이즈였다.

"조만간 여기서 다시 그릴 수 있을 테니 창고에 넣어두자."

결코 그 후에 소년들을 불러낼 구실로 삼기 위해 그렇게 지시했던 것은 아니다. 루미는 바로 회복할 거라 믿었고, 그런 바람도 담겨 있었다.

산속 집에서 다 함께 기다려도 되지 않을까 싶었을 정도다.

하지만 루미는 남은 체력과 기력을 산속 집이 아니라 미국으로 돌아가는 데 썼고, 인생에서 그녀가 가장 빛났던 땅에서 얼마 남지 않은 나날을 보내기를 선택했다. 그날, 면회할 수 있었던 게 기적이었다는 이야기를 나중에야 의사에게 들었다.

창고 안에는 거대한 아크릴 케이스가 있었다. 그야말로 표본 상자가 아닌가? 어째서 이런 게 있는지 전율하는 내게 작품들을 야외에 전시하려고 루미 선생님이 준비한 케이스라고 알려준 것은 어느 나비였을까? 각목 같은 것까지 있었다.

이 또한 천명. 신의 손바닥이 등을 떠미는 감촉을 확실하게 느낀 나는 결심했다.

작품을 사진으로 남기기로 한 이유는 루미에게 보여주기 위해서다.

표본의 대가로 루미의 아버지에게 선물 받은 카메라로. 나는 모든 것이 그 표본으로 집약되는 인생의 아름다운 궤적에 한동안 취해 있었다.

직접 찍은 나비 사진을 내 손으로 현상할 수 있도록 집에 전용 암실도 만들어두었다.

산속 집에 두고 온 물건이 있을 때나 루미가 메시지를 전할 때를 대비해 소년들에게 스마트폰 번호를 물었고, 한 사람씩 집까지 바래다주었다.

"사카키 선생님이 그림을 가르쳐주면 될 텐데."

쫓아가면 달아나지만 문득 깨닫고 보면 어깨에 앉아 있다. 그런 나비처럼 살갑게 말을 걸어온 소년에게 먼저 연락을 취하기로 했다.

미술관에 오신 것을 환영합니다

　마침내 선보일 때가 왔다. 그냥 표본을 보고 싶었던 것뿐인데 답답하게 생각했을지도 모른다. 하지만 많은 사람들이 '동기'를 궁금해하지 않던가?

　아울러 지금까지는 마음의 준비 운동이었다고 생각해주길 바란다.

　앞으로 기다리고 있는 것은 내게는 예술이지만 어떤 이에게는 생리적 고통을 줄지도 모른다.

　모처럼 이 작품을 펼쳐준 사람이 혐오감을 견디지 못하고 세 페이지 만에 덮어버리는 사태는 가급적 피하고 싶다.

　그렇지만 여기까지 읽었다면 받아들일 각오도 되었을 것이다. 어느 정도 작품을 상상하며 들여다보는 사람도 있을 것이다. 하지만 그 이상이 기다리고 있다고 약속한다.

　자, 차분히 감상하시라!

『인간 표본』 사카키 시로

【작품1 레테노르 모르포나비】

네발나비과 모르포나비속

앞날개 길이 65~85㎜

남미 중북부, 주로 아마존강 유역

  모르포나비들은 중남미에 60종 정도 있는데 금속처럼 빛나는 사파이어 같은 푸른 날개를 가진 본종은 100미터 거리에서도 보일 정도로 강렬해 모르포나비들 중에서도 특히나 아름답다.

  날개는 각도에 따라 빛이 변하며 날개에 묻어 있는 비늘가루에 푸른 색소는 없지만 푸른 빛의 파장에 반응하는 성분이 있어 파란색을 띠는 것처럼 보인다. '구조색'이라고 하는 이러한 특징을 가진 것은 수컷뿐이다.

  날개 안쪽은 수수한 색을 띠며 무늬는 눈알 또는 낙엽, 나무껍질처럼 보이기도 한다.

  정글에 사는 나비로 원생림 속 작은 강가에서 관찰된다.

작품 전시 형태

  가로 200㎝×세로 200㎝×깊이 80㎝짜리 투명 아크릴

(두께 2cm) 케이스를 사용.

내부에 같은 소재로 만든 투명한 십자가(10cm×10cm×198cm짜리 두 개를 조립한 것)를 부착한다.

표본 대상자에게 수면제를 먹이고 심부전 치료제이기도 한 콜포르신 다로페이트를 주사기로 투여.

늑골 아래쪽을 도끼로 절단(모르포나비의 몸통은 유분을 다량 함유해 날개의 광채를 해칠 가능성이 있으므로 미리 몸통을 제거하는 표본 제작법을 따른다).

절단면은 특수 가공한 밀랍 시트로 덮어 처리한다.

팔과 몸통 앞쪽은 모르포나비와 같은 청색을 칠한다.

선택 반사를 재현하기 위해 회색 금속과 무색 유화아연 입자를 투명 필름에 입혔다가 떼어낼 때 나오는 비늘가루 같은 알갱이를 안료로 쓴다.

팔과 몸통 뒤쪽은 가스버너로 지진다.

양쪽 견갑골 밑에 눈알 모양의 켈로이드 흉터를 만든다.

사지를 펼쳐서 케이스 안 십자가에 은색 쐐기로 고정한다.

마치 거기에 나비가 찾아온 것처럼 왼손 약지에 레테노르 모르포나비의 표본을 붙인다.

케이스를 덮어 완성.

촬영 방법

양치식물이 우거진 곳에 케이스를 세워 앞면, 뒷면, 양쪽 옆면을 촬영.

뒤쪽을 촬영할 때 케이스에 늘어진 양치식물은 잎 뒷면이 바깥쪽을 향하도록 조정한다.

제작 의도·관찰기록

소년들을 만나러 갈 때는 가급적 자가용이 아니라 대중교통을 이용했다. 내 차는 일단 눈에 띄기 때문이다.

후카자와 아오[深沢蒼]는 몹시 낙담한 표정을 보였다. 그날은 날이 맑아서 기대하고 있었다고. 그의 집과 그가 다니는 학원 사이의 중간 지점인 하천 변에서 그렇게 말했다.

"꽤 비싸잖아요."

아오는 그 차에 대해 알고 있었던 모양이다. 그래서 캠핑장에서 내 차가 자기들 앞에 섰을 때 흥분했다고 한다.

"도료 개발에 관여해서 많이 깎아줬어."

비굴한 웃음을 지으며 하지 않아도 될 말을 했는데 "개발! 굉장하다!"라며 아오는 흥분한 기색으로 눈을 빛냈다. 내가 그만 눈길을 돌려버릴 정도로.

산속 집에 모인 소년들 대부분이 모델로 초대받았다고

해도 통할 만큼 용모가 수려했다.

그중에서 특히 눈길을 끄는 것이 아오였다.

아오는 자기가 아름답다는 사실을 자각하고 있다. 자신감 넘치는 언동이 그것을 말해주었다.

어릴 때부터 아름답다는 칭찬을 질리도록 받고, 그것이 비늘가루처럼 겹겹이 쌓여서 그를 뒤덮어 광채를 자아내고 있다. 동작 하나로 광채가 변한다. 무엇을 해도, 어느 쪽에서 빛을 받아도, 반드시 광채를 발한다.

그 광채는 아무리 강한 빛을 쬐어도, 표본이 되어서도 탁해지는 일이 없다.

갖지 못한 자가 빛에 이끌려 손을 뻗듯이 소년이 가진 반짝이는 가루를 만져보고 싶어 다가가도 그는 달아나지 않는다.

타인이 자기에게 이끌리는 게 당연하다는 듯이 그 품에 파고들도록 허락할 뿐만 아니라, 두려워서 무의식적으로 비워둔 작은 틈새를 그가 먼저 좁혀 온다.

바짝 다가와서 달콤한 말을 토해낸다.

너는 갖지 못한 자가 아니야. 그 증거로 나는 너의 꿀을 원해서 여기에 있어. 그것이 무엇인지, 스스로 깨닫지 못한다면 내가 가르쳐줄까?

그는 도료를 어떻게 만드는지 궁금해했고 모르포나비 표본을 갖고 싶다고 졸랐다. 돈을 내겠다고 했지만 아들과 같은 나이의 소년에게 그런 것을 받을 생각은 없었다.

어느 모르포나비가 좋을지 고민할 틈도 없이 모르포나비 중에서 가장, 그러니까 세상에서 가장 아름다운 나비라 불리는 레테노르 모르포나비로 만들기로 결정했다.

표본 케이스는 아크릴과 나무 중 어느 게 좋은지 묻자 어느 쪽이든 상관없다고 대답했다. 진짜 나비 날개로 액세서리를 만들고 싶은 거라고.

속이 비어 있는 유리구슬 안에 나비 날개를 붙여서 천연석처럼 만드는 장인이 있다고 했다. 그 구슬을 가운데에 박아 넣은 나비 모양 은반지를 갖고 싶다면서 그는 왼손을 활짝 펼쳐 태양을 가렸다.

모르포나비의 푸른색을 영원히 몸에 지니고 싶다.

귀중한 표본을 그런 데 쓰다니 괘씸하냐며 쓴웃음을 짓는 얼굴도 아름다웠다. 네게 어울릴 것 같다고 대답한 내 얼굴도 결코 가식적이지 않았으리라.

그의 곁에 있으면 그가 가진 반짝이는 가루가 내 위로도 떨어져 똑같은 빛을 발한다는 착각에 빠질 것만 같다.

그가 그린 그림은 샤갈을 방불케 하는 청색이 인상적인

작품이 많았다.

산속 집에서 신작은 보지 못했지만 그가 스마트폰으로 찍은 작품 사진을 몇 장 보여주었다. 데생의 중심은 약간 흐트러졌지만 청색으로 빛을 표현하는 센스는 각별했다.

"파랗다는 뜻의 이름을 가져서 그런 건 아니야. 하지만 세상에서 제일 마음에 들어."

그에게 그림을 배우게 된 계기를 물어보니 단순명쾌한 대답이 돌아왔다.

"예쁜 걸 좋아하니까."

그래서 나비도 정말 좋아한다며 웃는 그의 얼굴을 보고 나는 결심을 굳혔다.

표본을 구상하기 위해 그를 더 잘 이해해야 한다고 생각했다.

밤의 얼굴을 보고 싶다. 저속한 욕망이 아니다. 나는 태양 빛을 반사해 빛나는 모르포나비를 좋아한다. 나비의 눈으로 봐도 요사스러운 색채로 보이지는 않았다. 보다 심오한 청색이 고개를 내밀고 자신의 아름다움을 주장한다. 스스로는 색을 갖지 못하는 나비는 달빛을 어떤 식으로 반사해 어떤 청색으로 빛날까?

그것을 알기 위해서는 학원 수업이 끝나고 돌아가는 그

를 미행하는 정도로 족했는데…….

하천 변 다리 밑, 빛바랜 비닐 시트가 덮인 오두막이라고도 할 수 없는 구조물에 아오는 불을 질렀다. 불붙은 라이터를 시트의 빛바랜 부분에 몇 초 갖다 댔을 뿐.

시트가 녹으며 불길이 솟자 타오르는 불꽃에는 관심 없다는 듯 유유한 걸음으로 떠나는 그의 뒤를 쫓아갔다.

이름을 불러서는 안 된다. 걸어가는 그를 따라잡아 숨을 헐떡이며 뒤에서 어깨를 붙들었다. 그때 만약 흠칫 떨었다면 조금은 인상도 달라졌을까?

뒤를 쫓아온 게 나란 걸 알고 있었을지도 모른다. 자신의 미모로 어떻게든 구슬릴 수 있는 상대라고.

"왜 이런 짓을?"

떨리는 목소리로 묻는 내게 그는 태연한 얼굴로 대답했다.

"더러우니까. 내가 가장 싫어하는 파란색이야. 하지만 괜찮아, 안에 아무도 없어. 오늘은 말이지."

아오는 그렇게 말하며 웃더니 발길을 돌려 다시 걸음을 뗐다. 선도부장이 길가에 버려진 쓰레기를 주워서 처분한 것처럼 후련한 발걸음으로. 그 뒷모습에 번득이는 악마의 눈이 보였던 것은, 분명 내가 모르포나비의 날개 뒷면을 알고 있기 때문이다.

나방이나 다름없는 흉측한 모습.

똑같은 사건이 전에도 몇 차례 있었고, 경찰이 동일범의 소행으로 보고 있다는 것도 알았다. 바로 전에 있었던 사건에서는 빈 오두막이 아니었다는 것도 알았다. 성별도 구분할 수 없을 정도로 시체가 새카맣게 타버렸다는 사실도.

그에게 굳이 물어볼 생각은 없었다.

신고는 하지 않았지만 죄책감은 당연히 없다.

작품 구상이 앞뒷면 다 명확해졌다는 사실에 감춰왔던 흥분이 샘솟아, 오로지 그것을 보다 이상적인 형태로 표현할 방법을 모색하는 것에만 집중했다.

장식은 필요 없다. 표면의 아름다움과 이면의 추악함, 양쪽을 감상할 수 있는 표본.

모르포나비의 표본을 주고 싶은데 따라오겠니?

그렇게 꾀어낸 산속 집에서, 표본 제작에 이르기까지 아오와 어떻게 지냈는지는 완성품과 아무 상관도 없으니 생략하겠다(이하 공통).

【작품2 휴잇슨 삼원색네발나비】

네발나비과 삼원색네발나비속

앞날개 길이 75㎜

남미 브라질, 아마존강 상류

 삼원색네발나비속의 나비는 파란색, 노란색, 빨간색이나 주황색처럼 몹시 선명하고 아름다운 날개를 가진다. 또한 종류는 예닐곱 종으로 채집되는 개체 수가 대단히 적어 세계적으로 인기가 높다.

 휴잇슨 삼원색네발나비 유충은 마약의 원료로 흔히 알려진 코카 잎을 먹고 자란다. 때문에 몸속에 독을 지닌다.

 화려한 색채는 자신에게 독이 있다는 사실을 알리기 위함이다.

작품 전시 형태

 가로 200㎝×세로 200㎝×깊이 80㎝짜리 투명 아크릴(두께 2㎝) 케이스를 사용.

 표본 대상자에게 수면제를 먹이고 콜포르신 다로페이트를 주사기로 투여.

하지는 절단하지 않는다.

오른팔을 제외하고 온몸에 수성 콘크리트용 도료로 청록색, 청색, 오렌지색, 세 가지 색을 기조로 삼원색네발나비의 날개를 연상시키는 무늬를 그린다.

오른팔은 보라색을 기조로 한 그러데이션으로 독에 침식된 모습을 표현한다.

케이스 바닥 10cm까지 콘크리트를 붓는다.

굳은 뒤 표본 대상자를 중앙에 배치.

다시 30cm만큼 콘크리트를 부을 때, 하지가 전부 묻히도록 두 다리를 가지런히 모아서 밑판 콘크리트에 펙을 꽂고 와이어로 고정한다.

팔은 번데기가 콘크리트 벽을 뚫고 부화하는 모습이 되도록 형태를 가다듬어 고정한다.

콘크리트를 붓는다.

콘크리트가 마른 뒤 벽면에 플루메리아, 야자, 바나나 같은 아마존강 강 상류에 서식하는 식물을 그린다. 단, 형태와 색은 정상적인 정신을 가진 자의 시각에 보이는 모습이 아니다.

몽롱한 상태에서 몇 초 후에는 형태가 달라질 것을 상기시키는 선이나, 실물로는 보지 못했을 색으로 표현한다.

잘 말린 뒤 몇 군데 쐐기를 박아 균열을 넣는다.

오른쪽 팔오금, 굵은 정맥을 표현한 부분에 독을 주입하고 있는 것처럼 휴잇슨삼원색네발나비 표본을 붙인다.

케이스를 덮어 완성.

촬영 방법

산뜻한 진녹색 이끼가 무성한 숲속에 케이스를 세우고 정면에서만 촬영.

그 후 케이스 상부로 양동이 하나 분량의 콘크리트를 부어 숲속에 우뚝 선 묘비 같은 이미지로 다시 촬영.

제작 의도·관찰기록

산속 집에 모여 있는 소년들을 데리러 캠핑장으로 갔을 때, 내 눈을 가장 끌어당긴 것은 이시오카 쇼[石岡翔]였다. 검은 머리, 혹은 소년 특유의 갈색 머리카락을 가진 아이들 속에서 혼자만 오렌지에 가까운 노란색으로 염색한 머리가 있었으니까.

내가 그들 나이 때에는 불량아가 주인공으로 나오는 만화가 유행해서 행실이 나쁜 사람은 대부분 머리가 노랬는데(염색이 아니라 탈색이었을 것이다), 요즘은 풍기가 문란

한 번화가를 돌아다녀 봐도 그런 머리는 좀처럼 찾아볼 수 없다.

요즘 불량아들은 일반 학생들처럼 단정한 차림새를 하고 보이지 않는 곳에서 말썽을 부린다고 교육 관련 세미나에서 들은 적도 있다.

그렇다고는 해도 쇼 역시 머리 색만 빼면 불량스러운 구석은 찾아볼 수 없었다.

잘 아는 사이인지 안나를 이름으로 부르고 이타루에게도 친근하게 말을 거는, 마음에 벽이 없는 밝은 소년이라는 인상이었다. 쇼만 처음부터 내게도 친구 대하듯 반말을 했는데, 살가운 웃음이 당혹감과 불쾌감을 상쇄했다.

하지만 소년들을 한 명씩 집에 데려다줄 때 역시나 싶은 구석도 있었다. 내가 불량아에 대해 어렸을 때부터 변함없는 편견을 가지고 있다는 증거이기도 하지만, 그 정도 생각은 이제 와서 감출 필요도 없다.

루미쯤 되는 유명인이 운영하는 미술 학원에 다닐 정도니 다들 생활 수준이 어느 정도 되는 가정의 아이들일 줄 알았고, 실제로 쇼를 제외한 소년들의 집은 동네와 건물 자체가 그것을 증명했다. 하지만 쇼의 집은 태풍으로 근처에 있는 강이 범람하면 가장 먼저 물에 잠길 지역에 있었다.

『인간 표본』 사카키 시로

그를 관찰할 때 나는 전철로 그 동네를 찾아갔는데, 집에 도착하기 전에 발길이 멈춘 장소가 있었다. 민영 전철이 지나는 고가 밑 터널 벽면에 그림이 있었다.

우주 공간에서 지구를 통째로 삼키려는 프테라노돈처럼 생긴 익룡.

글로만 본다면 대부분 우주 공간은 남색에 가까운 청색, 지구는 파란색과 흰색과 녹색, 프테라노돈은 황토색에 가까운 갈색을 떠올리지 않을까? 하지만 그 어느 색도 사용되지 않았다. 노란색, 오렌지, 보라, 청록……. 마치 휴잇슨삼원색네발나비의 색채 같았다. 파란색은 있지만 그것은 프테라노돈의 날개 일부에 쓰였을 뿐이다.

형태도 오래 쳐다보면 멀미가 날 것처럼 일그러져 요동치고 있었다. 데생이 서툰 것이 아니다. 정확한 형태를 인식한 뒤에 시공간이 울렁울렁 일그러진 듯한 착각에 빠진다. 그런 엉터리 세상인데도, 무엇을 그렸는지 알 수 있었다.

내 안에서는 절대로 태어나지 않을 세계.

그 감각에 인간과 나비의 눈에 보이는 풍경이 다르다는 것을 안 소년 시절의 하루, 그리고 루미의 개인전에 처음 갔던 날이 내 안에서 되살아났다.

몸속이 떨렸다. 이것은 어떤 눈으로 본 세계란 말인가?

그때 뒤에서 누가 "아저씨"라고 불렀다.

쇼였다. 물감 상자와 함께 세탁기에 처박았나 싶을 정도로 얼룩덜룩하고 잔뜩 구겨진 하얀 티셔츠에 발목이 조이는 헐렁한 검은색 통바지를 입고 있었다. 역시나 같은 세탁기에 집어넣은 게 아닌가 한숨이 나오는 수건이 노란색 머리카락 위쪽을 절반쯤 가리고 있었다.

"이거, 내가 그린 거야."

쇼는 그림을 바라보던 나를 본 듯했다.

"또 단속 나왔나 싶어 맥이 빠졌는데 아저씨라서 안심했어."

그렇게 말하더니 싱긋 이를 드러내며 웃었다. 담배로 인해 누레진 치아는 못 본 척하고 나도 미소로 답했다.

"너는 재미있는 눈을 갖고 있구나."

내 표현에 쇼가 깜짝 놀란 듯 눈을 휘둥그레 떴다.

"여기서 루미 선생님에게 똑같은 말을 들었어. 이것과는 다른 그림이었지만. 뭐야? 둘이 사귀어?"

그렇게 단순한 발상으로 용케 이런 그림을 그렸구나. 기가 막혔지만 같은 장소에 서서 그림을 바라보는 루미의 표정을 상상해 볼 수 있었다. 병에 시달려 지친 표정 아래로, 내가 산속 집에서 뒷산으로 이어지는 꽃밭으로 안내했을 때 보여준 소녀 시절의 얼굴이 번져 나왔던 것이 아닐까.

"그래서 루미 선생님이 네게 미술 학원을 권유한 거니?"

"맞아. 혹시 아저씨도 나를 스카우트하러 왔어?"

쇼는 재미있다는 듯 루미와 나눈 대화를 들려주었다. 학원비도 재료비도 내지 않아도 된다. 장학생으로 학원에 초대하고 싶으니 꼭 와달라. 필요하다면 교통비도 내주겠다. 그렇게 열렬한 제안을 받았다고 한다.

"초등학생 때부터 그림으로 상은 자주 탔지만 그 정도로 칭찬받은 적은 없었거든. 그림 실력이 전부가 아니다, 아무 곳에나 그리면 되는 게 아니다, 으스대지 마라, 오히려 다들 그렇게 역정만 냈지. 그래서 루미 선생님한테 칭찬받는 게 기뻐서 학원에 가봤는데 부잣집 아이들만 모여 있더라. 여기선 못 그리겠다 싶었어."

자신이 다른 소년들과 다르다는 것을 그도 알고 있었던 것이다.

"그랬는데 루미 선생님이 나만 다른 시간에 와서 혼자 그려도 된다고 해서."

산속 집에서 루미가 말했던 '후계자'. 가장 근접한 후보는 쇼가 아니었을까 하는 생각이 치밀었다.

특별 대우까지 하면서 그림을 그리게 하고 싶었던 아이.

하지만 어디까지 허용할 수 있을까?

남미의 싸구려 숙소와 술집에 감돌던 향기를 떠올렸다. 달콤한 장미와 백합이 7대3의 비율로 섞여 있는 듯한 향기. 아니, 그 꽃들의 이미지로 값싼 향료를 같은 비율로 섞은 화학약품 같은 향기, 냄새, 악취…….

몇 차례 유혹에 휩쓸릴 뻔했지만 강한 이성으로…… 그렇다, 어린 아들의 얼굴을 떠올리며 피해왔던 것.

"네가 가진 건 특별한 눈이 아니구나. 머릿속에 이 멋진 세계가 떠오르게 해주는 악마의 물건을 루미 선생님이 사용하도록 허락해 준 거니?"

그때 쇼가 지은 웃음이 바로 그가 악마와 계약했음을 증명하고 있었다. 악마는 그에게 낙원을 제공한다. 그 대가로 그는 낙원의 그림을 그린다. 그곳에 새로운 희생양을 불러들이기 위해.

쇼는 스마트폰 사진으로 루미의 학원에서 그린 그림을 보여주었다. 루미가 낸 주제는 '나비가 날아다니는 꽃밭'이었다고 한다. 내가 모르는 나비들이 모르는 꽃 위를 날아다니고 있었다. 어디인가, 여기는. 어디에 있는 거지?

이런 세계에서 놀아보지 않을래? 판매책이 쇼의 그림을 내밀며 그렇게 말한다면 나는 거부할 수 있었을까?

"1년 전의 선생님이었다면 허락하지 않았을 거래."

역시 루미는 알고 있었던 것이다. 자기 딸과 같은 10대 초반의 소년이 약물에 빠져 있다는 것을 알면서 갱생으로 이끌기는커녕 그것을 이용해 그림을 그릴 환경을 마련해 주었다.

"하지만 나는 갑갑하게 학원에서 캔버스 앞에 앉아 있는 것보다 내킬 때 이런 곳에 그리는 게 즐거워. 단속원이 찾아내 지워버린다 해도. 정말, 엉뚱한 데 돈 쓰지 말고 루미 선생님처럼 돈은 없지만 반짝반짝 빛나는 무언가를 가진 청소년들을 육성하는 데 쓰면 얼마나 좋아."

쇼는 연극배우처럼 폭소를 터뜨리더니 한 손을 들어 인사하고 그 자리를 뜨려 했다. 자동차 정비공장에서 일하는 '선배'가 도료를 줄 거라고 했다. 겸사겸사 약도, 라는 말도.

"아저씨 자동차에 쓴 도료는 너무 비싸서 못 준대."

그런 말을 남기고 떠난 쇼를, 나는 며칠 후에 그 도료를 선물하고 싶다는 말로 꾀어냈다.

예술의 발전을 위해서도 그는 작품에서 제외하는 게 낫지 않을까 망설여지기도 했지만, 아무리 훌륭하다 해도 약물에서 태어난 세계를 그린 그림이 공식 석상에서 평가받을 일은 없을 것이다. 오히려 연쇄살인범에게 빛나는 미래를 빼앗긴 소년의 작품이 되는 게 지금 존재하는 그의 그림을 보호할 수 있는 길 아닐까?

아아, 이런 생각도 약물로 인한 반응이라면 얼마나 좋았을까.

악마가 광기를 심어준 게 아니다. 광기는 처음부터 내 안에 있었다.

그런 인간을, 세상은 필시 악마라 부르리라.

【작품3 뾰족날개뒷고운흰나비】

흰나비과 델리아스속

앞날개 길이 35㎜

중국 남부, 말레이시아반도, 인도차이나반도, 보르네오섬

델리아스속 나비들 중 가장 널리 분포한 것이 이 종류일 것이다.

뾰족날개뒷고운흰나비는 날개 뒷면 뿌리 쪽에 빨간 무늬가 있다. 이 종류뿐만 아니라 델리아스 나비는 일반적으로 뒷면에 화려한 색과 무늬가 있고, 앞면은 흰색이나 검은색처럼 수수한 경우가 많다.

겨우살이과를 먹이로 삼으며 나비 중에서도 애벌레 때 특이한 식물을 먹는다.

작품 전시 형태

가로 200cm×세로 200cm×깊이 80cm짜리 투명 아크릴(두께 2cm) 케이스를 사용.

목제 십자가(10cm×10cm×198cm짜리 각목 두 개를 조립한 것)에 유채 물감으로 삼나무 껍질 같은 질감을 내서 케

이스 중앙에 붙인다.

표본 대상자에게 수면제를 먹이고 콜포르신 다로페이트를 주사기로 투여.

하지는 절단하지 않는다.

경부를 도끼로 절단해 얼굴이 등 쪽을 향하도록 꺾어 특수가공한 밀랍 시트로 접착한다.

목 아래, 흉부 쪽은 흰색과 검은색 유채 물감에 모래를 섞어 까끌까끌하고 건조한 분위기가 나도록 뾰족날개뒷고운흰나비의 날개 앞면을 변형시킨 무늬를 그린다.

목 아래, 등 쪽은 검은색과 노란색으로 뾰족날개뒷고운흰나비의 날개 뒷면을 변형시킨 무늬를 그린다. 양쪽 견갑골 위쪽에서 두부까지 직경 5cm의 붉은 장미를 그려 줄기 무늬를 구성하고, 꽃의 광채를 강조하기 위해 같은 색 글리터 분말 물감으로 마무리한다.

얼굴을 포함한 머리 부분은 겨우살이를 연상시키는 배색과 디자인으로 꾸민다.

등이 위로 오도록 하여 십자가에 올리고 팔을 덩굴장미로 고정한다.

감고 있는 오른눈 위에 날개 앞면이 위를 향하도록, 왼눈 위에는 날개 뒷면이 위를 향하도록 뾰족날개뒷고운흰나비 표본을 얹어서 고정한다.

케이스를 덮어 완성.

촬영 방법

수림 속, 볕뉘가 스포트라이트처럼 케이스 위로 쏟아지는 장소에 서서 앞면, 뒷면, 양쪽 옆면을 촬영.

시냇물 소리를 연상시키는 물가가 있다면 그곳도 가능.

제작 의도·관찰기록

컴퓨터와 스마트폰은 제법 활용하는 편이지만 아마추어가 촬영한 동영상에 관심을 가진 적은 없다. 아들에게 너무 그런 것만 보지 말라고 충고할 만큼 혐오하는 것도 아니지만 그렇다고 식사 시간까지 그런 걸 보는데 잠자코 있을 수는 없었다.

가령 늘 혼자 밥을 먹고 그날만 우연히 눈앞에 아버지가 있었던 상황이라 해도.

하지만 이타루는 반성하는 기미도 없이 스마트폰을 내게 내미는 것이 아닌가?

"그만 볼게, 하지만 이건 아버지도 한 번 보세요."

마지못해 화면에 시선을 떨어뜨리자 붉은 가죽 소재의

록스타 같은 상하의를 입고 가부키 배우처럼 얼굴에 진한 화장을 한 소년이 격렬한 음악에 맞춰 춤을 추고 있었다.

내가 20대 시절 동네 곳곳에서 흐르던 인기 가수의 곡이었다. 그러고 보니 죽은 아내도 팬클럽 회원이라고 하지 않았던가?

요즘 스타일로 어레인지한 안무는 훌륭했지만 그보다 내 시선을 끌어당긴 것은 그의 배경에 있는 그림이었다. 그의 키를 뛰어넘는 커다란 캔버스에는 붉은 장미꽃이 유채 물감으로 그려져 있었다.

그가 직접 그린 걸까? 입체적이면서 퇴폐적이기도 한 요염한 색채, 아이치고는 훌륭하다고 할 수 있는 솜씨였다.

"어라, 혹시 아직 모르겠어요? 산에 있었던 루미 선생님 학생이야."

그 말을 들을 때까지, 듣고 나서도, 어느 아이인지, 아니, 어느 나비인지 알 수가 없었다. 이타루를 제외한 다섯 명, 다섯 마리. 소거법으로 마지막 한 사람만 남아도 확신할 수 없었다.

내 머릿속에 남아 있던 것은 아카바네 히카루[赤羽輝]였다.

어떤 얼굴이었는지, 키는 어땠는지 기억이 나지 않을 정도로 수수한 인상의 소년. 모르포나비와 삼원색네발나비가 가까이 있어서 눈에 띄지 않았던 게 아니다.

가령 가랑잎나비처럼 새들로부터 몸을 숨기려고 오렌지색과 청색의 아름다운 날개를 접어 가랑잎과 똑같은 모습으로 의태하는 종도 있지만 그런 이미지와도 달랐다.

앞을 바라보고 고개를 들고 있는데 주위 경치와 동화되는 신비한 분위기를 가진 소년. 시원스럽고 단정한 생김새는 짙은 화장을 하지 않아도 여자들에게 인기가 많을 것 같았는데…….

짧은 동영상에서는 미추가 아니라 강렬한 이미지가 중요한 것이리라.

"평소하고 완전히 다른 모습으로 동영상을 찍는다는 걸 말해줄 정도로 금방 친해졌나 보구나."

"아니야, 그냥 우연히 찾은 거예요. 해시태그 같은 걸 붙이면 조회 수가 폭발할 텐데 눈에 띄고 싶은 건지, 몰래 좋아하는 일을 하고 싶은 건지 잘 모르겠어."

유심히 보니 재생 횟수가 세 자리밖에 되지 않았다. 이쪽 세계를 잘 몰라도 인기가 없다는 걸 알 수 있는 숫자다.

"뭐, 비밀과 보물은 표리일체인 경우가 있으니까."

괜한 말을 한 것 같아 헛기침으로 얼버무리며 이타루에

게 스마트폰을 돌려주었다. 그 후 방에 있는 컴퓨터로 그 동영상을 반복해서 보는 사이 어렴풋했던 히카루의 모습이 머릿속에서 명확한 나비의 모습으로 변모해갔다.

며칠 뒤, 나는 히카루를 어느 콘서트홀 앞으로 불러냈다.

"여기하고 제 장미 그림이 무슨 상관이라는 거예요?"

히카루가 그렇게 물은 이유는 내가 그것을 그를 불러내는 구실로 썼기 때문이다.

"옛날에 아내가 좋아했던 록스타가 있었거든. 전설적인 라이브라고들 하는 명장면이 있어. 앙코르를 포함한 마지막 곡이 끝나갈 때쯤 스타가 자기 가슴에 나이프를 꽂아. 그러면 마치 피가 솟구치듯이 무대 한가득 빨간 장미 꽃잎이 쏟아져. 스타는 나이프가 꽂힌 채로 마지막까지 노래하다가 그대로 풀썩 쓰러지고 무대는 암전. 수많은 여자들이 비명을 지르며 쓰러졌다더군."

"사모님도요?"

"아니, 아내는 사람이 강하다고 해야 하나, 똑 부러진다고 해야 하나, 손해를 안 보는 타입이라고 해야 하나. 뒤쪽 자리였는데 북새통을 틈타 앞으로 가서 장미꽃을 잔뜩 주워 주머니에 쑤셔 넣었다나 봐. 그걸 드라이 플라워 책갈피로 만들어서 보여준 적이 있어. 색이 변해버려서 그냥 짐작해 볼 뿐이지만 네가 그린 장미도 그 무대의 꽃에서 이미지를 따온 게 아니니?"

히카루는 한동안 입을 다물고 있다가 콘서트홀 입구까지 똑바로 뻗어 있는 계단을 올려다보더니 기나긴 한숨을 내쉬며 내 쪽을 돌아보았다.

"그 스타는 짙은 화장을 하고 있었다면서요. 살아 있으면 아저씨뻘이라는 그 스타를 안다는 사람들은, 어디서 맨얼굴이라도 봤대요?"

스타는 그 라이브로부터 며칠 뒤 문서로만 은퇴를 알렸고, 많은 사람들이 그를 잊었을 즈음 자택 침실에서 가슴에 나이프가 박힌 채로 죽어 있었다. 자살인지 타살인지도 알 수 없다. 침대에 빨간 장미 꽃잎이 가득 깔려 있었다는 것은 아내가 주워들은 소문이다.

"아니, 나는 못 봤어. 아마 아내도. 하지만 골격을 보면 네가 그 스타를 쏙 빼닮았다는 걸 알 수 있지."

허풍은 조금도 없다. 나비의 시각 말고도 연구 끝에 볼 수 있게 된 것이 있었다.

"전 눈에 띄면 안 되는 아이예요. 아버지가 누군지 알면 어머니가 체포당한댔어요. 그냥 어느 회사 간부에게 버림받은 내연녀라 아버지에 대해 묻지 못하도록 그런 말로 겁을 줬다고 생각했는데, 유튜브로 그 록스타를 우연히 발견한 순간 이 사람이 아버지일지도 모른다, 설마, 하지만 사실이라면 그럴 수도 있겠다 싶었죠. 신기하게도 그때까지는 작문 발표로 단상에 서는 것도 부끄러워서 싫었는데, 아버지와 같은 피가 흐르고 있다고 생각하니 무대에 서서 스포트라이트를 받고 싶지 뭐예요."

나는 고개를 깊숙이 끄덕거렸다. 아버지의 피를 갈구하는 것은 아들의 숙명인지도 모른다.

"그래서 화장하고 동영상을 올리는 정도라면 괜찮을 것 같아서, 제가 할 수 있는 범위에서 최고의 무대를 만들었어요."

"훌륭한 그림이었어. 진짜 장미보다 핏빛을 띠고 있었어. 하얀 장미를 피로 물들인 게 아닐까, 꽃잎을 건드리면 손가락에 핏자국이 남지 않을까, 날카로운 가시가 장미를 움켜쥔 사람의 피를 빨아들여 꽃잎에 저장해 두는 게 아닐까, 위험한 상상을 자극하더군."

"루미 선생님도 똑같은 말씀을 하셨어요."

루미는 동영상을 발견하고 그에게 연락해서 미술 학원에 부른 것 같았다.

"하지만 이런 말씀도 하셨죠."

그것은 나로서는 생각해낼 수 없는 말이었다.

"직접 무대에 서지 않아도 작품이 스포트라이트를 받으면 너도 갈채를 받은 셈이 된다고."

그 후로 히카루는 동영상 촬영을 그만두고 미술 공부에 전념했다고 한다. 루미 선생님의 후계자가 될 수 있도록, 화려한 빛으로 보는 이의 마음속을 비추는 그림을 그릴 수 있도록.

그게 과연 본심이었을까?

루미는 아버지의 피를 갈구하는 마음을 이해하지 못했을 것이다.

히카루는 역시 주인공으로서 무대에 서서 스포트라이트를 받고 싶었던 것 아닐까?

혹시 네 아버지는, 하고 누가 알아봐 주길 바랐던 게 아닐까?

나라면 그 꿈을 이루어줄 수 있다. 히카루의 진정한 모습을, 예술이라는 이름의 표본으로 바꿔서.

【작품4 배추흰나비】

흰나비과 배추흰나비속

앞날개 길이 20~30㎜

일본을 포함한 북반구 온대 지역, 호주

양배추 재배와 함께 세계에 퍼진 나비로 양배추뿐만 아니라 유채꽃 같은 것도 먹는다.

비교적 채집하기 쉬워 곤충의 생태나 라이프 사이클을 연구할 때 교재로 흔히 활용한다.

날개는 하얗지만 앞날개와 뒷날개의 가장자리 앞쪽은 짙은 회색이며, 앞날개 중앙에는 짙은 회색 반점이 두 개 있다.

배추흰나비는 자외선을 색으로 느낄 수 있는 시세포도 가지고 있어 사원색 이상의 세상을 볼 수 있다.

배추흰나비 수컷의 날개는 '자외색'이라는 자외선 색각을 가지고 있어 암수 개체를 자외선 카메라로 찍으면 암컷의 날개는 흰색, 수컷의 날개는 검붉은 색으로 나온다. 인간의 눈에는 배추흰나비 암수가 똑같아 보이지만 자외선을 볼 수 있는 그들은 똑똑히 식별할 수 있다.

작품 전시 형태

가로 200cm×세로 200cm×깊이 80cm짜리 투명 아크릴(두께 2cm) 케이스를 사용.

가로 198cm×세로 198cm×두께 5cm짜리 캔버스를 준비한다.

사원색으로 표현한 달밤의 유채꽃밭을 수채 물감으로 그린다(이치노세 루미 〈사파이어의 밤〉 참조).

완성한 그림을 아크릴 케이스에 넣어 바닥 안쪽에 접착제로 고정한다.

표본 대상자에게 수면제를 먹이고 콜포르신 다로페이트를 주사기로 투여.

하지는 절단하지 않는다.

하얀 한지를 7cm 폭으로 붕대처럼 잘라 목 아래부터 미라처럼 감는다.

두 팔꿈치 아래쪽에 주묵朱墨을 침투시켜 붉게 물들인다.

먹물로 배추흰나비 수컷의 날개가 연상되는 무늬를 몸 전체에 그린다.

그림 중앙에 몸통을 배치하고 투명한 낚싯줄로 캔버스에 바느질하듯 고정한다. 두 손은 그림 위쪽 중앙에 있는 달을 만지려는 것처럼 높이 올린다. 두 다리는 가지런히 모아서 무릎을 구부려 왼쪽으로 꺾어 어머니의 품에 안겨 있는 자세로 만든다.

배추흰나비 수컷 표본을 30개 준비해 감고 있는 두 눈에서 부화하듯 튀어나와 붉은 팔을 따라서 달로 날아가는 것처럼 배치해 고정한다.

케이스를 닫아 완성.

촬영 방법

고산식물이 무성한 꽃밭 가운데에 세운다.

오전 0시와 정오에 촬영. 오전 0시는 정확한 시각보다 달의 위치를 우선한다.

제작 의도·관찰기록

다섯 소년을 자택에 데려다주었지만 안까지 들어간 것은 시라세 도루[白瀨透]의 집뿐이었다. 그의 집이 마지막이었던 탓도 있다.

사양할 생각이었지만 도루와 똑같이 생긴, 피부가 하얗고 커다란 검은 눈동자가 살가워 보이는 자그마한 할머니가 세 번이나 권해서 차마 거절할 수 없었다.

도로에 접한 중후한 문을 지나 정성 들여 가꾼 넓은 정원을 바라보며 문화재로 지정되어도 손색없을 일본 전통가옥으로 들어서니 수묵화 병풍이 눈에 들어왔다. 아버지가 화가였지만 이 분야에 어두운 나는 수묵화로 나비를 그리는 게 일반적인 일인지 드문 일인지 판단이 서지 않았다.

유채꽃밭에 모여든 배추흰나비 그림이었다.

"내가 그렸어."

도루가 뒤에서 자랑스럽게 이타루에게 말하는 것을 듣고 나도 감탄하며 돌아보았다. 저명한 화가의 작품이라고 하면 나 같은 사람은 바로 속아 넘어갈 정도로 훌륭했다.

평소 일주일에 한 번 수묵화 학원에 다니는데 루미의 학원 합숙에는 게스트로 초대받았다고 했다.

색채의 마술사와 대조적인 작풍을 보면 이타루를 초대한 것처럼 진짜 후계자가 될 소년들에게 '깨달음'을 줄 목적이었는지도 모른다.

나비의 숨결마저 느껴질 만큼 먹의 농담이 잘 살아 있는, 고요하면서도 약동감 넘치는 그림을 나비의 시각으로 바라볼 마음은 없었다.

흑백 속에 존재하는 고요함, 미학. 너희는 모르겠지. 그림 속 나비에게 우월감을 느꼈다. 늘, 항상, 몇십 년 동안 그저 그들의 눈을 부러워했던 내가 말이다.

현관 옆 다다미방에서 녹차와 카스텔라를 먹고 있는데 도루가 내게 말을 걸어왔다.

"사카키 선생님, 저 선생님 책을 갖고 있어요."

아버지 사카키 이치로의 작품집이라도 갖고 있다는 말일까?

"나비가 재미있어 보여서요. 의태나 날개 앞뒤가 다른 점이나 암수 습성 차이, 선생님 책을 읽고 나비를 보면 날개 달린 난쟁이처럼 보이고 대화 소리마저 들려오는 것 같아요."

설마 내 책이었다니. 도루를 만난 것은 겨우 이틀 전이다. 그렇다면 그 이전에 나를 인식하고 책을 읽었다는 말인가? 순간 운명 같은 것을 느꼈지만 퍼뜩 이성을 되찾았다.

루미가 추천했을지도 모른다. 합숙에 게스트로 초대했다고 해도 어디서 한 번쯤은 만났을 것이다.

그래도 나는 눈을 빛내며 나비 이야기를 하는 도루에게 호감을 품었고, 그가 마침내 결정적인 한마디를 던졌다.

"그래도 가장 관심이 가는 건 배추흰나비의 시각이에요."

뭐든 그림을 핑계 삼아 도루를 꾀어낼 생각이긴 했지만 설마 내가 가장 잘 아는 분야에 관심을 갖다니.

그날은 차 한 잔만 마시고 물러난 다음, 며칠 후 산속 집으로 도루를 꾀어냈다. 나비를 함께 관찰하자는 말로.

도루의 경우 그 이후의 대화가 작품에 큰 영향을 주었기 때문에 계속해서 기록한다.

산속 집에서 뒷산으로 이어지는 꽃밭으로 데려가자 도루는 나비 떼에 환호성을 질렀다.

"배추흰나비다! 제가 제일 좋아하는 나비예요."

이 산에 있는 건 큰줄흰나비라고 바로잡지는 않았다.

그 옛날의 루미를 떠올렸기 때문이다. 지금은 그녀가 어째서 배추흰나비를 좋아했는지 알 수 있다. 내 눈에는 하얗게만 보이는 날개에서 그녀는 찬란한 색들을 보았을 테니까.

사원색 색각을 가진 루미. 여성에게만 나타나는 특성이므로 도루에게는 그 눈이 없다. 하지만 조금이라도 엿볼 수 있다면 아직 유연한 머리를 가지고 있을 나이에 예술가적인 센스가 더해져 상상의 나래를 활짝 펼칠 수 있을 것이다.

나는 자외선 안경을 도루에게 내밀었다.

"나비 날개가 정말 빨갛게 보이는지 확인해 보렴."

하지만 그는 안경을 받지 않고 고개를 가로저었다.

"죄송해요. 실은 저, 빨간색을 잘 구분 못 해요."

내게 사과할 일은 아니었다.

도루는 꽃밭으로 시선을 돌렸다. 그의 눈에 어떻게 비칠지, 지식으로 상상은 할 수 있지만 나는 머릿속으로 그 광경을 굳이 그려보지는 않았다.

"어머니는 루미 선생님과 같은 눈을 갖고 있었어요."

불쑥 도루가 노란 꽃에 내려앉은 나비를 지그시 바라보며 털어놓았다.

"전 노란색이 좋아요. 유채꽃하고 같은 색이니까요. 색맹은 흑백밖에 못 본다고 흔히 오해하는데, 선생님께는 설명할 필요 없겠죠. 어머니는 보통 사람은 보지 못하는 색을 볼 수 있었어요. 그걸 루미 선생님처럼 재능으로 받아들였다면 좋았겠지만 사원색을 보는 사람이 모두 예술적 재능을 가진 건 아니니까요. 남들과 다르다는 사실을 결함처럼 받아들였어요. 자식도 그렇게 되면 어쩌나 걱정했지만 아들이 태어나 안심했는데, 자기와는 또 다른 결함을 가졌다는 걸 알게 되었죠. 하지만 그걸 가장 받아들이지 못했던 건 정상적인 시각을 가졌던 아버지와 친가 친척들이라, 어머니는 이혼하고 저를 외가로 데려갔어요."

아직도 그런 가치관을 강요하는 사람이 있다는 사실에

분개했다.

"둘 다 결함이 아니야. 게다가 정상적인 시각이라고 했는데, 자기가 정상이라고 생각하는 사람들 눈에 보이는 색이, 똑같이 정상이라고 믿는 옆 사람 눈에 보이는 색과 정말로 똑같은지는 아무도 몰라."

"하지만 외할머니 댁에 간 건 다행이었어요. 외할머니가 수묵화를 그려보라고 했고, 외할아버지 연줄로 어른들만 들어가는 학원에 들어갔어요. 그랬더니 수묵화 선생님이 루미 선생님 세미나를 소개시켜 줘서."

"세미나?"

"사원색 색각 때문에 어머니처럼 고민하는 사람도 많아서, 루미 선생님은 그런 사람들을 대상으로 세미나를 열었어요. 저도 따라갔죠. 거기서 놀라운 이야기를 들었어요."

"어떤 이야기를?"

"저희보다 더 많은 색을 인식할 수 있는 생물이 있다고요. 배추흰나비나 호랑나비는 자외선을 색으로 느끼는 시세포를 가지고 있어서 사원색보다 많은 세계를 볼 수 있다고요. 거기서 사카키 선생님 얘기도 들었어요."

역시 루미가 알려준 것이었다.

"나비가 그런 일로 고민할 것 같으냐고 물으시더군요."

그렇게 말하며 웃는 루미의 얼굴이 상상되었다.

"어머니도 기운을 차려서 밤에 둘이서 산책을 다니게 되었어요. 전에는 밤에도 선글라스를 꼈는데, 그것도 벗고. 밤에 연습해서 낮에도 당당하게 밖을 돌아다니자고요. 전 파란색하고 노란색은 보여요. 남색하고 군청색, 쪽빛도 구별할 수 있어요. 그러니까 보름달 밤의 유채꽃밭이 정말 아름다워서, 어머니하고 동시에 '아름다워!'라고 말했을 때 정말 기뻤어요."

머릿속에서 경종이 울렸다. 배추흰나비로 보였던 도루가 서서히 인간의 모습으로 돌아간다. 관찰도 중요하지만 너무 깊이 파고들어 인간만 갖는 감정을 발견하면 안 된다. 슬슬 집 안으로 들어가자고 재촉하려던 순간이었다.

"루미 선생님이 조금만 일찍 일본에 돌아와 줬으면 좋았을 텐데."

"어째서?"

"유채꽃밭을 본 보름달 밤, 어머니가 약을 잔뜩 먹고 그대로 눈을 뜨지 않았거든요. 그렇게 되고 보니 역시 남들과 같은 걸 보는 게 가장 행복한 거구나, 내 시각도 역시 결함이구나 싶어 괴로워서 수묵화 학원에도 가지 않았는데 루미 선생님이 합숙에 불러주셨어요. 어머니의 눈도 도루의 눈도 재능이라는 걸 알게 될 거라고. 그랬는데……."

루미는 아무것도 보여주지 못하고 도루의 앞에서 사라졌다.

바르르 떠는 도루의 어깨에 손을 뻗으려다가 곧 거두었다. 그 등에 하얀 날개가 보였기 때문이다.

너와 어머니의 시각이 재능이라는 사실을 내가 증명해주마.

날개를 접어 가만히 몸통을 잡듯이 도루의 두 어깨에 손을 얹었다. 이대로 손을 뻗어 도루의 배를 짓눌러 가사 상태로 만들지 못한다는 사실이 몹시도 아쉬웠다.

【작품5 왕얼룩나비】

네발나비과 왕얼룩나비속

앞날개 길이 70㎜

동남아시아, 일본 남서 제도

 날개를 펼치면 130밀리미터에 이르러, 일본 나비 중에서는 최대급이다.
 흰 바탕의 날개에 검은 방사형 줄무늬와 반점이 있다.
 느릿한 날갯짓과 하늘하늘 활강하는 듯한 비행 스타일, 날개 무늬 때문에 신문지가 하늘에 떠다니는 것처럼 보여 '신문 나비'로 불리기도 한다.
 수컷 성충의 복부 끝에는 헤어펜슬이라고 하는 브러시 같은 기관이 있다. 얼룩나비들이 공통적으로 갖는 기관으로 페로몬을 분비해 암컷을 끌어당기는 역할을 한다. 암컷을 발견한 수컷은 헤어펜슬을 펼치고 암컷 주변을 맴돈다.

작품 전시 형태
 가로 200cm×세로 200cm×깊이 80cm짜리 투명 아크릴(두께 2cm) 케이스를 사용.

가로 198cm×세로 198cm 크기의 하얀 모조지 열 장에 한탄하는 표정에서 서서히 웃는 표정으로 바뀌는 여성을 검은 매직으로 그린다. 배경은 고산식물을 중심으로 산속 집 주변에서 볼 수 있는 식물들을 보태니컬 아트로 세밀하게 그리되 여성의 표정이 환해질수록 식물은 시들어가는 모습으로 그린다.

열 장을 겹쳐서 네 변에 풀칠을 하고, 케이스에 넣어 바닥에 접착제로 고정한다.

커터 칼로 그림 중심부에서 대각선으로 뻗어 나가도록 사방 80cm를 절개한다.

표본 대상자에게 수면제를 먹이고 콜포르신 다로페이트를 주사기로 투여.

두 다리를 도끼로 절단.

성기를 제외하고 절단면을 특수가공한 밀랍 시트로 덮어 처리한다.

성기 전체에 갈색 아크릴 물감을 칠한 곤충 핀을 브러시처럼 보이도록 배치하여 꽂는다.

몸통 앞뒤에 흰색과 검은색 아크릴 물감으로 왕얼룩나비 무늬를 그린다.

아크릴 케이스를 세우고 위쪽 양끝에서 20cm 들어간 자리에 네 개의 구멍을 뚫어 단추를 꿰듯 밧줄을 묶는다. 안쪽에서 그 매듭 구멍으로 다른 밧줄을 꿰어 몸통이 허공에 뜨도록 두 팔목을 묶어서 고정한다.

절개선을 넣은 모조지 가운데 부분을 한 장씩 뒤로 젖혀서 펼친다. 각도를 맞춰 열 장을 펼치되 가장 아래쪽의 우는 얼굴이 중앙에 보이도록 한다.

얼굴에서 두 눈은 감기고, 입에서 혀를 잡아뺀다. 거기에 왕얼룩나비 표본을 붙인다.

케이스를 닫아 완성.

촬영 방법

남국의 분위기와 하늘 높이 나는 이미지를 연출하기 위해 주변에 큰 나무가 없는 거친 자갈밭, 혹은 모래밭에 케이스를 세우고 가급적 하늘만 배경에 들어오도록 바닥에서 위로 올려다보는 각도로 촬영한다.

기록용으로 정면에서도 찍어둔다.

제작 의도 · 관찰기록

처음에 구로이와 다이[黒岩大]에게 다른 소년들만큼 관심을 갖지 못했던 이유는 결국 내가 인간을 겉모습으로만 판단했기 때문일까?

키도 몸집도 큰 다이는 얼굴은 고전적인 미남이었지만 예술가다운 분위기는 없고 유도 선수 같다는 표현이 더 어울렸다. 실제로 학교에서 유도부라고 했다.

나비 안에 섞인 장수풍뎅이. 나는 초등학교 1학년 때 여름방학 숙제로 나 자신보다 더 주목을 받았던 곤충채집 표본을 떠올렸다. 내 표본에 그는 필요 없다.

헤어질 때 인상도 좋지 않았다.

그가 메고 있어서 더 그렇게 보였을지 모르지만 작은 륙색 하나만 메고 차에서 내린 다이에게 나는 "미술 도구는 어쨌어?"라고 물었다. 그러자 그는 륙색을 내려 속을 들여다보더니 역시나 한참 작은 필통을 꺼내서 "있어요"라고 대답했다.

물감 같은 건 루미에게 빌릴 생각이었을까? 아니면 데생만 철저하게 할 심산이었을까? 루미가 후계자를 선택하는 합숙인데 너무 성의가 없었다. 고층 아파트 현관으로 사라지는 그의 모습을 눈으로 좇았다. 재료를 사지 못할 형편 같지는 않았다.

모처럼 루미가 불러주었는데 그냥 놀러 왔던 걸지도 모른다고 생각하니 그가 어떤 그림을 그리는지 상상해 보려는 마음마저 사라졌다.

그렇지만 한 번쯤은 관찰해 두는 게 낫다. 그가 다니는 중학교 근처 역까지 전철을 타고 가기로 했다. 역 근처에 큰 쇼핑몰이 있는지 차 안은 젊은 사람들로 가득했다.

그들의 눈에 나는 어떻게 보일까? 그런 생각을 했다가 바로 고개를 가로저었다. 내 쪽을 보는 사람은 아무도 없다. 시선은 스마트폰을 향하고 있고 이따금 고개를 들어 스마트폰으로 얻은 이야깃거리를 늘어놓는다.

아무래도 젊은 세대가 좋아하는 탤런트가 자살한 것 같았다. 사이버불링에 고민하고 있었다는 말도 들려왔다. 연예계 정보에 어두운 나는 어차피 모르는 사람일 거라고 생각했는데 '마코룽룽'이라는 이름은 들어본 적이 있었다.

'선생님, 이번에 마코룽룽이 나비를 모티프로 한 의류 브랜드를 만든대요.'

연구실 학생이 그렇게 말했지만 나비 무늬 옷을 입고 싶었던 적은 없었다. 넥타이면 충분했다.

역에 내려 개찰구로 가는데 신문 호외 같은 종이를 든 여고생 두 사람이 스쳐 지나갔다. 흥분한 기색으로 "대박", "떨려"라는 말을 되풀이했다.

회사원 차림의 남자도 같은 종이를 들고 있었다. 무슨 사건이라도 났나?

나도 구해보려고 개찰구로 서둘렀다. 밖으로 나가자 여름 교복을 입은 학생, 다이가 종이 다발을 손에 들고 한 장씩 나눠주고 있었다. 아무한테나 주는 게 아니라 그 종이를 원하는 사람들이 그의 앞에 줄을 서 있었다.

나도 줄 끝에 섰다. 그러자 바로 앞에 있던 우아한 노부인이 내 쪽을 돌아보았다.

"당신도 비더블 씨 그림을 좋아하나요?"

그림? 그렇게 되물었지만 부인은 잘 못 알아들었는지 같은 질문을 반복했다.

"저 아이 그림을 좋아하시는 겁니까?"

상황을 미처 파악하지 못한 나는 질문에 질문으로 답하고 말았다. 하지만 노부인은 웃으며 '비더블의 그림'에 대해 설명해 주었다.

시사 소재를 그림으로만 표현해 신문 호외 형태로 일주일에 한 번, 이곳에서 배포한다고 했다. 풍자화 같은 걸까?

그림을 나눠주는 소년이 비더블은 아니다. 몸이 약해서 밖으로 나오지 못하는 친구가 그린 그림을 체격 좋은 저 소년이 대신 나눠주는 거라고 했다.

"저 애는 그림을 그릴 타입이 아니죠. 하지만 정의감 넘치는 성실한 소년 같아 저는 저 애의 팬이기도 하답니다."

그런 이야기를 나누는 사이 차례가 다가와 노부인은 얼굴을 붉히며 다이의 그림을 받아 들고 응원하고 있어요, 하고 미소를 지었다.

다이는 꾸벅 고개 숙여 힘차게 인사했다.

나도 그림을 받았다. 이타루에게 들으셨어요? 하고 묻기에 우연히 근처에 볼일이 있었다고 얼버무리며 그림으로 시선을 떨어뜨렸다. 이타루와 다이의 이야기를 나눈 적은 없다.

검은 펜으로만 세밀하게 그린, 펜 아트라 부르는 작품이었다.

리본과 사탕 무늬가 들어간 나비 날개를 두른 중성적인 인물이 거미줄에 걸려 울음과 웃음이 섞인 표정을 짓고 있다. 거미줄이 얽힌 틈새마다 사람 얼굴이 있었는데 화난 표정, 비웃는 표정으로 가득했다. 그림을 멀찍이서 보니 스마트폰 테두리가 그려져 있어 인터넷 세상을 표현했다는 것을 알 수 있었다.

"마코룽룽을 그린 거구나."

그렇게 말하자 다이가 눈을 빛냈다. 칭찬을 받아 진심으로 기뻐하는 소년다운 웃음을 보고 그를 의심했던 것을 반성했다.

그에게 그림 도구는 펜 하나로 충분했던 것이다.

치밀한 선의 집합은 단순한 풍자화가 아니라 예술로 승화되어 보는 이의 마음을 움직이는 작품이 된다. '화난 얼굴' 하나만 봐도 전부 달랐다. 눈꼬리나 입꼬리의 각도, 왜곡. 사람은 타인을 비하할 때 이렇게 추악한 표정을 짓는 걸까? 무심코 내 뺨을 더듬거렸다. 이 소년의 눈에 내 얼굴은 어떻게 비칠까?

속마음을 꿰뚫어 보지는 않았을까? 시간을 끌면 위험하다.

하지만 다이는 내 우려는 전혀 눈치채지 못한 기색으로 마치 면접관에게 말하듯 그림에 대한 생각을 털어놓기 시작했다.

"사카키 선생님이 제 그림을 이해해 주시다니 영광이에요. 저는 그림으로만 채운 신문을 만들고 싶어요. 왕따나 괴롭힘, 장난, 조롱, 목숨을 앗아갈 수도 있는 행위인데 글로 쓰면 심각함이 전혀 느껴지지 않죠. 사이버불링도요. 악의는 없었다고 말하는 사람은 멍청하니까 정말 악의는 없었을 거예요. 하지만 행위의 무게는 그런 말로 넘길 수 없어요. 자기가 악의 없이 얼마나 악랄한 짓을 했는지 한눈에 알 수 있는, 그런 작품을 그리고 싶어요."

"머리 나쁜 사람도 자기에게 불리한 일은 금방 알아채서 눈도 귀도 닫아버리니까. 세련된 예술 작품으로 시선을 모아 그 안에서 자기 모습을 발견하고 스스로를 돌아보게 만드는 거구나. 어른이 가르쳐야 할 일인데 훌륭한 행동이야. 게다가 작품을 인터넷에 공개하는 게 아니라 직접 나눠주다니. 하지만 아까 그 부인은 네가 친구 대신 나눠주고 있다고 하던데."

"누가 봐도 운동선수 같은 제 모습이 예술과 결부되지 않는지 누가 멋대로 그런 설정을 지어냈는데 그대로 사실처럼 퍼졌어요. 그런 편견도 언젠가 깨서 깜짝 놀라게 해주려고 제 입으로 바로잡지는 않았고요."

복통이라도 일으킨 것처럼 찡그린 얼굴로 웃을 수밖에 없었다.

"루미 선생님도 처음에 제가 여기서 그림을 건네드렸을 때 이걸 그린 아이를 소개해 달라고 했어요. 깜짝 놀라시더군요. 네가 그린 거냐고 물었어야 했다고 사과까지 하셨는데. 색을 쓰지 않는 그림을 그리는 저를 학원에 넣어주셨어요."

비록 상대가 아이라도 그 자리에서 바로 사과할 수 있었던 루미를 본받기로 했다. 그 후에 꾀어내려고 그런 것은 아니다.

인간으로서 올바른 행동을 하고 싶다. 아니, 헛소리는 집어치우자. 꾀어내기 위함이다.

"사실 나도 오해하고 있었어, 미안했다."

"사카키 선생님은 제가 그렸다는 전제로 말씀하시는 것 같았는데……. 뭐, 상관없다. 저는 이번 그림으로 사람과 나비는 공통점이 많다는 걸 깨달았어요. 그러니 선생님, 나비에 대해 더 많이 가르쳐주세요."

그 진지한 시선에 다이를 표본으로 만드는 작업은 그가 그린 나비를 얼마간 본 뒤에 해도 될 것 같다는 생각이 들었다.

비더블이라는 이름은 블랙과 화이트의 머리글자에서 따왔다고 했다. 흰색과 검은색, 두 가지 색으로 나비의 특성을 어떻게 표현할까? 그가 그리는 선에서 새로운 발견을 할 수 있을지도 모른다.

하지만 반나절도 지나지 않아 그 생각은 사라졌다.

그의 그림에 대한 반응(인생관이 바뀌었다는 긍정적인 글로 가득할 줄 알았다)을 알아보려고 '비더블'을 검색했는데 글 자체가 적어서 이렇다 할 내용을 찾을 수 없었다.

하지만 '구로이와 다이'는……. 여자를 일회용 취급한다. 성욕의 화신. 생리가 끊겼다고 하자 배를 주먹질하더니 이거면 됐냐고 하더라. 악마, 짐승, 인간쓰레기.

사실이 아닐지도 모른다. 다이에게 버림받은 여자아이가 지어낸 이야기일지도 모른다. 진짜라면 경찰이 개입할 사안 아닌가?

한편으로 그런 본성을 감추려고 정의감 넘치는 행동을 한다는 생각도 들었다. 혹은 충동적인 악의를 억제하려는 노력을 포기한 상태에서 자아의 균형을 유지하기 위한 행위.

그림을 이용해서. 예술을 이용해서.

나비를 이용해서. 그가 그리는 나비는 분명 추악할 것이다.

그렇다면 그가 당장 아름다운 표본이 되어야 한다.

【작품6 세소스트리스 사향제비나비/남방제비나비】

*** 세소스트리스 사향제비나비**

호랑나비과 제비나비속

앞날개 길이 60~75㎜

중남미 신열대구

중미에서 남미에 걸쳐 서식하며 독이 있어 다른 호랑나비나 흰나비들이 의태한다.

앞면은 검은색으로 수컷은 앞날개 중심부가 선명한 종이 많으며 뒷날개에는 분홍색 반점이 있다. 또한 수컷은 뒷날개 안쪽에 청띠제비나비 등에서도 관찰되는 향기를 발산하는 하얀 가루가 뭉쳐 있는 주머니가 있다.

무늬나 색채가 비슷한 종류가 많으며 암컷은 특히나 분간하기 어렵다.

*** 남방제비나비**

호랑나비과 호랑나비속

앞날개 길이 45~70㎜

일본 혼슈부터 남서 제도

앞면은 검은색이며 뒷면도 거의 비슷하지만 앞날개는 앞면보다 색채가 옅고, 뒷날개 가장자리에는 붉은 반점들이 있다. 붉은무늬제비나비와 날개 모양이 비슷하지만 앞날개의 하얀 반점 유무로 쉽게 식별할 수 있다.

호랑나비보다 조금 늦은 봄에 출현한다.

유충은 감귤류 잎을 먹는다.

작품 전시 형태

가로 200cm×세로 200cm×깊이 80cm짜리 투명 아크릴(두께 2cm) 케이스를 사용.

가로 198cm×세로 198cm×두께 5cm짜리 캔버스에 산속 집에서 뒷산으로 가는 중간에 있는 꽃밭(여름)을 아크릴 물감으로 그리되 삼원색에 자외색을 더해 가장 색채가 풍부한 나비의 시각으로 그린다.

그림을 케이스에 넣어 바닥에 고정한다.

표본 대상자에게 수면제를 먹이고 콜포르신 다로페이트를 주사기로 투여.

오른쪽 다리를 사타구니에서 도끼로 절단.

몸통과 오른쪽 다리, 양쪽 절단면을 특수 가공한 밀랍 시트로 처리한다.

아크릴 물감으로 남방제비나비의 특징을 표현한 디자인으로 몸통을 칠한다. 등, 견갑골 아래쪽에 붉은 반점을 나열해 그린다. 절단면을 흰색으로 칠한다.

오른쪽 다리 허벅지 부분을 세소스트리스 사향제비나비의 특징을 살려 칠하고 분홍색 반점을 그린다. 절단면을 검은색으로 칠한다.

몸통을 그림 중앙에 배치하고 은색 쐐기로 고정한다(그림이 파손되지 않도록 무게가 많이 실리는 부분은 투명 낚싯줄로 아크릴판에 고정한다).

오른쪽 다리는 케이스 하단에 방치하듯 넣어둔다.

오른쪽 다리의 반점 부분에 세소스트리스 사향제비나비 표본을 붙인다.

몸통 심장부에 남방제비나비 표본을 붙인다.

케이스를 닫아 완성.

촬영 방법

케이스를 꽃밭 한복판에 세우고 정면에서 촬영.

제작 의도·관찰기록

나비처럼 아름다운 소년들을 표본으로 만들고 싶다.

그런 연쇄살인범은 '이상'하기는 해도 '특이'하지는 않을 것이다. 동경과 미학을 추구한 끝에 그 시대가 갖는 윤리관에서 벗어난 범죄자는 드문 존재가 아니다.

대중들 역시 겉으로 나서지는 않을지언정 내 작품에 감명을 받았을 것이다. 자각하지 않으려고 머릿속 깊이 금단으로 봉인해 두었던 쾌락의 씨앗을 파낸 사람들을 헤아리면 열 손가락으로도 모자라지 않을까?

살해 대상은 누구든 상관없었다.

무차별 살인자가 흔히 하는 말이다. 하지만 그 안에 가해자가 소중히 여기는 사람이 포함된 적은 거의 없다. 부모와 자식 간의 다툼이나 연인 사이의 갈등이 방아쇠가 되어 벌어진 무차별 살인에서 근본적인 원인이 된 부모나 배우자, 연인은 손가락 하나 다치지 않은 사례는 조금만 조사해봐도 차고 넘친다.

그것이 '이상'한 것이다.

하지만 나는 사랑하는 아들까지 표본으로 만들었다. 세상 부모들은 나를 짐승이라고 규탄할까? 소년들의 시체를 조사하면 사카키 이타루[榊至]만 다른 다섯 명보다 일주일쯤 늦게 사망했다는 사실을 알 수 있을 것이다. 작품 수도 사실 다섯 개가 더 깔끔하다.

다섯 번째 표본을 완성했을 때는 커다란 임무를 완수했다는 성취감마저 느꼈다. 흘러넘친 쾌락은 몸속에 머무르지 않는다. 단지 기억으로 각인되어 격렬한 파도가 밀려오듯 또다시 쾌락에 대한 허기가 부풀어 올라 온몸을 집어삼키려 했다.

그러자 재미있게도 그때까지 나비로 보이지 않았던 사람들이 그 모습을 바꿔 유혹의 비늘가루를 흩뿌렸다.

평생 나비를 쫓아다녔지만 모든 표본을 손에 넣은 것은 아니다. 나비는 전 세계에 약 2만 종이 존재하는데, 사람을 그만큼 죽이면 이 욕망에서 해방될 수 있을까? 그 전에 경찰에 붙잡혀 미련을 남긴 채로 사형일을 맞이하게 될까?

아마 정신감정으로 감형될 일은 없을 것이다. 내가 제정신이 아니었던 순간은 단 한 번도 없었다. 다섯 개의 표본 제작은 전부 계획에 따른 것. 그렇기에 완벽하게 해냈다.

그런데 마지막 순간에 남은 후회 때문에 인생을 통째로 부정하게 될 수도 있었다.

그렇다면 스스로 종지부를 찍어야 한다. 모든 것을 능가하는 최고 걸작을 완성해서.

그렇다면 그건 누구의 표본일까? 답은 이미 알고 있었다. 어렸을 때부터 항상 곁에 있어 주지는 못했지만 그 성장을 똑똑히 지켜봤는데, 산속 집에서 돌아온 이후로 그의 모습도 내 눈에 나비로 보이기 시작했다.

그 어떤 나비보다도 아름답다. 몇만 가지 색에 에워싸여 있어도 그 모습을 당당하게 유지할 수 있는 색. 표본 제작을 통해 깨달은 지고한 존재.

남방제비나비.

그것을 완성할 수만 있다면 인생에 여한은 없다. 쾌락의 대가에 걸맞은 죽음을 당당하게 받아들이기만 하면 된다.

'그래도'라는 망설임이 내게 마지막으로 남은 인간적인 감정이다. 소년들의 모습이 나비로 보이는 눈을 가진 내게 인간의 탈은 가면일 뿐이었다.

그렇게 마지막으로 남은 감정으로 아버지의 정체가 폭로된 이후에 이타루가 보내게 될 인생을 상상해 보았다.

눈에 보이는 것을 정확하게 재현하는 그의 그림처럼, 이타루는 선 하나도 소홀히 하지 않고 모든 것을 받아들이며 살아가리라. 낯선 사람의 눈동자 속에 묻어나는 아주 작은 감정까지도 읽어낼 수 있을 것이다.

그런 섬세한 이타루가 아버지의 범죄를 받아들일 수 있을까? 세간의 비난을 견딜 수 있을까? 똑같은 피가 흐르고 있을지도 모른다며 두려움에 떨지는 않을까?

검은 날개가 갈기갈기 찢긴 채로 죽어, 그것으로도 모자라 더러운 구둣발에 짓밟히는 모습이 머릿속에 퍼져나갔다.

그렇게 되기 전에 내 손으로 아름다운 모습 그대로 표본으로 만들어줘야 한다.

최고의 장식으로 꾸며서. 갈구했던 세계를 그리는 것이다.

모든 준비를 마친 그날 밤, 함께 살던 거실에서 단둘이 서로를 마주 보았다.

"너를 나비에 비유한다면 뭐라고 생각하니?"

이타루에게 물었다.

"세소스트리스 사향제비나비려나?"

예상했던 답과 달랐다.

"브라질에서 처음 잡았던 붉은무늬제비나비가 아니라?"

"비유 대상과 좋아하는 건 서로 다르니까. 지금 좋아하는 건 남방제비나비고. 뭐, 알고 보면 나도 상당히 독을 가졌다는 뜻이야."

"이런, 중2답게 모가 나기 시작했구나. 바르게 성장하고 있다는 증거네."

"말씀은 잘하시네요. 내가 저지른 최초의 비행은 아버지

탓도 있었다는 거 알지?"

그랬던가? 생각에 잠긴 내 얼굴을 보고 이타루가 웃음을 터뜨렸다.

"오렌지주스 말이야."

그것 말인가. 2년 전 여름 함께 갔던 브라질에서 있었던 일을 회상했다.

보통 아마존강 유역의 마을을 거점으로 삼고 나비를 채집하는데, 처음 브라질을 방문한 이타루를 위해 사흘 정도 리우데자네이루에 머물며 도시를 관광하기로 했다. 그때 케이블카를 타고 올라간 전망대에서 있었던 일이다.

계절이 반대라고는 하지만 더운 날이었다. 목이 마르다며 이타루가 가리키는 방향에 노점이 보였다. 카운터 위에 색색의 과일이 있고 그 옆에 크기가 다른 플라스틱 컵이 세 개 놓여 있었다.

주스 가게라고 생각한 나는 이타루만 혼자 보내기로 했다. 치안이 나쁜 나라이기는 하지만 관광객이고 고작 5미터 앞이니 눈을 떼지 않으면 된다.

"넌 어느 과일로 할래?"

대답은 예상하고 있었다.

"오렌지."

생각한 대로였다. 나도 목이 말랐지만 제일 작은 컵도 일본이라면 라지 사이즈만큼 커서, 아빠도 같이 마셔도 되는지 묻자 웃으며 좋다고 대답했다.

"그럼 제일 큰 사이즈 오렌지주스를 하나."

그렇게 말하며 이타루에게 지폐를 주자 일본에 있을 때보다 훨씬 아이처럼 요란하게 몸을 흔들었다.

"혼자 가라고? 브라질은 위험하다고 아빠가 그랬잖아. 게다가 포르투갈어도 못 하는데."

"제일 유명한 관광지니 괜찮아. 영어도 통하니까 공부하는 셈 치고 다녀와."

이타루는 더 반론하지 않았다. 힘차게 기합을 넣으며 노점으로 향했다.

오렌지, 파더, 드링크. 그렇게 이쪽을 가리키며 점원에게 짧은 단어로 말하고 있었다. 하지만 그 모습도 내게는 듬직해 보였다.

이러다가 금방 입장이 바뀌어 내가 아들의 뒤를 따라다니게 되겠지.

점원이 셰이커를 흔드는 단계에서 눈치챘어야 했는데, 가장자리에 오렌지 슬라이스를 끼운 컵 안에 찰랑거리는 액체는 어디로 보나 오렌지 과즙에 탄산을 섞은 음료수였다. 빨대는 하나뿐이었다.

컵과 거스름돈을 든 두 손을 쭉 내미는 이타루에게 주스는 먼저 마시고 잔돈은 지갑에 넣으라고 했다.

이타루는 만족스러운 표정으로 동전을 움켜쥔 채로 빨대를 물고 쭉 빨아들였다. 안 그래도 목이 탔는데 혼자 물건을 사는 긴장감 때문에 더 갈증이 났으리라. 꿀꺽꿀꺽 3분의 1을 마시더니 얼굴을 살짝 찌푸렸다.

"맛은 있는데 뭔가 조금 쓴 맛이 나."

나도 컵에 얼굴을 가져가 한 모금 마셨다. 조금이 아니었다, 독한 술맛이 났다.

주의 깊게 노점을 살펴보니 과일 뒤에 카샤사 병이 있었다. 40도나 되는 브라질 증류수다. 그걸로 만든 과일 칵테일 카이피리냐를 파는 노점이었나. 아마도 점원은 누가 마실 건지 물었으리라.

"우와. 그렇게 독한 술을 마신 거야? 경찰한테 잡혀갈까?"

"걱정 마. 이 정도 위법행위를 단속할 여유는 없을 테니까."

"그럼 조금 더 마셔도 돼?"

"그래, 다섯 모금 정도라면."

『인간 표본』 사카키 시로

사실은 안 되지만 술을 좋아했던 아내 생각이 났다. 어머니가 술이 셌던 것도. 무엇보다 남은 양을 혼자서 다 마실 자신이 없었다. 술에 취하는 게 아니라 잠이 들고 만다. 혹시나 술기운에 화려한 세상으로 빠져들 수 있는 체질이었다면 이토록 나비의 세계를 열망하지는 않았을지도 모른다.

귀국 후 이타루가 술을 마시는 일은 없었다.

"나, 스무 살 생일에 아버지하고 오렌지 카이피리냐를 마시고 싶어."

그 말을 듣고도 표본 제작에 대한 결심이 흔들리지 않았으니, 내 안에는 이미 인간의 감정이 한 조각, 한 방울도 남아 있지 않았다는 뜻이다.

그래도……. 산속 집에서 보낸 짧은 마지막 순간에 나는 카이피리냐를 만들었다. 그것을 위해 셰이커까지 사 가며. 이타루가 평온하게 숨을 거둘 수 있도록 술과 수면제를 넣은 셰이커를 힘껏 흔들었다.

그리고 세상에서 가장 아름다운 표본이 완성되었다.

에필로그

외할아버지는 나를 자주 박물관에 데려가 주었다.

나비에 대한 것이라면 박물관에 붙은 설명문을 전부 이해할 때까지 몇 번이고 읽었고, 전시품은 머릿속에 각인하듯 시간을 들여 다양한 각도에서 바라보았다. 문이 열리기가 무섭게 들어가서 끝까지 머문 적도 드물지 않았지만 외할아버지는 말없이 곁에 있었다.

국문학자였지만 손자가 견학하고 있을 때 이해한 내용을 설명해 보라고 하는, 그것이 어른의 올바른 지도법이라고 착각하는 교사나 보호자 같은 행동은 하지 않았다. 그렇다고 지루해하며 빨리 지나가자고 채근하지도 않았다.

외할아버지가 입을 여는 건 보통 관람을 마치고 마지막에 있는 기념품 가게에서 눈치 보지 말고 갖고 싶은 걸 말하라고 할 때뿐이었다.

거기에서 외국의 나비 표본을 가득 선물 받았다. 또 똑같은 표본만 잔뜩, 쓸모없는 물건만 사 온다고 어머니가 한숨 쉴 것을 알면서도.

"쓸모없다니 천만에. 나는 오늘 '루'로 시작하는 나비 이름을 세 개나 새로 외었다. 이걸로 끝말잇기에서 지지 않을 확률이 한껏 높아졌어. 그래서 답례로 시로에게 선물을 사 줬지."

그렇게 말하며 껄껄 웃던 외할아버지가 돌아가신지도 벌써 30년이 더 되었지만 그때 사주신 표본들은 오늘 사왔다고 해도 믿을 정도로 아름다운 색을 유지하고 있었다. 오히려 케이스가 낡았다.

외할아버지하고는 자주 끝말잇기를 했다. 호랑나비와 부전나비 이름으로 공격하면 외할아버지는 그때마다 나비 이름으로 응수했고, 나는 할아버지도 박물관에서 그것들을 외웠다는 사실에 감동했다.

그래서 어머니 눈에는 '똑같은 표본만 잔뜩' 있는 것처럼 보여도 나는 하나하나, 외할아버지가 언제 어디서 사주신 것인지 전부 기억하고 있었다.

인간 표본도 이 색 그대로 계속 장식해 놓을 수 있다면. 몇십 년까지는 바라지 않는다. 하다못해 한 달만이라도 전시한 모습 그대로 두고 싶었다. 루미가 회복할 때까지.

하지만 인간 표본은 시간이 흐르면 썩어간다. 바짝 건조시켰어야 했을까? 아니, 박제나 미라를 만들고 싶었던 게 아니다.

가장 아름다운 모습을 표본으로 만들고 싶었던 것이다.

그래서 사진을 찍고 나서는 케이스에서 표본을 꺼내, 나비 표본을 시체 일부에 장식한 상태로 꽃밭에 묻었다.

장식에 사용한 그림과 나무 십자가는 산속 집 뒤쪽에 있는 소각로에서 태웠다.

아크릴 케이스와 같은 소재로 만든 십자가는 씻어서 창고에 넣어두었다. 루미가 준비했던 물건이다. 원래대로 돌려놓는 것이 재회를 바라는 마지막 의식이었다.

내 손에 남아 있는 것은 필름으로 촬영한 사진뿐.

스마트폰 카메라로는 찍지 않았다.

집에서 현상한 사진을 루미에게 보여주고 싶었지만 그 바람도 이루어지지 않았다.

이타루를 묻은 뒤에 그 자리에서 목숨을 끊을 생각도 했다. 하지만 그래서야 표본을 제작한 의미가 없다. 보여주어야 한다. 많은 사람들에게.

리포트도 완성해야 한다.

처음부터 나는 꽃밭에 매장될 자격이 없었다. 나비의 화신이 아니니까.

소년들은 나비가 되어, 나비 여왕에게 바치는 제물이 되기 위해, 나비 왕국으로 떠났다.

나비 여왕은 루미, 지금쯤 다시 미술 합숙을 열고 있을지도 모른다.

그곳에서 그들은 어떤 그림을 그릴까?

나비의 눈을 얻은 이타루는 어떤 그림을…….

아아, 이룰 수 없다는 건 알지만, 나도 나비가 되어 그 무리 속에 들어가고 싶다.

만약 허락된다면 나는 어떤 나비가 될 수 있을까?

누가, 나를 표본으로 만들어다오.

끝

SNS 발췌

【존과 레논@john_and_lennon】

(메인) 낙제견 존과 자꾸 낙선하는 가구라자카 레논의 소재 탐색 생활.

경찰견이 활약하는 미스터리 소설을 쓰려고 근처 훈련소를 견학하러 갔다가 낙제견 분양 모임이 있다는 걸 알았다. 반려동물이 인기인 요즘 개는 머리가 나빠도, 못생겨도, 존재하는 것만으로도 좋다며 사랑받는 행복한 생물일 줄 알았는데 '낙제' 딱지가 붙은 개도 있다니. 소설 신인상에 29번째 떨어진 처지라 남 일 같지 않아서 구경이나 가보기로 했다.

똑똑한 개라고 하면 골든 리트리버, 경찰견 하면 떠오르는 이름 존, 그런데 낙제견. 다른 분양견들은 일상생활에 지장은 없지만 경찰견으로는 후각이나 청력이 조금 떨어진다는 이유로 낙제했는데 존은 능력 부족. 소개 글은 나비를 무척 좋아하는 밝고 활발한 아이. 내 아이의 초등학교 1학년 성적표에 선생님이 그렇게 써놓는다면 오만 가지 생각이 들기 딱 좋은 내용 아닌가?

낙제견이라고 하니 머리가 나쁠 것 같지만 존은 시키면 손도 내밀 줄 알고, 반대쪽 손도 내밀 줄 알며, 앉을 줄도 안다. 이유 없이 짖지도 않는다. 분명 경찰견에 맞지 않았던 것뿐이다. 자기 뜻과 상관없이 브리더의 집에서 태어나, 바라지도 않는 직업 훈련을 받고 낙오자라는 딱지가 붙은 존은 시골에서 살던 시절의 내 모습이다. 교사 집안 아들인데, 채용 시험 5년 연속 불합격. 우리 집에 오렴, 파트너.
 (댓글) 백수도 분양받을 수 있어요? 무책임하잖아요.
 (답글) 일을 안 하고 있다는 말은 한마디도 쓴 적 없는데? 소설가로 벌이가 없을 뿐이야. 무책임하다는 그 발언이야말로 무책임하네.

존을 데리고 처음 간 캠핑. N현 조가하라[蝶ヶ原] 캠핑장에 도착했다. 여름방학 끝물이라 방갈로 구역은 대학생 그룹이 몇 팀 있었지만 텐트 구역은 우리가 전세 낸 상태였다. 존에게 목줄을 채울 필요도 없다. 똑같은 반다나를 두

르고, 우선 오늘부터 사흘 동안 지낼 성을 짓기로 했다.

 오늘 저녁 메뉴는 집에서 양념해 온 저크치킨. 곁들일 채소는 파프리카와 주키니호박. 숯불로 와일드하게 굽고 레드와인과 함께 먹는다. 존에게도 양념하지 않은 닭을 구워 준다. 역시 건식 사료보다 진짜 고기가 맛있지? 너도 술을 마실 수 있다면 좋을 텐데……. 어라, 숲에서 뭐라도 찾았어? 유령은 사양이야. 뭐야, 나비잖아, 어이, 기다려, 존!

 존 도주. 엄청난 속도로 나비를 쫓아 숲속으로 사라졌다. 아니, 밤에 날아다니는 건 나방인가?

 관리동에 수색을 부탁하러 갔지만 야간에 캠핑장 부지에서 벗어난 산속을 돌아다니는 건 위험하다며 거절당했다. 나도 당연히 대기. 어쩔 수 없다. 존, 대체 어디 간 거야?

 존이 걱정되어 텐트에 돌아와서도 잠이 오지 않았다. 존, 너 혹시 경찰견 시험 때 나비를 발견하고 폭주했던 것 아니니? 그러니까 떨어지지. 마약 거래 잠입 수사를 하다가 나비가 날아오면 말짱 도루묵이겠다. 이 소재는 쓸 만할까?

한숨도 못 잤다. 아직 5시도 되지 않았는데 밖은 제법 밝았다. 아까 산 쪽에서 존이 짖는 소리가 들려오는 것 같았는데 환청일까? 훈련을 받았으니 이유 없이 짖지는 않는단 말이지. 그럼 저 소리는? 늑대? 존, 제발 무사히 돌아와.

길을 잃었을지도 모를 존이 냄새에 이끌려 돌아올 수 있도록 불을 피워 베이컨을 구웠다. 그리고 같은 석쇠로 살짝 구운 식빵 두 장 사이에 끼워서 먹었다. 맛있군!

숲 쪽에서 부스럭거리는 소리가 들렸다. 헐떡거리는 숨소리도.

존! 혼자 힘으로 돌아왔구나! 대단해! 뭔가 물고 있는 것처럼 보이는데 새인가? 구워달라는 걸까? 혹시 내게 줄 선물?

존이 자랑스럽게 내 발밑에 내려놓은 것. 진흙이 잔뜩 묻어 색깔은 인공물 같지만 아무리 봐도 진짜 사람 팔 같은데……

(사진) 민감한 콘텐츠이므로 표시하려면 '여기'를 클릭해 주십시오.

(댓글) 존, 설마 영화 〈아바타〉의 세계에 다녀온 거야?

【마이아사 신문 온라인 뉴스】

〈경찰견 훈련을 받았던 개가 산속에서 인체 일부 발견〉

9월 1일 오전 5시경, N현 조가하라 캠핑장에 숙박하던 남성이 반려견이 산속에서 인체 일부로 보이는 물체를 가지고 돌아왔다고 신고했다. N현경의 조사 결과 사람의 오른팔로 판명되어 시체 유기 가능성을 포함해 현장 주변을 수색하고 있다.

또한 최초 발견자가 된 개, 존(3세)은 경찰견 훈련소에서 훈련받은 경험이 있어 향후 수색에도 협력할 예정이라고 한다.

【존과 레논@john_and_lennon】

경찰관들을 유도하듯 숲속으로 들어가는 존. 새벽녘에 들은 울음소리는 존이 수상한 물체를 발견했다고 보낸 신호였는지도 모른다. 용감한 그 모습을 지켜보는 나, 가슴이 벅차다…….

(댓글) 존이 엄청난 공을 세웠네요. 꼭 소설로 써주세요.
(답글) 캠핑장에서 존을 기다리면서 구상하고 있어요.

존 덕분에 조회 수가 폭발한 김에 잠시 광고. '소설가가 되자!' 사이트에 신작을 업로드했습니다.『모히또로 건배』(글쓴이 가구라자카 레논), 파트너 존을 만나기 전 명탐정 가구라자카의 프리퀄이니 꼭 읽어주세요.

【마이아사 신문 온라인 뉴스】

〈산속에서 미성년 남성으로 추정되는 6인의 시신 발견〉

N현 조가하라 캠핑장에서 인체 일부가 발견되어 경찰서 직원들이 인근을 조사한 결과, 캠핑장에서 약 500미터 떨어진 산속 풀밭에 매장되어 있던 여섯 명의 시신을 발견했다. 모두 미성년 남성으로 추정되며 옷을 입지 않은 상태로 몸 전체에 도료로 보이는 물질이 칠해져 있었다. 또한 목과 몸통이 절단된 시신도 있어 N현경 수사1과는 6인의 신원 확인과 함께 사인을 자살과 살인 양쪽에서 상세히 조사하고 있다.

【#존의_사건】

—존을 경찰견으로!

—그냥 훌륭한 개로 끝날 사건이 아니야.

―도료라니, 무섭지 않아? 엽기 범죄의 냄새가 나.

―실은 같은 날 친구 셋과 그 캠핑장에 있었어요. 캠핑장으로 가는 길을 잘못 들어 산속 비포장 길을 달리다가 제법 예쁜 별장 건물이 보여서 거기서 유턴했는데, 시체가 묻혀 있던 자리가 아무래도 캠핑장에서 떨어진 산속이라기보다 그 별장 뒤 같단 말이죠.

―별장이 수상해.

―집단 자살은 아니지 않아? 그러려면 최소한 마지막 한 사람은 스스로 땅속에 파묻혀 죽어야 하는데.

―존의 주인이 소설가 지망생이라는 것 같은데 설마 자작극? 신인상에 계속 떨어져서 미쳐버렸다거나.

―'소설가가 되자'랬나? 잠깐 그 녀석 소설 읽어보고 올게.

―가구라자카라는 녀석보다 최근에 업로드된 사카키라는 사람이 쓴 작품 제목이 더 위험해 보이는데.

SNS 발췌

【마이아사 신문 온라인 뉴스】

〈미성년 남성 6인 시체 유기 사건의 범인임을 주장하는 남성이 자진 출두〉

9월 3일 오전 7시경, 한 남성이 도내 S경찰서를 찾아와 조가하라 캠핑장 뒤편 산속에서 시신이 발견된 미성년 남성 6인을 살해하고 장식해서 매장한 장본인이라고 주장했다고 한다. 남성은 자신이 사카키 시로(50세), 메이케이 대학 이학부 생물학과 교수라고 하며 사건 개요를 기록한 리포트 형식의 자료와 별첨 사진을 경찰관에게 넘긴 후 묵비를 고수하고 있다. 경찰은 내용을 확인해 진위 여부를 조사 중이다.

〈피해자 중 한 명은 용의자의 아들〉

N현 조가하라 캠핑장 부근 산속에서 발견된 여섯 소년의 신원이 판명. 유족의 뜻에 따라 다섯 명의 성명과 연령은 공표하지 않았지만 피해자 중 한 명인 사카키 이타루 씨(14세)는 사카키 시로(50세) 용의자의 아들임이 밝혀졌다. 경찰은 용의자와 피해 소년들의 관계를 더욱 면밀히 조사하고 있다.

【#인간_표본】

—『인간 표본』읽었어. 진짜 수기라면 작가(사실 범인) 진짜로 미친 X. 아들까지 죽이다니 말도 안 돼.

—앞으로『인간 표본』을 읽을 사람은 본문부터 읽고 괜찮은 사람만 사진을 봐. 사진부터 봤다가 매일 밤 가위눌리는 내가 진심으로 충고한다.

—여기 실린 피해자, 실명이야? 뉴스에서는 이름을 안 밝혔는데 의미가 없잖아. 방화 살인, 약물, 나쁜 짓거리까지 다 폭로했는데.

—피해자 모두 아마 실명일걸. 같은 이름의 동급생이 2학기부터 학교에 안 나오고 있어. 선생님들 태도도 좀 이상하다 싶었는데 설마 나비 표본이 되었다니. 당연히 조례 시간에 말 못 하겠지.

—표본이 되어서도 아름다워. 실제로 못 봐서 아쉽다.

—유치한 낙서로 벽화를 망친 녀석도 설마 이런 사건이

벌어질 줄은 꿈에도 몰랐겠지. 단속반도 이런 때야말로 빨리 좀 지우지.

—록스타라니 혹시 MAKIYA 님일까? 숨겨둔 아이가 있었다는 뜻? 믿을 수 없어. 하지만 동영상 속 아이, MAKIYA 님을 닮았어. 조회 수 100만 돌파 축하.

—어머니 손에 저승길로 끌려갈 뻔했다가 운 좋게 살아남았는데, 아멘.

—풍자 신문 마코룽룽 편(상태 최상), 야호 옥션에서 현재 10만 엔. 입찰 마감까지 10일. 즉시 낙찰가는 50만 엔.

—현실을 따라갈 소설은 없어. 흔히 보는 암울한 소설과는 격이 달라. 두통과 구역질을 참아가며 하룻밤 만에 완독. 정신이 붕괴되더라도 읽을 가치가 있어. 삭제되기 전에 읽어라.

—『인간 표본』은 영웅 존의 자랑스러운 사진을 보고 마음의 안정을 찾는 것까지가 완성.

─'소설가가 되자' 사이트 서버 다운.『인간 표본』 출간 희망.

─평소에는 서점에서 파는 종이책만 읽지만 손자가 알려줘서『인간 표본』을 컴퓨터로 읽었습니다. 엽기적인 연쇄 살인사건은 예로부터 존재해 왔지만 그 동기는 '빈곤'이나 '원한'처럼, 동정할 수는 없어도 내가 범인과 같은 처지였다면 어땠을까 상상해 볼 수 있는 사건들이었습니다. 하지만 이번 사건처럼 '사람을 죽여보고 싶었다'는 개인의 욕망과 과시욕으로 인한 동기는 전혀 이해할 수 없습니다.

(계속)

이 이야기를 보면 일반인의 사고로는 이해할 수 없는 '예술 작품의 완성'이라는 비정상적인 욕망 때문에 친자식까지 죽입니다. 창작이라 해도 끔찍한데 텔레비전에서 화제가 되고 있는 연쇄 살인사건의 범인이 쓴 수기라는 사실을 알고 정신을 잃을 뻔했습니다. 지금도 이게 픽션이길 바랍니다.

─『인간 표본』은 현시대의『지옥변』이 될까?

―웃기지 마. 범죄자가 자아도취에 빠져 쓴 『인간 표본』은 그저 나르시시스트가 자기만족을 위해 쓴 소설이야. 변태 노출광 아저씨가 성기를 드러내고 기뻐하는 수준하고 똑같아. 아쿠타가와에게 사과해.

【#사카키_시로 #사카키_교수 #나비_박사 #닥터_버터플라이】
―사카키 교수 세미나를 들은 적 있는데 나비 박사라기보다는 '나비에 환장한 철부지 아저씨' 같은 느낌이라 나는 좋아했거든. 졸업 기념으로 수강생들에게 나비 표본을 선물해 줬는데 그거, 그때부터 학생을 나비에 비유했다는 뜻일까? 조금 무섭네.
(댓글) 무슨 나비였어요?
(답글) 내가 받은 건 남방푸른부전나비였어요.
(댓글) 귀여운 보라색 나비죠. 아무 일도 없어서 다행이에요.
(답글) 교수님이 각성하기 전이라 목숨을 건졌죠.
(댓글) 고향은 가고시마현?
(답글) 맞아요, 어떻게 알았어요?

―평소 범인을 아는 사람들의 인터뷰를 보면 "설마 그 사

람이"라며 놀라는 패턴이 많은데 사카키 교수의 경우는 '그랬어도 이상하지 않다'는 생각이 들었어. 하지만 나도 대학 밖에서 인터뷰에 응했을 때 "설마 성실하고 다정한 그 선생님이, 믿을 수 없어요"라고 말해버렸으니 다른 사건들도 마찬가지일지 몰라. 일을 저지를 것 같은 사람은 낌새부터 다르니까.

―내가 사카키 선생님 세미나를 들었을 때는 나비 이야기를 할 때처럼 눈을 빛내며 아들 자랑을 했는데. 연구실 책상 위에 아들하고 함께 어디 외국에 가서 함께 찍은 사진 액자도 있었고. 부자지간에 무슨 일이라도 있었던 걸까? 그래도 미워서 죽인 건 아닐 거 같지?

―우리 아들, 초등학교 1학년 때 동네 시민회관에서 주최하는 '나비 박사 사카키 시로의 표본 교실'에 참가한 적이 있어요. 그 후로 나비를 잡으면 손가락으로 배를 터뜨려서 가져오는 거예요. 소름 끼쳤지만 훌륭한 대학교수님이 가르쳐준 거라 그냥 뒀더니 고등학생이 된 지금도 이따금 바지 주머니에서 나비가 나온다니까요(울상). 사건 소식을 듣고 아들도 저렇게 되면 어쩌나 걱정이에요.

SNS 발췌

(댓글) 아드님에게 『인간 표본』을 보여주는 건 어때요?
　(답글) 괜히 이상한 취향에 눈을 뜰까 봐 무서워서.

　—초등학교 3학년 아들이 텔레비전에 나온 사카키 용의자의 사진을 보고 "나비 박사님이다!"라고 외쳤을 때는 기절할 뻔했어요. 공원에서 벌레를 잡고 있을 때 마주쳤는데 이것저것 가르쳐줬다고 하더군요. 텔레비전에 왜 나왔는지 묻는데 뭐라고 대답해 줘야 할까요?
　(댓글) 만들어서는 안 될 표본을 만들었다고 하면?
　(댓글) 그냥 살인범이라고 대답해 줘. 낯선 아저씨가 벌레를 잡으러 가자고 해도 다음에는 따라가면 안 된다고 해, 이런 기회에 아이에게 제대로 가르쳐야지.
　(답글) 고마워요. 아들이 다치지 않아서 다행이라는 생각에 뒤늦게 가슴을 쓸어내리고 있어요.

　—"인간 표본을 만들어보고 싶다"는 발언의 원조는 사카키 시로의 부친이자 화가인 사카키 이치로. 당시에 더 철저하게 규탄했다면 시로도 그럴 엄두를 못 냈을 테니 어렸을 때 일찌감치 악의 싹을 뽑아버릴 수 있었는데, 인터넷이 없던 시절이었으니 어쩔 수 없지. 그렇지만 사카키 가문의 핏

줄은 끊겼으니 아들을 죽인 건 어떤 의미로는 옳은 판단이라고 할 수 있어.

―부적절한 발언일지도 모르지만 아들의 표본 배경으로 쓴 그림을 보고 감명을 받았어. 사카키 시로가 학자가 아니라 그림의 길로 갔다면 사카키 이치로나 이치노세 루미를 능가하는 화가가 되지 않았을까? 제발 사형일까지 그림을 계속 그려주면 좋겠어. 매물로 나오면 사야지.

―현재 사카키 교수님 수업을 듣는 학생이에요. 실은 여름방학 전에 선생님이 "방학이 끝나면 너희에게 굉장한 걸 보여줄 수 있을지 모른다"고 했는데 그게 『인간 표본』이었나 생각하면 앞으로 누굴 믿고 살아야 할지 모르겠어요. "기대할게요"라고 말한 나도 잘못이 있을까요?
 (댓글) 괜찮아, 당신도 피해자예요.
 (댓글) 사카키 용의자의 표정을 제대로 봤더라면 이상하다는 걸 눈치채고 "굉장한 게 뭔데요?"라고 계획을 파헤쳐서 범죄를 막을 수 있었을지도 모르지. 당신을 탓하는 건 아니에요.

SNS 발췌

【야호 댓글 전문가의 의견: 정신과의 마에다 고세이】

인터넷이 비약적인 발전을 이루면서 상상력이 부족한 사람들도 자기가 보고 싶은 것만 존재하는 세계를 가상공간에 만들기 쉬워졌다. 일단 만들어낸 다음에는 컴퓨터와 VR 안경을 쓰지 않고도 머릿속에 그 세계를 재현할 수 있게 된다. 오히려 그런 도구가 거추장스러울 정도로 간단히 뇌내 영상을 빠르게 전환할 수도 있다. 처음에는 직접 조작했던 스위치도 자동 모드가 되어 두 세계가 전환된 줄도 모르고 꿈속 세계를 현실로 인식하다가 어느새 그 경계선을 잃어버린다.

사카키 용의자는 나비의 세계와 현실 세계를 분간하지 못하는 해리성 장애를 앓았던 게 아닐까? 그 증상을 알아차려 줄 사람이 주변에 없었다는 점이 엽기적 연쇄살인이라는 비극을 초래한 하나의 요인이라고 볼 수도 있다.

【사회학자 마에다 에마의 note】

〈'인간 표본' 사건에 대한 짧은 고찰〉

10대 초반 소년 여섯 명을 살해하고 나비 날개 무늬 등으로 몸을 장식하여 그 무참한 모습을 찍은 사진을 세상에 공개한 통칭 '인간 표본' 사건.

사건이 공개된 지 한 달이 지났지만 텔레비전과 신문의 과열된 보도는 연일 이어지고, 인터넷은 더욱 뜨겁게 달아오르고 있다.

진위 여부가 불확실한 정보와 개인적 감상의 홍수 속에서 넘쳐나는 내용에 소화불량에 빠질 것 같아 필자는 며칠 동안 정보 기기를 멀리했다. 기분 전환 삼아 바깥 공기를 마시려고 거리에 나가보았지만 전철, 버스, 레스토랑, 카페, 영화관 로비, 시합 중계가 끝난 스포츠 바에서도 사건을 논하는 사람들의 목소리가 들려왔다.

나이와 성별을 막론하고 남녀노소 다양한 목소리가.

무책임한 발언이 가능한 익명의 공간으로는 부족하다, 친구들끼리 얼굴을 마주하고 이야기하고 싶다. 이 사건의 어떤 요소가 이토록 사람들의 관심을 끌어당기는 것일까?

무엇이 이야기하고 싶은 마음을 자극하는 것일까?

첫 번째로 화려하게 장식된 시체. 그것을 사진으로 제시한 데서 오는 이상성과 잔학성.

배심원으로 선택되지 않는 한 사건과 무관한 일반인은 보통 살인사건 시체를 볼 기회가 거의 없다. 글자로 얻은 정보를 머릿속에서 재현할 뿐이다. 그 경우 아무리 잔인한 살인사건이라도 자기가 허용할 수 있는 범위의 잔인함으로 구성된다. 악취나 대량 출혈이라 해도 저마다 생각하는 수준이 다를 테고, 내용을 상상하고 메스꺼움을 느껴도 실제로 구토에 이르지는 않는다.

뇌가 자연히 방어기제를 발동하기 때문이다.

하지만 사진이나 영상은 방어기제가 작용하기 전에 전체 이미지를 한꺼번에 보여준다. 개개인의 뇌를 배려하지 않는다. 그렇게 허용 범위를 능가한 충격을 받은 경우, 많은 사람들이 그 초과분을 누군가와 공유하지 않으면 적절히 처리하지 못한다. 그렇기 때문에 이야기하는 것이다.

이야기하는 목소리가 퍼지면 호기심 혹은 협조성이라는 작용이 그것을 아직 보지 못한 사람들에게 확산되고, 더욱 확대된다.

두 번째로 범인이라 말하는 인물(훗날 용의자로 송치)의 수기가 있다는 사실.

살인범의 수기는 드물지 않다. 피해자 유족에 대한 배려와 모방 범죄 방지 차원에서 출간할 때 물의를 빚어 불매운동도 벌어지지만 출간을 금지하는 법률은 없다. 하지만 이번 경우는 과거 사례와 결정적으로 다른 점이 있다.

대부분의 수기는 범인이 체포된 후 재판에서 형이 확정된 뒤(드물게 재판 중에) 옥중에서, 혹은 출소 후에 쓴 글을 출판사에서 출간하는데, 이번에는 용의자가 체포되기 전에 아무나 무료로 읽을 수 있는 소설 사이트에 수기를 업로드한 뒤에 자수한 것이다.

즉 지금까지는 아무리 사건의 진상이 궁금해도 언론에서 보도하는 정보를 기다려야 했지만, 이번에는 진위 여부는 차치하더라도 언론을 통하지 않고도 상세한 경위를 바로 알 수 있었다는 점이다.

규칙 같은 건 있을 리 만무하고, 개인정보도 그대로 실려 있다.

범인의 이상성을 혐오할 수도 있고 그 자아도취를 야유할 수도 있다. 아름다운 소년들에 대해 논할 수도, 예술론을 주고받을 수도 있다. 실로 이야깃거리가 넘쳐나서 이 사건에 대해 말하지 말라고 하는 게 억지스러울 정도다.

그래도 앞서 말한 두 가지 요소는 전부 타자화가 가능하다. 굳이 수기를 읽지 않고도 인터넷에서 줄거리를 훑어보고 자기 의견을 늘어놓으면 만족할 수 있다. 혼자 목욕을 하는 중에도, 잠자리에 누워서도, 다시 떠올릴 일은 없다.

아니, 아니다. 나는 말하고 싶은 게 아니라 대화를 원한다. 신뢰할 수 있는 상대가 어떻게 느끼는지 궁금한 것이다. 사건을 생각하면 가슴속이 껄끄럽다.

사람들이 그런 감정을 느끼는 요인은 피해자 소년 중 한 명이 용의자의 아들, 즉 이 사건이 '친자 살해'라는 점 아닐까?

시체 장식이나 수기가 주는 자극보다도 '부모가 자식을 살해한' 이유가 핵심이다. 학대나 육아 방임, 아이의 비행, 관계의 결렬처럼 어느 정도 상상할 수 있는 사연이 아니라 '예술을 위해서'라는 보통 사람은 이해할 수 없는 동기 때문에, 이미 답이 제시되어 있음에도 불구하고 그 답에 의문을 품을 수밖에 없어 얼굴이 보이지 않는 상대가 아니라 다른 감정도 공유할 수 있는 상대와 그 문제를 함께 생각해 보고 답의 이면에 있는 진짜 문제, 진짜 정답을 도출해 납득할 수 있는 해석을 찾고 싶은 게 아닐까?

나는 이 사건의 진짜 문제점은 예로부터 일본인들에게 뿌리박힌 '자식은 부모의 소유물'이라는 사상이라고 말하고 싶다.

가령 당신이 배심원이 되어(실제로 배심원이 이러한 선택을 하는 경우는 없지만) 다음과 같은 판단을 내려야 할 경우, 어떻게 할까?

A라는 인물은 친자식을 살해했다. B라는 인물은 타인의 아이를 살해했다.

한쪽은 사형, 다른 한쪽은 무기징역. 반드시 양쪽에 결론을 내려야 한다.

많은 사람들이 A에게 무기징역, B에게 사형을 내리지 않을까?

내 아이와 남의 아이, 어느 쪽을 죽이는 것이 더욱 무거운 죄일까? 판단 기준을 그렇게 세운 사람은 머릿속에서 아이를 '소유물'로 변환한 것이다. 남의 아이일 경우도 마찬가지다. '살해'를 '파괴'로 치환해서 커피잔 같은 것으로 상정하고 어느 쪽이 더 큰 죄인지 생각한 결과를 그대로 대입한다.

그것이 얼마나 무서운 감각인지 생각해 보지도 않고.

같은 식으로 일본은 여전히 '아이'가 '배우자'로 치환되는 사회다. 혼인 관계를 맺으면 집에서는 소유자가 상대를 어떻게 다루어도 된다고, 공짜 노동을 시켜도 문제없다고 생각한다.

집단 안에서 생활해도 인간은 '개별적인 존재'이며 그 존엄성은 동등하게 지켜져야 한다.

이런 발언을 하면 필자만 반세기 전 과거에 사는 사람으로 취급당하는 경우가 많다. 분명 '지배'는 완화되었을지도 모른다. 하지만 '아이를 소유물 취급'하는 경향은 반세기 전보다 심각해지지 않았을까? 물론 여기서 말하고 싶은 주제는 결코 정략결혼이 아니다.

예를 들어 부모가 자기 취향으로 사 온 옷을 아이에게 입힌다. 진로를 결정한다. 취직할 회사와 결혼 상대를 고를 때도 참견한다. 아이의 행복을 생각해서 그런다고 하지만 그 '행복'의 기준도 '부모니까'라는 대의명분을 내세워 자신의 이상을 강요하고 있다는 사실조차 모르고.

물론 '아이의 판단'이 잘못되었다면 부모는 보호자로서 책임감을 갖고 올바른 방향으로 이끌어야 한다. 하지만 '아이의 판단'을 배제하고 부모가 '아이를 위한 판단'을 하는 사례가 얼마나 많은가? 또는 'NO라는 선택지를 주지 않고' 부모의 판단을 강요해 놓고 아이가 판단한 것처럼 착각하는 사례가.

특히 '생명'의 문제는 아이 스스로 목숨을 끊고자 해도 부모는, 아니 타인은, 인간은, 사회는 그것을 들어주어서는 안 된다. 당사자조차 그럴 권리가(그것만은) 없다.

그렇다면 나비의 세계에서는 허락될까?

혹시 자식을 죽이는 습성을 가진 종류의 나비가 있어, '부모가 자식을 살해'하는 게 필연적인 행위가 될 수 있을까? 그 필연성이란 무엇일까? 인간에게도 통하는 이유일까? 나비 박사가 아는, 부모가 자식을 살해해야 할 필연성······.

필자는 사카키 용의자의 저서와 논문, 입수할 수 있는 모든 자료를 훑어보았다.

결론부터 말하면 그런 나비는 존재하지 않았다. 더 찾아보면 있을지도 모르지만 적어도 사카키 용의자가 쓴 자료에는 없었다. 연구 대상이 아니라서 그런 것은 아닐 것이다. 조사하기 전에 알아차렸어야 했는데, 그런 나비가 있다면 수기에서 가장 먼저 예로 들며 자기가 그 나비가 되었다고 착각해 아이를 죽이는 장면을 묘사했을 테니까.

나비의 세계를 동경해 나비 표본을 만들듯 인간 표본이라는 끔찍한 것을 제작한 용의자가 '나비의 기준으로 가치 판단'을 내릴 생각은 하지 못했던 걸까.

'아들은 당신 소유물이 아니야.'

박사였지만 나비의 그런 속삭임을 듣지 못한 것은 나비에게 그런 개념이 없기 때문이다. 사카키 용의자의 수기만을 판단 근거로 삼아 나비의 세계와 인간 세계를 분간하지 못하게 된 정신질환의 가능성을 제기하는 고찰은, 아무리 무책임하게 아무 말이나 할 수 있는 인터넷이라 해도 자중해야 하지 않을까?

SNS 발췌

이 사건의 밑바탕에 있는 것은 특수한 성적 취향이 아니다. 분명 부모와 자식 사이에 비극으로 이어지는 첫 단추를 잘못 끼운 순간이 있었을 것이다.

(댓글) 결국 부모 잘못이라고 말하고 싶은 거네.
(댓글) 부부 토론은 집에서 하시지? 사기꾼 부부라고 불리는 건 알아?

여름방학 자유 탐구
「인간 표본」

2학년 B반 13번 사카키 이타루

배경

신은 인간에게 평등하게 재능을 하나씩 선사하셨다.

이번 연구는 어른들이 아이들을 상대로 안일하게 입에 담곤 하는 이 한마디가 바탕에 깔려 있음을 먼저 기록해 두겠습니다.

저는 미술, 특히 회화에 재능이 있다고 스스로 생각했습니다. 세 살이 되기 전부터 다녔던 미국식 미술 유치원에서 예체능 분야 적성 검사를 받은 결과 개인별 자질에서는 물론이고 또래 아이들과 비교해서도 탁월하다는 평가를 받았습니다.

저는 시각으로 포착한 영상을 머릿속에 사진처럼 남겨서 그것을 종이 위에 정확하게 그릴 수 있습니다. 색칠 또한 물감 종류에 따른 차이는 있지만 실물에 가까운 색을 재현하며, 빛과 그림자 역시 1밀리미터도 어긋나지 않도록 표현할 수 있습니다.

그래서 제 그림을 본 사람들은 흔히 "사진 같다"고 칭찬합니다. 처음에는 기뻤지만 나이가 들면서 의문을 품게 되었습니다.

그렇다면 사진으로 충분하지 않을까?

사진이 없던 시절에는 예술의 역할뿐만 아니라 기록과 자료라는 실용적 면에서도 회화를 중시했지만, 현대에서 '사진 같은 그림'은 그저 화가의 기량을 나타내는 기준일 뿐입니다.

게다가 그림 한 장을 완성하려면 몇 시간, 몇십 시간을 들여야 하지만 사진은 몇 초면 끝납니다. 연사로 찍어서 가장 잘 나온 작품을 고를 수도 있습니다. 표정 변화나 동작, 태양과 별의 움직임, 물이 흘러가는 모습을 초 단위로 포착해 나열함으로써 기록이 예술로 변화합니다.

타인의 재능을 눈에 보이는 예술로 표현하고, 그것을 갖지 못한 이들에게도 보여줄 수 있습니다.

그렇다면 사진을 잘 찍는 게 낫지 않을까? 동영상도 똑같은 효과가 있을지 모르지만 저는 예술이란 찬란한 순간을 형태로 포착하는 거라고 생각하기 때문에 중학생이 되자 사진부에 들어갔습니다.

선생님들을 중심으로 주위 어른들은 아깝다며 아쉬워했지만, 잘 찍은 사진을 그림으로 그릴 수 있는 저는 그 단

락적인 발상 자체가 중간 과정에 대한 평가라고 생각해 결심을 바꾸지는 않았습니다.

무엇보다 가장 가까운 어른인 아버지가 제 결단을 존중해 어렸을 때 선물 받았다는 귀중한 카메라를 물려주셨으므로 그 기대에 부응하고 싶은 마음이 강해졌습니다.

그렇지만 저는 그 카메라로 무엇을 찍어야 할지 몰랐습니다. 그림 솜씨는 칭찬받았지만 구도로 평가받은 적은 없다는 사실을 깨달았습니다.

나는 무엇을 형태로 남기고 싶은 걸까? 예술 작품으로 표현하고 싶은 걸까?

인간이 갖는 희로애락의 표정, 아름다운 풍경, 꽃, 생물, 일본의 사계절, 문화, 외국의 거리, 여행의 추억…….

초등학교 6학년 때 아버지와 함께 간 브라질 리우데자네이루의 풍경화로 큰 상을 받았지만 실제로 슬럼가에 사는 사람들의 모습을 보지는 못했습니다. 하나씩 꼼꼼히 그린 전선이 주요 전선에서 불법으로 빼낸 것인 줄도 모르고, 그저 그곳에 있는 것을 그렸을 뿐인데 슬럼가의 현실을 그렸다는 평가를 받은 것입니다.

이걸 계기로 빈곤의 실태를 세상에 알릴 작품을 그려야겠다, 그런 생각도 들지 않았습니다. 제 안에 그런 정의감은 없습니다.

눈에 보이지 않는 것, 혹은 보이는데 아무도 알아보지 못하는 것을 형태로 남기고 싶다. 신이 주신 그림 재능을 살린 나만이 찍을 수 있는 사진. 내가 갈구하는 것······.

개인들이 저마다 부여받은 재능을 예술 작품으로 표현하고 싶다.

그런 생각을 하다가 깨달았습니다. 제가 그런 작품에 에워싸여 살고 있다는 사실을.

저희 아버지는 생물학자로, '나비 박사'라는 별명으로 불리기도 합니다. 아버지는 어렸을 때부터 나비의 아름다운 외관뿐만 아니라 그 특성에도 빠져 전 세계를 돌아다니며 나비를 채집하고 표본으로 만들어 온 집 안에 (좋게 말해서) 장식했습니다.

제 눈에는 똑같아 보이는 표본이지만 아버지가 볼 때는 저마다 다른 스토리가 있었습니다. 저는 혼자 집을 지킬 때가 많았지만 그 에피소드를 들으면 함께 여행한 것만 같아 외로워하기보다는 다음 모험담을 즐겁게 기다리게 되었습니다.

우리 집 표본들은 아버지의 재능을 형상화한 것이었습니다.

정답은 보이지 않지만 커다란 힌트를 얻은 느낌이었습니다.

그즈음이었습니다, 미술 학원 합숙에 초대받은 것이.

계기

저는 이치노세 루미라는 화가에 대해 잘 몰랐습니다.

미술 유치원 선생님이 제 그림을 사진으로 찍으며 "루미 선생님께 보여드려야지"라는 말씀을 자주 하셨던 건 기억하지만, 저는 그 사람을 화가가 아니라 유아교육 전문가라고 생각했습니다.

제 할아버지는 화가입니다. 그건 알고 있었지만 '할아버지 같은 화가'가 되라는 말을 들은 적은 없어서 무명 화가인 줄 알았습니다. 조금 속상하기도 했습니다.

초등학교 6학년 미술 대회 시상식에는 아버지가 와주셨습니다. 아버지는 내색하지 않으려 했겠지만 내키지 않는다는 것은 분위기로 알 수 있었습니다. 심사위원인 화가들이 무명이었던 할아버지 이야기를 꺼내는 게 싫은 걸지도 모른다고 생각했습니다.

시상식장에서도 아버지는 심기가 불편해 보였습니다. 시상식이 시작되기 전에 심사위원장이라는 사람이 저희를 찾아왔을 때도 필요 이상으로 어깨가 굳어 있는 것처럼 보였습니다. 일본의 고흐라 불리는(저는 그날 처음 알았습니다) 그 사람은 저를 보더니 "사카키 이치로 화백을 닮았구나"라고 했습니다. 그때까지 어머니를 닮았다는 말을 많이 들었던 저는 놀랐습니다.

아버지는 별로 기뻐하는 기색이 아니었습니다. 하지만 그 사람은 아버지 표정은 개의치 않고 이런 말을 했습니다.

"자네 아버님과는 자타가 공인하는 라이벌이자 각별한 친구 사이였지. 그런데 그 소동이 있었을 때 아무 힘이 되어주지 못해 항상 미안했어. 이치노세 사와코 씨 장례식에 참석했을 때 이치로가 그린 사와코 씨 초상화를 보고 나는 물론이고 그 자리에 있던 화가들 모두 그가 말한 '인간 표본'이란 이런 것이었나 하고 감명을 받았건만. 이치로도 갑자기 세상을 떠나는 바람에 오해를 바로잡을 기회가 없었어."

아버지가 그 말을 "다 지난 일이니까요"라고 흘려넘겨서 할아버지 이야기는 거기서 끝났지만, 제 머릿속에는 '인간 표본'이라는 단어가 강하게 남았습니다.

나중에 인터넷으로 검색해 보니 적은 정보로나마 할아버지가 중요한 시상식에서 "인간 표본을 만들고 싶다"는 발언을 해서 화단에서 추방당했다는 사실을 알 수 있었습니다.

'인간 표본'이라는 끔찍한 표현. 그것을 저명한 화가들로 하여금 '이런 것이었나'라고 감명하게 만든 '사와코 씨의 초상화'가 궁금해졌습니다. 하지만 인터넷을 검색해 봐도 이치노세 사와코 씨의 작품은 몇 개 찾아냈지만 사와코 씨 초상화나 그것을 보관하고 있는 장소는 알 수 없었습니다.

아버지에게 물어볼 수는 없었습니다. 그 이야기를 꺼내면 제 그림이 상을 받은 것 자체를 한탄하실 것만 같았기 때문입니다. 아버지는 제가 리우데자네이루를 그린 것을 무척 기뻐하셨거든요. 즐거운 추억으로 가득한 장소의 가치를 떨어뜨리고 싶지는 않았습니다.

그런데 올해 6월, 아버지가 생각도 못 한 말씀을 하셨습니다.

"아빠 친구 중에 이치노세 루미라는 화가가 있는데, 여름방학 때 미술 학원 합숙 프로그램을 연다는구나. 너도 참가하지 않겠니? 장소가 글쎄, 아빠가 옛날에 살던 산속에 있는 집이야."

정보량이 너무 많아 어디서부터 정리해야 할지.

아버지 지인 중에 화가가 있다는 사실에 놀랐습니다. 더군다나 친구. 저는 아버지 친구를 만나본 적이 없었습니다.

다음으로 이치노세 루미라는 이름. 기억 속 '루미 선생님'과 시상식에서 들은 '이치노세 사와코 씨'가 결부되면서 친척일지도 모른다, 어쩌면 초상화 이야기를 들을 수 있을지도 모른다는 기대가 커졌습니다.

그리고 아버지가 옛날에 살던 집. 아직 초등학교에 들어가기 전, 아버지에게 나비를 좋아하게 된 이유를 물어보았을 때 "너만 했을 때 나비를 실컷 볼 수 있는 산속 집에 살았거든"이라고 하셨던, 제게는 동화 속 꿈만 같았던 집. 저도 가보고 싶다고 했지만 이미 사라졌을 거라고 하셨는데.

아버지가 저를 미술 학원 합숙에 참가시키는 것보다 단순히 그 집이 아직 남아 있다는 사실이 기뻐서 꼭 가보고 싶어 한다는 것을 알았습니다.

저는 합숙에 참가하기로 결심했습니다.

가겠다고 대답했을 때는 다른 참가자들보다 그림 실력이 부족하면 어쩌나 하는 불안을 전혀 못 느꼈는데……. '이치노세 루미'를 인터넷으로 검색해 작품을 본 순간, 전율이 치달았습니다.

색채의 마술사로 일컬어지며 세계적으로 인정받는 루미 씨(이때는 합숙 참가 전이므로 이렇게 부르겠습니다)의 그림은 제가 본 적 없는 색으로 그려져 있었습니다. 정확히 말하면 그림에 쓰인 각각의 색은 알고 있는데, 제가 보았던 사물이 제 눈에는 보이지 않는 색으로 가득한 것이었습니다.

사과는 빨간색. 하지만 하나의 사과에 수십 종류나 되는 빨간색이 들어가 있습니다. 제가 '전부 다른 색으로' 만 장의 사과 그림을 그리라는 과제 때문에 정밀함에서 벗어나 모험을 한다 해도 생각해 낼 수 없는 배색.

무작위 배색이 아닌, 세상이 이렇게 보이면 인생이 몇 배는 즐거울 듯한, 가슴 설레는 채색.

'사원색의 눈은 신이 주신 선물.'

미국 잡지 인터뷰 기사에 그런 글이 있었습니다.

눈에 보이는 대상을 정밀하게 재현할 수 있는 재능이란 얼마나 시시한 것인가. 루미 씨의 작품을 보면 볼수록 제 안에 패배감이 부풀어갔습니다. 달관한 것처럼 그림으로부터 한 걸음 물러나 있던 저의 사고방식이 언젠가 진정한 천재를 만났을 때 영혼이 산산조각 나지 않도록 세워둔 방벽이었음을 알았습니다. 산산이 부서진 눈에 보이지 않는 벽의 잔해를 움켜쥔 두 손이 아렸습니다.

제 그림 솜씨는 재능도, 선물도 아니었습니다.

동시에 다른 참가자들이 신경 쓰였습니다. 아버지 말씀으로는 모두 저와 같은 학년이라는데 어떤 그림을 그릴지. 루미 씨에게는 미치지 못하겠지만 또래 아이들과 함께 노력하면 아직 스스로 깨닫지 못한 개성을 찾아낼 수 있지 않을까?

그런 기대를 한 이유는 루미 씨가 제가 그린 리우데자네이루 그림을 보고 합숙에 초대한 거라고 아버지가 말씀해 주셨기 때문입니다. 눈에 보이는 것밖에 그리지 못하는 저를 그 너머로 데려가 주려는 게 아닐까?

그 예상은 뜻하지 않은 일로 배반당했지만, 덕분에 저는 깨달을 수 있었습니다.

산속 집에서

산속 집은 N현 조가하라 캠핑장 부근에 있었습니다. 집에서 아버지가 운전하는 차를 타고 2시간쯤 걸려 도착했습니다.

합숙에 참가하는 다른 멤버들은 다섯 명이었는데 캠핑장에서 합류하기로 했습니다. 모두 모델로 참가했나 싶을 정도로 얼굴이 아름다워서 어쩐지 루미 씨가 프로듀싱하는 5인조 아이돌 같은 이미지였습니다. 외모만 봐도 다들 개성적이라 저마다 어떤 그림을 그릴지 점점 더 궁금해졌습니다.

하지만 집에 도착하자마자 그들은 모델이 아니라는 것이 확실해졌습니다. 루미 선생님(여기서부터 그렇게 부르겠습니다)의 딸, 안나야말로 모든 부분이 가장 아름답다고 정의할 수 있는 비율로 구성되어 있는 사람이었기 때문입니다. 인간은 일상생활에서 자주 쓰는 쪽이나 버릇 때문에 적잖이 뒤틀림이 생겨 좌우 균형이 무너지는 법인데, 적어도 제 눈으로는 그런 비대칭을 감지할 수 없었습니다.

참가자 다섯 명은 안나와 이미 아는 사이인 것 같았습니다. 처음 보는 저만 그녀를 뚫어져라 쳐다보는 걸 들키지 않으려고 다른 사람들에게 공평하게 시선을 던지느라 오히려 수상쩍게 행동했던 것 같습니다.

그래서 루미 선생님이 충격적인 발표를 했을 때, 다섯 명 모두의 표정을 머릿속에 선명하게 새겨넣을 수 있었습니다. 그 발표란⋯⋯.

합숙 기간 중 완성한 작품으로 색채의 마술사 이치노세 루미의 후계자를 선정하겠다.

산속 집에 도착했을 때 가장 먼저 놀란 점은 안나의 미모가 아니었습니다. 인터넷으로 본 루미 선생님의 최근 모습은 그 작품에 지지 않을 정도로 쾌활하고 에너지가 넘쳐 온몸에서 빛을 발하고 있었는데, 직접 만난 본인에게서는 그 빛이 전혀 느껴지지 않았던 것입니다.

나비 박사인 아버지 흉내를 내서 비유한다면, 찬란히 빛나는 비단벌레 번데기에서 평범한 배추흰나비가 나온 것 같은 인상을 받았습니다. 선생님을 처음 만난 저 같은 중학생도 건강하지 않다는 것을 알 수 있을 정도라, 루미 선생님은 물론이고 다른 사람들의 외모도 입에 담아서는 안 되겠다고 생각했습니다.

하지만 루미 선생님은 외모는 가냘파도 말씀하시는 내용은 그림이 주는 이미지 그대로 밝고 유쾌해서 저를 보며 "평범한 호랑나비에게서 어떻게 이렇게 훌륭한 나비가 태어났을까"라며 아버지를 놀렸고, 아버지는 아버지대로 "내가 호랑나비인 줄 어떻게 알아?"라며 익살스러운 대답을 했습니다. 두 사람은 정말로 '친구'로구나. 부러운 마음도 들었습니다.

그건 그렇고 병색이 짙은 사람이 말하는 '후계자'라는 단어는 루미 선생님에게 그림을 배우지 않은 제가 듣기에도 묵직한 울림이 있었습니다.

'죽음'이라는 단어는 입에 담지 않았지만 루미 선생님은 남은 시간 동안 전수할 수 있는 기술, 발상, 그리고 '마술사의 눈'을 단 한 사람에게 물려줄 작정이라고 설명했습니다.

그 색의 비밀을 전수받을 수 있다.

합숙에 오기 전에는 힌트를 얻을 수 있을지 모른다고 기대하면서도 친구의 아들이라서 특별히 초대해 준 걸 테니 다섯 소년들과 경쟁할 생각은 하지도 않았는데, 그 권리를 쟁취하고 싶었습니다.

그러기 위해서는 적이 어떤 그림을 그리는지 알아야만 합니다.

라이벌들

화가는 항상 스케치북을 들고 다닌다는 이미지가 있는데, 다들 미술 도구를 지참하기는 했지만 직접 그린 그림을 가져온 사람은 없었습니다. 하지만 대부분 지금까지 그린 작품을 스마트폰으로 찍어두어서 구경은 할 수 있었습니다.

패를 숨겨두었다가 합숙이 본격적으로 시작되면 상대를 제치는 잔꾀를 부릴 필요도 없을 정도로 다들 작풍이 완전히 달랐습니다. 뛰어난 작품에 감동해도 쉽사리 흉내 낼 수는 없는 세계를 저마다 가지고 있었습니다.

저는 만들어낼 수 없는 세계가.

자기소개에서 얻은 정보와 그림의 특징을 다음에 간단히 요점별로 정리해 두겠습니다.

★후카자와 아오

키 178㎝, 체중 62㎏, 쌍둥이자리, AB형

좋아하는 음식은 피자

유명한 명문고에 다니고 있지만 학교와 학원은 좋아하는 세계가 아니라고 한다.

이유는, 아름답지 않으니까.

이름 그대로 파란색을 좋아한다.

왜 좋아하는지 묻자 아름다운 존재만 그 색을 두를 수 있기 때문이라고 했다.

"파란 하늘, 파란 바다. 하지만 바다도 하늘도 더러울 때는 파랗지 않아."

파란 비닐 시트나 청소용 플라스틱 통은 어떻게 생각할지 궁금했지만 화낼 것 같아 묻지 않았다.

"넌 어떤 파란색을 좋아해?"

그렇게 묻기에 반사적으로 모르포나비라고 대답하자 취

향이 맞는다며 어깨동무를 해왔다. 길쭉하고 맑은 눈이 눈앞에 다가와 가슴이 철렁했다. 자기가 어깨동무를 해주는 데 불쾌하게 여길 사람이 있을 리 없다고 생각하는 걸까?

행동에 한 박자 쯤을 들인다거나 상대에 맞춘 반응을 고민할 때 생기는 주저나 망설임이 보이지 않는다.

미소년이라는 것을 자각하고 있기 때문에 외모를 칭찬해도 겸손해하지 않는다.

모르포나비와 같은 색 도료를 쓴 우리 집 자동차에도 관심이 있다.

수채화를 주축으로 한 그림의 특징은 전체적으로 파란색의 사용이 인상적. 루미 선생님의 빨간색에는 못 미치지만 여러 가지 파란색을 자신의 것으로 만들어 아름답게 구사한다.

샤갈의 그림을 방불케 한다.

음영 표현도 뛰어나 보는 각도에 따라 전체 인상이 달라지는 트릭아트 같은 기술도 쓴다.

데생은 중심이 불안정하기는 하지만 그 일렁임이 그림 전체를 환상적으로 보여주는 효과를 내고 있다(일부러 그렇게 그리는 걸지도 모른다).

모르포나비를 그린 작품이 특히 뛰어나다.

이건 레테노르 모르포나비네, 라고 말하자 어리둥절한 표정으로 모르포나비에도 여러 종류가 있는 줄 몰랐다고 웃으며 말해서 놀랐다.

살아 있는 모르포나비를 본 적이 없는지, 인터넷으로 본 사진을 바탕으로 이미지를 키워 자기가 만들 수 있는 아름다운 파란색을 전부 담았다고 했다.

표본을 갖고 싶다는데 그림 때문에 필요한 게 아니라 진짜 모르포나비의 날개를 유리 안쪽에 붙여서 만드는 나비 모양 반지가 갖고 싶다나.

파란 색연필로 도화지에 그린 도안은 대충 그렸는데도 손가락에서 당장이라도 날아오를 것처럼 약동감을 숨긴 훌륭한 나비였다. 그럼에도 유리로 코팅되어 있다는 것을 알 수 있다.

더욱 놀라운 사실은 유리 너머 모르포나비 날개에 안나의 옆얼굴과 흡사한 실루엣이 들어 있었던 점으로, 그녀에 대한 연모를 느낄 수 있었다. 단순히 자신감 넘치는 소년인 줄 알았는데 사람들이 자연히 몰려드는 게 당연한 인생을 보내온 만큼 자기에게 다가오지 않는 사람을 어떻게 대해야 하는지 모르는 것 같기도 했다.

내가 볼 때 안나에게 '파란' 이미지는 없다. 자기 영역에 안나를 융합시킬 수법으로 애써 찾아낸 것이 나비와 함께 유리 안에 가두는 방법이라면, 합숙 중에 그릴 작품의 구도도 이미 정했을지 모른다.

★이시오카 쇼

키 165cm, 체중 58kg, 천칭자리, B형

좋아하는 음식은 볶음면

오렌지색에 가까운 노란 머리로 모습만 보면 불량배들이 나오는 만화 속 등장인물 같지만 무서운 분위기는 없고 살갑고 붙임성 있는 성격. 인사를 나누자마자 내게도 반말을 했는데 낯을 가리는 나로서는 오히려 고마웠다.

목소리가 크고 요란하게 웃지만 자기는 너희 같은 도련님이 아니라며 자꾸 허세를 부리는 모습이 오히려 후계자로 선택받지 못했을 때 변명할 거리를 찾고 있는 것 같아 소심한 성격임을 엿볼 수 있다.

학교 수업 외에 미술을 배운 적이 없는 것을 콤플렉스로 여기고 있는지도 모른다. 그렇게 속으로 시시한 분석을 하고 있었던 것을 후회했다.

작품은 호쾌하다.

소위 말하는 벽화로, 집 주변 고가 밑 터널과 하천 변 교각, 폐공장 창고의 콘크리트 벽 등 전부 다섯 군데에 그림을 그려서 단속으로 지워버리는 시청 직원과 술래잡기를 반복하고 있는 모양이다.

작풍은 한마디로 표현해 독창적. 정확한 데생 뒤로 콘크리트 벽이 줄줄 녹아내린 게 아닌가 싶은 왜곡과 물결이 따른다, 탄탄한 기초 위에 성립되는 자유로운 선.

채색도 독특해서 사과는 빨간색, 바나나는 노란색이라는 고정 관념을 완전히 무시한 색을 쓴다. 노란색, 오렌지, 보라색, 청록색, 그렇게 선명하고 표독한 색을 효과적으로 사용한다.

자기주장이 강한 색들인데 작품 전체에 통일성이 느껴지는 것은 내가 이 색채를 가진 나비를 알기 때문이라는 것을 깨달았다.

휴잇슨 삼원색네발나비의 색채구나. 그게 뭐냐고 묻는 그는 그것이 나비 종류인 줄도 모르는 눈치였다. 공룡이나 익룡을 좋아한다고 했다. 아무도 정답을 모르는 생물이니 자유롭게 그려도 혼나지 않는다며.

하지만 휴잇슨 삼원색네발나비에는 관심을 보이는 것 같았다.

유충일 때 마약의 원료로 유명한 코카 잎을 먹기 때문에 체내에 독을 가지며, 그것을 새들에게 알리기 위해 화려한 색채를 띤다고 설명해 주자 확실히 자기와 닮았다고 실실 웃었다.

어디에서 이런 발상이 나오는지 자존심을 버리고 물어보았다.

악마가 준 선물이라고 했다. 요컨대 재능이라는 뜻일까? 무엇을 어떻게 그릴지 머리로 생각하는 게 아니라 자연히 떠오른다고 했다.

자동차 정비공장에서 일하는 '선배'가 그림에 쓸 도료를 나눠주는데 희귀한 색일수록 한번 개봉하고 남은 것을 얻기 쉽다고 했다.

우리 집 자동차 도료에도 관심을 보였다.

합숙 중 과제인 그림도 콘크리트 판에 그릴 예정으로, 루미 선생님이 재료를 준비해 주었다고 했다. 루미 선생님이 벽화를 보고 스카우트해서 미술 학원에서도 수업료를 면제받고 다른 학생들과 겹치지 않는 시간에 교실을 쓰는 등 우대받고 있는 것 같다.

다섯 명 중에서는 가장 '후계자'에 걸맞은 작풍 같은데, 오히려 채색면에서는 인상적이지 않은 그림을 그리는 학생들이 합숙에 초대받은 것에 뭔가 큰 의미가 있는 게 아닐까 신경 쓰인다.

★아카바네 히카루

키 175㎝, 체중 60㎏, 사수자리, A형

좋아하는 음식은 초콜릿

긴 앞머리가 얼굴 절반을 가리는 것도 있어 수수한 인상. 말수도 적다.

루미 선생님 말씀도 다른 아이들 뒤로 한 걸음 물러나서 듣고 있다.

하지만 조금 떨어진 뒤쪽에서 다섯 명의 모습을 바라보다가 깨달았다. 서 있는 자세가 가장 아름다운 것은 그였다. 의식해서 차렷 자세를 취하고 있는 게 아니라 자연스럽게 뻗은 등줄기, 완벽한 근육 때문인지 등에서 오라를 뿜고 있는 듯한 분위기에 시선을 빼앗겼다.

정면에서 보고 가장 아름답다고 느꼈던 후카자와 아오는 자세가 나쁘다.

앞과 뒤. 모르포나비는 세상에서 가장 아름답다고들 하지만 날개 뒷면의 무늬는 마치 나방 같다. 그것과 대비해서 외웠던 뾰족날개뒷고운흰나비가 떠올랐다.

앞면은 흰색과 검은색으로 수수하지만, 뒷면의 뿌리 부분에 빨간 무늬가 있어 화려한 색채를 보인다.

하지만 표리란 무엇일까? 가령 앞과 뒤라고 하면 남을 의식한 모습과 남에게 숨기고 있는 모습, 눈에 보이는 것과 보이지 않는 것을 표리라고 표현하기는 하지만 그렇다고 뒤쪽이 아예 보이지 않는 것은 아니다.

오히려 자기 눈으로만 직접 보지 못할 뿐, 남의 눈에는 훤히 드러난다.

그런데도 많은 사람들이 앞면만 신경 쓰는 것은 단순히 거울 앞에 섰을 때 그쪽이 잘 보이기 때문 아닐까? 자기 눈에 비치는 모습을 남의 눈을 통해 상상하고, 그렇게 비치길 원하는 모습으로 가꾼다. 만약 뒤통수에도 눈이 있다면 등쪽을 뒷면으로 인식하지 않을지도 모른다.

자기 눈에 보이는 것이 앞, 보이지 않는 것이 뒤.

아카바네 히카루는 자기 뒷모습이 매력적이라는 걸 알고 있을까? 그의 뒤통수에 눈이 달려 있다면 그는 훨씬 당당하게 행동할까?

아예 뒷모습을 사진으로 찍어서 칭찬해 줄까 생각도 해 보았지만 경계심을 품고 일부러 등을 구부릴 것 같아 그만

두었다.

보여준 작품은 누가 봐도 미술 학원 과제로 그린 듯한 하얀 꽃병에 빨간 장미가 꽂혀 있는 유채 정물화였다.

시선을 빼앗은 것은 그 붉은색이었다. 루미 선생님처럼 다채로운 빨강을 사용한 게 아니다. 오히려 한 가지 색. 그의 빨강은 핏빛이었다.

잠시 피로 그린 게 아닌가 착각했지만, 곧 그렇지 않다는 것을 알았다. 핏빛이라고 해도 메마른 피가 아니다. 살갗을 뚫고 갓 흘러나온 핏빛. 메마른 물감 위인데도 손끝으로 살며시 더듬으면 손가락에 끈적한 피가 묻어날 것만 같다.

살아 있는 빨간색. 루미 선생님의 빨간색처럼 다양한 색채와 그것이 자아내는 약동감, 찬란함이 없어도 생명이 느껴지는 빨간색.

데생은 그냥저냥 괜찮은 수준이니, 아카바네 히카루는 이 빨간색 하나로 후계자 후보에 오른 게 아닐까?

나는 과연 이 색을 낼 수 있을지 생각해 보았다. 물론 재현은 할 수 있다. 하지만 똑같은 장미를 보고, 가령 장미가 이 색이었다 해도, 피를 상기시키는 그림은 되지 않을 것 같다.

아카바네 히카루는 장미 뒷면에서 무엇을 보았을까?

★시라세 도루

키 157㎝, 체중 50㎏, 물고기자리, O형

좋아하는 음식은 화이트스튜(할머니가 백된장을 가미해 만들어준 것)

다섯 명 중에서는 가장 마음을 편안하게 해주는 상대. 아카바네 히카루처럼 존재감이 흐릿한 게 아니라 말수가 적고 온화한 타입. 딱히 맞장구는 치지 않지만 생글생글 웃으며 남의 이야기를 잘 듣는다.

안나가 건네준 레모네이드 잔을 받을 때 손가락이 닿기만 해도 새빨개지는 모습에 호감이 간다.

작풍이 그렇다는 게 아니라 수묵화에 특화되어 있다.

색채의 마술사가 후계자를 고르는 합숙에 모노톤으로 표현하는 학생이 참가했다는 사실에 놀랐다. 평소 수묵화 학원에 다니는데 그곳 선생님 소개로 루미 선생님을 만났고, 합숙에는 게스트로 초대받았다고 한다. 나와 비슷한 처지라는 사실에 친근감을 느낀다.

유채꽃밭을 날아다니는 배추흰나비 그림을 내게 보여주었다. 배추흰나비의 소박한 이미지가 그의 인상과 어우러졌다.

그때 배추흰나비의 시각에 대한 이야기가 떠올랐다. 대부분의 사람들이 갖는 삼원색 색각에 더하여 자외색이 보이는 성질. 루미 선생님의 인터뷰 기사에서 본 사원색이란 삼원색에서 빨간색을 세분화한 것으로, 루미 선생님과 배추흰나비의 시각은 서로 똑같지는 않아도 비슷한 점이 많다고 할 수 있다.

시라세 도루는 배추흰나비의 눈을 가지고 있기 때문에 합숙에 초대받았다. 내 눈에는 그의 그림이 흑백으로 보이지만, 사실은 자외선의 특정 주파에 반응하는 특별한 도료로 그려서 나비의 눈에는 모노톤의 세계가 아니라 색채가 선명한 그림으로 보이는 게 아닐까? 그런 생각을 했다.

색각은 민감한 문제라고들 하지만 자외색이 보이는 사람이 있을 리 없다. 시라세라면 내 황당한 발상도 생글생글 웃으며 들어주지 않을까 싶어 이야기해 보았더니 예상도 못 한 대답이 돌아왔다.

경솔한 발언을 사죄해야 마땅한.

시라세 도루의 어머니는 사원색을 식별할 수 있고, 그는 이원색 세계에서 살고 있다고. 빨간색을 식별하지 못한다고 했다.

그래야 마땅한 게 아니라, 나는 실제로 그에게 고개 숙여 사죄했다. 그런 내게 그는 미소를 거두지 않고 이렇게 말했다.

"색이란 게 그렇게 중요할까? 색을 배제했기에 진정한 형태가 보이는 경우도 많을 거야."

도루는 가까이 내려놓았던 가방 안에서 연필과 하얀 종이를 꺼내 포도 두 송이를 그렸다. 포도를 그리 좋아하지 않는 나도 거봉과 머스캣이라고 분간할 수 있었다.

"만화도 컬러는 표지뿐인데 다들 감동하잖아. 애초에 사람들 눈에 보이는 세계는 저마다 다르다고 할아버지가 그러셨어. 평범한 눈이란 건 이 세상에 없다고."

발밑이 요동치는 기분이었다. 나는 내 눈에 보이는 것을 바르게 재현할 수 있다. 하지만 '바르지' 않았다. 내 눈에 그렇게 보일 뿐, 타인에게도 똑같이 보인다는 보장은 없다. 시력 차이도 있다. 애초에 '똑같다'는 개념이 없는 것 아닐까?

그래도 후카자와 아오가 만드는 파란색을 아름답다고 느낀다. 이시오카 쇼가 그리는 세계에 표독스러운 색채를 느낀다. 아카바네 히카루의 빨간색에 피와 생명을 느낀다.

남에게 무언가를 느끼게 만드는 힘. 내 그림에, 과연 그게 있을까?

시라세 도루의 배추흰나비에서는 나비의 숨결 소리가 들렸다. 실제로는 들어본 적도 없는데. 유채꽃밭에서 "이리로 오렴" 하는 목소리가 들려왔다.

★구로이와 다이

키 180㎝, 체중 80㎏, 황소자리, O형

좋아하는 음식은 라멘, 볶음밥, 카레라이스

 운동부와 문화부 둘 중 하나로 구분한다면 고민할 필요도 없이 운동부로 분류되는 체형. 학교에서는 유도부 소속이라는데 조금 더 어울리는 동아리가 떠올랐다.

 응원단. 그 생각이 번뜩 스친 순간, 구로이와 다이가 운동회에서 응원단을 한 적도 있다면서 작품보다 먼저 검은 스탠드칼라 교복에 하얀 띠를 몸에 두르고 있는 사진을 보여주었다.

 첫인상은 장수풍뎅이였지만 등에서 나부끼는 하얗고 긴 띠가 나비 날개처럼 보여서 그렇다면 왕얼룩나비겠다 싶었다.

 또 다른 이름은, 신문나비.

 이 생각은 그의 작품과 딱 맞아떨어져 무심코 내 이마에 세 번째 눈이 있나 싶었을 정도다.

 여름방학이 끝나면 학생회장 선거에 입후보할 예정이라고 한다.

 작품은 시라세 도루와 마찬가지로 모노톤. 아니, 흑백이다. 회색이나 그러데이션은 존재하지 않는다. 하얀 종이 위에 볼펜의 검은 선으로만 그린, 펜 아트라 불리는 작품을 나는 그때 처음 보았다.

작품은 사진이 아니라 실물로 보았다. 원화가 아니라 복사해서 두 번 접어 클리어 파일 안에 넣은 A3 용지였다.

글자 없는 신문이라는 느낌이었다.

섬세한 선으로 정밀하게 그린 산과 들의 곤충과 압화 표본을 차분히 들여다보는데 표본이 상자 속이 아니라 태양광 패널 위에 진열되어 있었다.

"산속 별장은 어떤 곳일까 싶어 주변 이미지를 검색했더니 군데군데 갑자기 태양광 패널 구획이 튀어나와서 실망했어. 실제로 그 땅에 살지 않는 내가 무책임하게 자연을 지켜야 한다느니 숲을 파괴하지 말라느니 말할 자격은 없지만 역시 거기 살던 벌레나 꽃들은 어떻게 되었을까 신경 쓰이잖아."

그런 생각이 치밀어 올라 그림으로 그리지 않을 수 없었다고 한다.

그러고 보니 여기 오는 길에 몇 번 태양광 패널을 보았다. 내 눈에도 보였다. 하지만 그것을 의식해서 떠올린 것은 구로이와 다이의 그림을 보았기 때문이다. 하물며 거기 살던 생물이나 식물에 대한 연민은 다이의 메시지가 촉발한 감정으로, 태양광 패널의 존재를 알았어도 나는 그런 생각은 하지도 않았을 것이다.

산속에 갑작스레 생겨난 태양광 패널 설치 구역으로 끌고 가서 이곳을 그려보라고 한다면 나는 눈에 보이는 대로 그리겠지.

스토리가 없는 그림.

볼펜 하나로 그린 나비의 날개에는 몇 겹의 선이 포개져 있었다.

다른 이야기지만 나는 스푼 구부리기를 싫어한다. 1학년 과학 시간, 원소기호를 배울 때였다. 과학 선생님이 재킷 주머니에서 갑자기 스푼을 꺼내더니 왼손으로 자루 부분을 쥐고 오른손으로 자루와 둥근 머리가 만나는 부분을 문지르기 시작했다.

'금속 덩어리라고 생각하면 구부릴 수 없어. 작은 분자들이 모여 있다고 생각하는 거야. 입자가 모여 있을 뿐, 자!'

선생님이 문지르던 부분이 힘없이 나선처럼 휘었다. 힘으로 구부릴 수 있는 형태가 아니었다.

그런 기억이 떠오른 것은 구로이와 다이가 그린 생물이나 식물의 형태가 세포의 집합체로 느껴졌기 때문이다.

시간을 들여 성장한 존재. 그것을 파괴하는, 인간의 이기심.

글자는 필요 없다. 색도 필요 없다. 메시지를 강요하는 것도 아니다.

그림을 보면서 스스로 깨닫는다.

그림의 가능성.

루미 선생님의 후계자=색채의 마술사의 후계자라는 뜻이 아닐지도 모른다.

발상까지 이른 경위

같은 나이의 개성적인 그림 친구들과 만나서 깨달은 점은 위에 정리했지만, 산속 집에는 그 밖에도 제게 큰 깨달음을 준 것이 있었습니다.

첫 번째는 이치노세 사와코 씨의 초상화였습니다. 타이밍을 봐서 합숙 중에 루미 선생님에게 물어볼 생각이었는데 그럴 필요가 없었습니다. 거실에 걸려 있었기 때문입니다. 거실로 들어가자 그 그림이 눈에 보였고, 설명을 들을 필요도 없이 바로 이 작품이라고 직감했습니다.

할아버지가 그린 그림. 화단에서 추방되었다지만 집에 그림 한 점 정도는 있을 법도 한데 한 번도 실물을 본 적이 없었습니다.

루미 선생님을 많이 닮은, 정확히는 건강한 시절의 루미 선생님을 많이 닮은, 화사하고 빛나는 인상의 여성을 그린 초상화였습니다.

합숙 이틀째, 아버지를 배웅한 뒤 그 그림 앞에 서 있는데 루미 선생님이 다가와서 이런 이야기를 들려주셨습니다.

"우리 어머니야. 이 그림을 받으러 가족끼리 이곳에 방문했을 때 어려서 철이 없긴 했지만 네 할아버지, 사카키 화백에게 정말 무례한 말을 했어. 하나도 안 예쁘다고. 이런 그림보다 지금 어머니가 몇 배나 더 예쁘다고."

그림 앞에 선 루미 선생님을 그날의 사와코 씨로 상상해 보았습니다.

주변 사람들은 사와코 씨가 가장 빛났던 시절의 모습을 떠올리듯 그림을 바라보며 칭찬합니다. 색을 잃은 사와코 씨가 과거에는 이렇게 선명한 색을 두르고 있었다는 사실을 추억하듯이.

"루미 선생님이 화를 내는 건 당연해요. 선생님 눈에는 곁에 있는 어머님이 색을 잃은 것처럼 보이지 않았던 거죠?"

루미 선생님이 눈을 크게 뜨더니 저를 쳐다보았습니다.

"내 눈에 대해 알고 있구나."

"사원색을 보신다는 건 알지만 그런 뜻이 아니에요. 겉모습은 약해졌지만 어머님 안에는 옛날과 변함없거나 그보다 더 큰 정열이 분명히 있고, 루미 선생님은 그걸 느꼈을 것 같아서요. 그래서 그걸 이해 못 하는 주위 사람들에게 화가 난 거죠."

루미 선생님은 입까지 딱 벌렸습니다.

"특별한 눈이 없어도 느낄 수 있는 거였구나."

저는 루미 선생님의 말뜻을 완전히 이해하지는 못했습니다. 제 해석이 틀렸다는 것을 깨닫고 갑자기 부끄러워져서 달아나고 싶었습니다. 하지만 루미 선생님이 이어서 던진 물음에 저는 그림을 똑바로 바라보았습니다.

"사카키 화백이 언제 적 어머니를 그렸을 것 같니?"

사와코 씨가 건강했을 때의 모습일 거라 생각했지만 말로 하기 전에 퍼뜩 깨달았습니다. 그것은 루미 선생님과 똑같은 답이었습니다.

"겉모습은 함께 지냈던 건강한 시절의 모습이지만 사카키 화백은 그걸 과거의 모습으로 인식하지 않았어. 사카키 화백의 눈에 어머니는 그날도 그림과 똑같은 모습으로 보였던 게 아닐까? 그래서 어머니는 그렇게 멋진 미소로 고맙다고 하신 거야."

실제로 어떤 사람들이 있었고, 어떤 식으로 그림을 바라보고, 어떤 대화를 나누었는지. 압도적으로 정보량이 부족한 제가 루미 선생님의 생각을 전부 이해할 수는 없었지만 말씀을 듣고 있으려니 머릿속에 있는 문이 스르르 열리는 것 같았습니다.

인간 표본이란 이런 것일지도 모른다는, 깨달음의 문.

그 문을 벌컥 연 것은 또 하나의 그림, 아니, 표본이었습니다.

루미 선생님은 하나 더 보여주고 싶은 게 있다며 저를 거실 안쪽으로 데려갔습니다. 그리고 난로 위에 세워두었던 상자를 테이블 위에 내려놓았습니다.

"실은 합숙 중에 그릴 그림에 영향을 주면 안 되니까 네가 작품을 완성한 다음에 벽에 걸 생각이었어. 하지만 이곳에 도착한 후로 새로운 지식을 쭉쭉 흡수했는지 시간이 갈수록 표정이 좋아지는 걸 보니 이걸 보여줘도 되겠다는 생각이 들더구나, 방금."

계속 사와코 씨 초상화만 바라보는 줄 알았는데 루미 선생님은 저를 관찰하고 있었던 모양입니다. 만난 지 아직

24시간도 지나지 않은 제 표정 변화를 알아채다니, 역시 프로 화가는 굉장합니다.

다른 아이들을 뚫어져라 관찰했는데 저 역시 관찰당하고 있었다고 생각하니 갑자기 부끄러운 마음에 뺨이 화끈거렸습니다. 루미 선생님은 그런 저를 보고 미소를 머금으며 상자를 천천히 열었습니다.

아름다운 조각이 새겨진 목제 액자 속에 펼쳐진 세계를 본 순간, 저는 숨을 삼켰습니다. 그곳에는 제가 본 적 없는 경치가 있었습니다.

산속 집 주변으로 보이는 꽃밭과 산의 경치를 그린 수채화 위에 산호랑나비와 청띠제비나비 등 진짜 나비 표본이 몇 점 꽂혀 있었습니다.

풍경화 자체는 그리 훌륭하지 않았습니다. 초등학교 저학년 아이가 열심히 그린 솜씨입니다. 하지만 배색이 평범한 아이는 생각도 못 할 조합이었습니다.

보랏빛이 도는 하늘에 노란색과 황록색이 그러데이션을 이루는 산. 아래쪽 꽃밭에는 민들레 모양의 꽃이 잔뜩 있었는데 중심부로 갈수록 색이 짙어지는 핑크색으로 칠해져 있었습니다. 토끼풀은 훨씬 붉었어요······.

그렇구나, 저는 깨달았습니다. 이건 분명 루미 선생님이 어렸을 때 그린 그림이야. 어쩌면 사와코 씨 초상화를 가지러 왔을 때 이 집에 며칠 머물며 아버지에게 표본 쪽을 맡아달라고 해서 함께 만든 건지도 몰라.

"선생님 그림이군요."

자신만만하게 말하자 루미 선생님이 미소를 머금은 채로 고개를 가로저었습니다.

"너희 아버지 그림이야. 초등학교 1학년 여름방학 때 만든 나비 표본. 배경 그림은 직접 책을 읽고 나비의 눈에 보이는 색을 칠한 거래."

아버지가 이 그림을? 놀라서 말이 나오지 않았습니다. 아버지가 쓴 나비 관련 서적은 몇 권 읽어보았습니다. 성인 대상으로 쓴 내용이라 절반도 알아듣지 못했지만 나비의 시각에 대해서는 사진도 몇 장 붙어 있어 대충 이해했다고 생각했습니다.

노란 민들레는 이렇게, 배추흰나비 수컷과 암컷의 날개는 이렇게 보인다는 거구나. 그렇게 사진을 보며 재미있겠다고 생각해도 다른 게 어떻게 보일지, 지금 제 눈에 보이는 경치가 나비에게는 어떻게 보이는지 상상해 본 적은 없었습니다.

하지만 아버지는 달랐습니다. 노란 민들레가 이렇게 보

인다면 하얀 토끼풀은 이렇게 보이지 않을까, 초록색 풀은, 저 멀리 보이는 산은, 하늘은……. 정답을 알 수 없는 질문에 독자적인 답을 내리고 하나의 경치를 완성했습니다. 더군다나 그림이 핵심이 아니라, 표본의 바탕으로 쓰려고.

나비 표본을 장식할 가장 완벽한 배경이 무엇인지 고민하고, 나비의 눈으로 그림을 그렸습니다. 분명 이것이 아버지를 나비 박사로 인도한 문이 되었을 것입니다.

"내 눈이 다른 사람보다 많은 색을 볼 수 있다는 걸 알았을 때, 그게 너무너무 싫었어."

루미 선생님은 그림 쪽으로 고개를 기울이며 이야기했습니다.

"사실 우리 어머니도 나만큼은 아니지만 보통 사람들보다는 많은 색이 보였대. 인과관계는 알 수 없지만 하필 병이 깊어지면서 사원색이 더 잘 보이게 되었다나봐. 생명과 맞바꿔서 신이 멋진 경치를 보여주는 줄 알았는데 너는 태어날 때부터 선물을 받았구나, 내게 그렇게 말씀하셨어. 분명 나를 격려하려고 그랬겠지만 청개구리였던 내 귀에는 비겁하다고 나를 탓하는 말로 들렸어. 그럴 때 이 그림을 만난 거야."

저는 루미 선생님의 눈으로 보는 그림을 상상해 보았습

니다. 분명 이곳 거실은 루미 선생님의 눈에 보이는 색과 완전히 다르겠지만, 이 그림만은 거의 똑같은 색으로 보이지 않을까? 그리고 어린 루미 선생님도 깨달았던 게 아닐까요? 주위에서 이상한 색으로 칠했다고 말하는 것을 듣고 확신했을지도 모릅니다.

"나는 나비와 같은 눈을 가지고 있고, 그걸 동경하는 사람이 있구나. 실제로 보지 못해도 그림으로 그려서 그 세계에 가보길 원하는 사람이 있구나. 그럼 내가 가르쳐줘야지. 시로에게. 그리고 세상 사람들에게. 내가 화가가 되기로 결심한 건 어머니가 화가였기 때문이 아니라 이 그림을 만났기 때문이야."

누군가의 인생을 앞으로 나아가게 해주는 작품.

"아버지는 그 말씀을 듣고 선생님께 뭐라고 하셨어요?"

쑥스러워서 고개를 숙이는 아버지의 모습을 상상했는데, 예상치 못한 대답이 돌아왔습니다.

"시로한테는 말 안 했어. 이런 에피소드는 내가 죽은 뒤에 남에게 들어야 눈물겹잖니."

제게 중요한 메시지를 맡긴 것입니다.

할아버지와 사와코 씨. 아버지와 루미 선생님. 나는 안나의 인생에 깊이 관여할 수 있을까? 그런 생각을 했습니다.

일단 정신 차리고 그림을 그리자. 그동안 제 그림에 부족했던 게 무엇인지도 알게 되었습니다.

세 번째 눈이 필요했습니다.

이곳에 온 뒤로 그 눈이 생겨나 서서히 뜨이고 있다는 것도 알았습니다. 다섯 명의 라이벌들을 무의식적으로 나비에 비유했던 그 눈으로, 안나를 바라보자.

만약 성공한다면 다음에는 라이벌 다섯 명도 그림으로 그려보고 싶다.

이 단계에서는 아직 〈인간 표본〉이라는 제목의 그림을 그릴 생각이었습니다.

금단의 문

합숙 이틀째 오후, 모두(이시오카 쇼도) 30호 캔버스를 받았습니다. 드디어 각자 작품을 그리는구나, 루미 선생님이 강의라도 해주려나 기대하고 있었는데 뜻하지 않은 일이 벌어졌습니다.

루미 선생님이 화방에 특별히 주문한 물건을 싣고 온 트럭이 너무 커 산길 중간에 멈춰 있다고 직원이 달려와 전한 것입니다. 직원은 운전사까지 둘뿐이라 저희가 거기까지 짐을 받으러 가게 되었습니다.

편도 300미터 정도라 아무도 불평하지 않고 숲길을 내려갔습니다.

하지만 그 물건을 보고 놀랐습니다. 거대한 투명 아크릴 케이스였습니다.

가로 200cm×세로 200cm×깊이 80cm짜리, 아크릴 두께는 2cm. 전부 여섯 개였습니다.

후카자와 아오가 루미 선생님에게 용도를 물었습니다.

"너희 작품을 이 케이스에 하나씩 넣어서 꽃밭과 숲속에 전시하려고 해. 일종의 야외 미술관. 그러면 캠핑장에 온 사람들도 볼 수 있잖아? 그림을 어떻게 장식할지도 각자에 맞는 아이디어가 있지만 완성될 때까지는 비밀이야."

루미 선생님은 창백해진 입술에 집게손가락을 세우며 윙크했습니다.

그림을 야외에 전시하는 건 재미있을 것 같았지만 그 안에 제 작품이 포함된다 생각하니 또 난이도가 올라간 것 같았습니다. 빛을 받는 각도도 고려해야 합니다. 날씨는 어떨까. 하지만 나비의 눈을 가지기로 결심했으니 제 작품에 유리한 전시 방법이라는 생각도 들었습니다.

아크릴 케이스는 그리 무겁지는 않아서 운송회사 사람에게 미끄럼 방지 목장갑을 받아 각자 하나씩 들 수 있었습니다.

 운이 좋았다고 가슴을 쓸어내린 것은, 갑자기 그 자리에 풀썩 주저앉은 루미 선생님을 운송회사 사람 둘이 각목이 몇 개 들어 있던 종이 상자로 급히 들것을 만들어 산속 집까지 데려다주었기 때문입니다.

 안나는 그 옆에 붙어서, 나머지 여섯 명은 각각 케이스를 들고 50미터쯤 가다가 쉬기를 반복하며 천천히 이동했습니다.

 "역시 오르막은 힘드네."

 구로이와 다이가 그렇게 말할 정도였으니 힘들지 않은 사람은 아무도 없었습니다.

 몇 번째 휴식이었는지 모르겠지만 모두 말수가 줄어 이시오카 쇼가 장난삼아 그랬는지도 모릅니다.

 "그림을 장식할 게 아니라 우리가 예술적인 모습으로 케이스에 들어가면 더 재미있는 작품이 되지 않을까?"

 그렇게 말하고는 케이스에 붙어 있던 보호 필름을 벗기고 세우더니 그 안에 들어가 프테라노돈이라고 하며 익룡 포즈를 취하는 것이었습니다.

 그 순간, 정수리를 얻어맞은 듯한 충격과 함께 짜릿한 전율이 온몸으로 퍼져나갔습니다.

케이스 안의 이시오카 쇼가 휴잇슨 삼원색네발나비로 보였던 겁니다. 그 뒤에는 벽화가 있고, 그것을 뚫고 부화하는 배경까지 똑똑히 보였습니다. 실재하는 것, 눈에 보이는 것밖에 보지 못했던 제가, 세 번째 눈으로 느낀 광경을 본 것입니다.

이거야말로 '인간 표본' 아닌가? 더군다나 신이 표본 대상자에게 준 선물이 무엇인지도 일목요연합니다. 이보다 더한 예술 작품이 어디 있을까…….

웃음소리에 정신이 번쩍 들어 다른 멤버들을 보았습니다. 아무도 이시오카 쇼를 따라 케이스 안에 들어가지는 않았지만, 그때 제게는 케이스마다 한 사람씩 들어가 있는 모습이 보였습니다.

후카자와 아오는 레테노르 모르포나비, 날개를 우아하게 펼치고 케이스 중앙에.

왼손 넷째 손가락에는 진짜 레테노르 모르포나비가 반지처럼 앉아 있습니다. 집중해서 유심히 보니 아오는 하반신이 없었습니다. 몸통에 유분이 많은 나비는 표본을 만들 때 몸통 아래쪽 절반을 잘라낸다고 아버지가 가르쳐주셨던 게 생각났습니다.

잊은 줄 알았던 지식도 머릿속에 잠들어 있었을 뿐, 세 번째 눈이 뜨이자 뇌 전체가 새로운 세계를 위해 구석구석까지 깨어나는 느낌이었습니다.

아카바네 히카루는 뾰족날개뒷고운흰나비.

얼굴은 정면을 바라보고 있는데 몸은 뒤쪽이 앞을 바라보고 있습니다. 양쪽 견갑골에서 둔부에 걸쳐 핏빛 장미가 줄기처럼 그려져 있고, 그 위에 광택 있는 분말 장식. 스포트라이트를 받은 은색 꽃종이에 감싸여 있는 이미지로. 얼굴은 적당한 식물로 감춥니다.

뾰족날개뒷고운흰나비는 유충 때 독특한 식물을 먹지 않았던가? 겨우살이라는 게 떠올랐습니다.

단순히 아버지가 학자니까 집에 표본과 전문서적이 많아서 관심이 없어도 자연히 눈을 통해 머릿속에 들어와 다른 사람보다 나비 지식이 풍부한 줄 알았습니다. 하지만 그보다 더 깊게, 나비의 왕국에서 태어나 숨 쉬듯 당연하게 나비를 몸속에 받아들이고 있었던 건지도 모릅니다.

숨을 헐떡이며 어깨를 들썩이고 있는 시라세 도루는 배추흰나비.

눈에 대한 이야기를 들은 영향이 꽤 있었는지 배경에는 이원색을 보는 사람도 그 아름다움을 느낄 수 있는, 사원색으로 표현한 달밤의 유채꽃밭 그림. 세 번째 눈은 이미지를 단숨에 사원색으로 전환할 수 있는 걸까요? 제 잠재 능력에 잠시 겁을 먹었지만 전에 인터넷에서 본 루미 선생님의 〈사파이어의 밤〉이라는 작품을 변형한 그림이라는 것을 깨닫고 조금 맥이 빠졌습니다.

미라처럼 온몸에 하얀 붕대를 칭칭 감고 있습니다. 소재는 역시 한지가 좋겠어요. 배추흰나비의 눈에는 수컷의 날개가 빨갛게 보입니다. 팔꿈치 아래는 주묵으로 물들여야지. 서예 시간에 선생님이 쓰는 그런 먹물로.

포대기로 싼 갓난아기처럼 그림 위에 살며시 눕히고 두 손은 달을 향해 뻗도록.

케이스 안에 든 작품만 보이는 게 아니라 그 창작 과정도 떠올랐습니다.

구로이와는 왕얼룩나비.

케이스에 간신히 들어가는 크기라 다리를 절단하는 게 구도상 좋겠어요. 배경은 그림으로만 이루어진 신문. 한 장이 아니라 여러 장을 겹치고, 가운데를 뚫고 튀어나오는 것처럼 보이게 해야지. 태양광 패널 설치로 인한 환경 파괴를 다룬 작품밖에 못 보았는데, 다이는 그밖에 어떤 주제를 다루고 있을까?

세 번째 눈은 초능력은 아니기 때문에 모르는 정보는 전혀 상상할 수 없어, 그때 가장 위에 오는 신문은 다이가 보여주었던 그림이 되었습니다.

이건 안 어울리는데. 비어 있는 케이스를 응시하며 고개를 갸웃거리는 저를 다이가 수상하게 여기지는 않을까. 그런 걱정을 하면서도 개의치 않기로 했습니다. 다이는 제게, 아니, 안나 이외의 아이들에게 별 관심이 없는 것 같았기 때문입니다.

모델로 관찰한다기보다 그냥 여자를 좋아하는 걸지도 모릅니다. 그러고 보니 왕얼룩나비의 특징으로 갈색 브러시처럼 생긴 생식기가 있었다는 게 생각났습니다. 그것을 작품에서 어떻게 다룰지 검토해야겠다고 팔짱을 끼고 궁리하다가 화들짝 놀랐습니다.

실제로 만들지도 않을 것을 왜 진지하게 고민하고 있는 걸까?

휴식을 마치고 다시 걷는 데 집중했습니다. 케이스 안에는 아직 작품이 보여서, 저마다 자기 표본을 운반하는 모습이 끔찍했습니다. 그럼 나는 무엇을 운반하고 있는 걸까 싶어 눈앞의 케이스 안을 보았지만 그곳에는 아무것도 보이지 않았습니다.

역시 자기 자신을 보는 게 가장 힘든 법입니다.

여름방학 자유 탐구 「인간 표본」 2학년 B반 13번 사카키 이타루묵묵히 걸어가려니 오로지 '인간 표본' 생각만 났습니다.

표본이라면 역시 케이스 속 대상자는 죽었다는 뜻입니다. 그렇다면 실제로 제작하려면 살인을 저질러야 합니다. 모두 불치병에 걸려서 내일 죽으면 좋을 텐데. 하지만 병에 걸린 사람들에게서는 지금 보이는 생생한 빛을 느낄 수 없겠지요.

내일 죽을지도 모른다고 생각하는 사람은 아무도 없습니다.

아니, 시라세 도루는 어떨까? 케이스를 발밑에 내려놓고 바지 주머니에서 반듯하게 다림질한 손수건을 꺼내 땀을 닦는 도루. 볕뉘가 눈부신지 실눈을 뜨고 있는 그의 등 뒤로 어둠을 느낍니다. 죽음에 대한 동경. 혹은 죽은 이를 향한 간절한 마음.

그것이 더욱 강하게 느껴지는 건 아카바네 히카루입니다. 수수하지만 사실은 스포트라이트를 갈구합니다. 하지만 스포트라이트를 받으면 온몸에서 한꺼번에 피가 뿜어져 나옵니다. 아니, 등에서 솟구칠지도. 그런 폭탄이 몸속에 있다는 것을 알지만 그렇기에 더욱 무대에 서는 것을 동경합니다. 생명의 무게는 하룻밤의 영광과 똑같을 테지요. 저는 대체 무슨 소리를 하는 걸까요?

오히려 이시오카 쇼가 더 찰나주의자처럼 보입니다. 처음에는 걸어가면서 농담을 하거나 우스꽝스럽게 개사한 노래를 부르고 있었는데 지금은 도루보다 더 자주 걸음을 멈추고 침묵하고 있습니다. 얼굴에서 쏟아지는 땀도 제 두 배는 되어서, 미술 작업용인지 머리에 두른 지저분한 수건으로 얼굴을 닦아도 또 금방 구슬땀이 맺혀 폭포수처럼 흘러내립니다.

코카, 마약이라도 하는 게 아닐까? 독이 몸속을 갉아먹은 게 아닐까? 쓰러져서 그대로 천국으로 날아갑니다. 본인은 그것을 바라는 게 아니라 그렇게 될 테면 되라지 하는 식입니다.

쇼는 두 팔을 펼치고 케이스 밖 하늘로 날아오르려 해서 달아나지 못하게 콘크리트로 단단히 고정해야 합니다.

어라? 의외로 죽어도 괜찮을 것 같은데. 하지만 후카자와 아오와 구로이와 다이는 죽고 싶다는 생각을 전혀 하지 않을 것 같습니다. 하늘에서 폭탄이 떨어져도 아오는 자기가 맞을 리 없다며 유유히 걸어갈 테고, 다이는 남을 방패 삼아 자기를 지킬 것 같습니다. 울고 있는 연약한 여자아이를 세 명쯤 끌어모아서.

끔찍한 생각입니다, 제게 무슨 짓을 한 것도 아닌데…….

여름방학 자유 탐구 「인간 표본」 2학년 B반 13번 사카키 이타루

그때 산속 집에 도착했습니다. 고약한 상상은 이제 끝, 기분을 전환하고 안나를 그려야겠어요. 아크릴 케이스를 집 뒤편 창고에 넣어두고 일단 머릿속을 텅 비우고 집으로 들어갔습니다.

루미 선생님이 거실 소파에 앉아서 부드러운 미소와 함께 미안하다는 말로 맞이해 주었습니다. 안나가 만들어준 차가운 레모네이드를 다 함께 마시고 나서 루미 선생님은 잠깐 쉬겠다며 2층 침실로 올라갔지만 그날 1층으로 다시 내려오는 일은 없었습니다.

모두 지치기도 해서 저녁때까지 각자 자유롭게 보내고, 저녁으로 안나가 만들어준 카레를 먹으며 잡담을 나누었습니다. 어른이 없는 것을 핑계로 음주 경험이 화제에 올랐습니다.

거기서 아버지와 함께 갔던 브라질에서 카샤사라는 알코올 도수가 높은 술로 만든 카이피리냐라는 과일(제가 마신 건 오렌지) 칵테일을 마셨다는 이야기를 털어놓자 다들 마셔보고 싶다고 떠들어댔는데, 설마 이 이야기가 훗날 표본 제작에 도움이 될 줄은 생각도 못 했습니다.

이튿날 안나가 루미 선생님의 컨디션이 회복되지 않아서 캠핑장에 구급차를 부르러 가야 하고 합숙을 계속할 수 없게 되었다는 이야기를 했습니다.

저는 안나와 함께 캠핑장으로 내려가 아버지에게 데리러 와달라 연락했고, 아버지가 차로 다섯 아이들을 집까지 태워주기로 했습니다. 나비 관측 때문에 일주일쯤 집을 비울 거라고 하셨는데(행선지는 모릅니다. 아무리 가족이라 해도 학회에서 발표하지 않은 경우 아버지는 철저히 비밀을 지킵니다), 아직 집에 계셔서 다행이었습니다.

조수석에 앉아 산길을 달리는데 루미 선생님의 건강도 걱정되었고 합숙 중지도 아쉬웠습니다. 하지만 문득 뒷자리를 돌아보았다가 이건 기회일지 모른다는 생각에 몸이 떨렸습니다.

다섯 아이들의 모습이 케이스 속에 있던 나비로 보였기 때문입니다.

아버지가 어떤 나비를 찾아 비밀 여행을 떠나려는 건지는 모르지만 나는 훨씬 굉장한, 이 세상에 유일무이한 표본을 만들 수 있어…….

심지어 아버지는 누가 깜빡 두고 온 물건을 찾을지도 모른다며 산속 집 열쇠를 제게 맡겼습니다.

관찰

집으로 돌아와 방 침대에 누워서도 다섯 아이들에게서 본 '인간 표본'의 모습이 머릿속에서 사라지지 않았습니다. 그래도 아침에 눈을 뜨니 전부 꿈만 같았습니다. 산이 마법을 부렸던 게 아닐까?

하지만 저희 집은 일반 가정과 조금 다릅니다. 방에서 한 걸음 나가면 싫어도 나비 표본이 눈에 들어옵니다. 다만 전에는 표본도 벽지 무늬나 다름없어서 설령 나비 종류가 크게 바뀌어도 알아차리지 못했을 텐데, 그날은 하나하나 눈에 들어와 나비가 제게 말을 거는 것처럼 보였습니다.

레테노르 모르포나비, 휴잇슨 삼원색네발나비, 뾰족날개뒷고운흰나비, 배추흰나비, 왕얼룩나비. 빠짐없이 있었지만 단순히 날개를 활짝 펼치고 핀에 꽂혀 있을 뿐입니다.

아버지는 초등학교 1학년 때 그렇게 독창적이고 굉장한 표본을 만들었는데, 이런 표본으로 만족하는 걸까? 아니면 아이였기 때문에 가능했던 일일까? 제가 손에 넣은 세 번째 눈도 영원하지 않을지 모릅니다. 어쩌면 이번뿐일지도.

혹시 이미 닫혀버린 건 아닐까?

저는 다섯 아이들을 만나러 가기로 했습니다. 다들 평범한 인간으로 보이고, 햄버거나 먹으며 루미 선생님 문병을

갈 계획이나 세우지 않을까. 산속에서 그릴 예정이었던 그림을 문병 선물로 가져가자는 얘기를 하게 되겠지. 그렇게 태평한 상상을 하며…….

결론부터 말하면, 모두 여전히 나비였습니다.

이시오카 쇼가 익룡을 그린 벽화는 압도적인 박력이 있어 신에게 선사받은 그 탁월한 재능이 부러웠습니다. 이 사람(나비)은 지금 당장 표본으로 만들 게 아니라 조금 더 많은 작품을 창조하도록 두는 게 낫지 않을까, 세상에 널리 이름이 알려져서 작품이 보전된 다음에 하는 게 낫지 않을까? 그런 고민이 생겼지만 쇼의 입으로 정말로 약물을 복용하고 있다는 말을 듣고 망설일 이유가 사라졌습니다.

오히려 약물복용을 통해 꿈의 세계로 날아갈 수 있다는 것이 눈에 보이는 형태로 증명되면 쇼의 작품은 악의 길로 들어서는 이정표가 되고 맙니다. 쇼가 해충이 되기 전에 제가 사람들이 아쉬워할 존재로 만들어줘야 합니다. 아무리 세 번째 눈을 각성했다고는 해도, 이것이 핑계라는 건 잘 알고 있습니다.

다음으로 혹시나 싶어 동영상 사이트를 검색해 보니 예상대로 아카바네 히카루를 찾아낼 수 있었습니다. 제가 상상했던 것보다 더 록스타 같은 의상에 앞머리도 올리고 가부키 배우처럼 화장한 얼굴로 격렬한 춤을 추고 있었습니다. 화장하지 않는 게 더 인기를 끌어 재생 수를 높일 수 있을 것 같았지만, 사고를 전환해 SNS에서조차 얼굴을 가리는 이유를 생각해 보았습니다.

록스타의 사생아가 아닐까? 그런 만화 같은 스토리를 상상하다가 진짜 닮은꼴 스타를 찾아냈습니다. 히카루의 아버지일지 모른다고 생각한 이유는 골격이었습니다. 눈에 보이는 사물을 정밀하게 재현할 수 있는 저이기 때문에 그 스타와 히카루의 두개골을 겹쳐볼 수 있었습니다. 물론 크기는 히카루가 작지만 형태는 98퍼센트 일치했습니다.

그렇지만 그런 눈이 없어도 부자지간임을 확신할 수 있는, 적어도 히카루는 그렇게 믿고 있다는 게 보이는 아이템이 있었습니다. 붉은 장미입니다. 어째서 피 같은 색인지도 알아냈습니다.

저는 조사한 사실을 히카루에게 말해보았습니다. 그러자 히카루가 한번 가보고 싶었던 곳이 있다고 해서 해외 아티스트 공연도 열리는 콘서트홀을 함께 찾아갔습니다. 큰 이벤트가 있어 안에 들어가지는 못하고 입구로 이어지는 계단 중간에 앉아 햄버거를 먹는데 '최후의 만찬'이라는 단어가 떠올랐습니다.

어쩌다 보니 루미 선생님 이야기가 나와, 히카루도 자기 의지로 미술 학원에 들어간 게 아니라 동영상을 본 루미 선생님이 불러주었다는 것을 알았습니다. 그리고 이런 말씀을 하셨다는 것도.

'직접 무대에 서지 않아도 작품이 스포트라이트를 받으면 너도 갈채를 받은 셈이 돼.'

루미 선생님은 '히카루가 그린 작품'이라는 뜻으로 말씀하셨겠지만 저는 '히카루를 표본으로 만든 작품'을 떠올렸고, 많은 사람들이 갈채를 보내는 모습을 상상할 수 있었습니다.

시라세 도루의 집에 가니 도루는 집에 없었습니다. 할아버지와 성묘를 갔다면서 도루의 외할머니께서 곧 돌아올 테니 집에 들어와 기다리라고 하셨습니다. 녹차와 과자를 내주시며 도루와 친하게 지내줘서 고맙다고 몇 번이나 말씀하셨습니다.

"함께 자살하려던 어미 밑에서 혼자 살아남은 아이라고 학교에서 놀림을 받아서."

저는 모르는 척하려 했는데 할머니가 먼저 말씀해 주시다니. 산속 집에서 맞이한 이틀째 저녁, 저는 아버지가 표본 배경으로 그린 꽃밭에 가보았습니다. 거기에 도루가 있었습니다.

이미 눈에 대한 이야기를 나눈 것도 있어 도루는 제게 마음을 열었는지, 꽃밭을 날아다니는 나비를 바라보며 많은 이야기를 들려주었습니다.

어머니가 자신과 도루의 눈을 결함이라고 생각했다는 것, 그것이 원인이 되어 아버지와 이혼한 것, 외할아버지가 인맥으로 성인 대상 수묵화 학원에 넣어주었다는 것, 그곳에서 루미 선생님의 세미나를 소개받은 것, 세미나에서 나비의 시각에 대해서도 알게 되었고, 우리 아버지 책에도 관심을 가진 것, 그리고 어머니와 보낸 마지막 밤.

달밤의 유채꽃밭을 산책하다 둘이서 "아름답네"라는 말을 주고받은 밤, 어머니는 수면제를 다량 복용해 아침에 눈을 뜨지 않았고, 많은 사람들이 그것을 알게 되었습니다. 어머니가 도루에게도 약을 먹였다는 사실이 밝혀졌기 때문입니다.

하지만 도루는 진상은 그렇지 않다고 했습니다. 어머니는 혼자 약을 먹었고, 그걸 안 도루가 자진해서 같은 약을 먹었다고, 남은 약을 전부 먹었지만 부족했다고.

'죽고 싶었던 건 아니야. 어머니하고 떨어지기 싫었어.'

그것을 도루의 외할머니가 어디까지 알고 있는지는 모릅

니다. 할 이야기가 떨어졌는지 할머니는 도루가 어렸을 때 찍은 사진 앨범을 가져와서 제게 보여주었습니다.

귀여운 인간 아기가 찍혀 있었습니다. 아아……. 어깨가 축 처지는 것을 느꼈습니다. 도루만큼은 표본으로 만들어 주고 싶다. 꽃밭에서 그렇게 생각했는데, 나비가 아니면 죽일 수 없습니다.

아무리 '인간 표본'이라 해도 나비로 보이지 않는 사람을 죽일 용기는 없었습니다. 그런데…….

장지문이 열리더니 도루가 들어왔습니다. 그 모습은, 가련한 배추흰나비였습니다.

구로이와 다이는 학교 근처 역에서 그림 신문을 나눠주고 있었습니다.

그날은 SNS에서 받은 사이버불링으로 자살한 연예인 마코룽룽이 소재였는데, 젊은 사람들뿐만 아니라 나이 많은 사람도 신문을 받으려고 줄을 섰습니다. 다이는 비더블이라 불리고 있었는데 제법 유명인이라 놀랐지만 오해하는 사람도 있다는 걸 알았습니다.

제 앞에 서 있던 할머니가 다이는 신문을 나눠주는 아이고 그림을 그리는 건 몸이 약해서 외출하지 못하는 그의 친구라고 으스대며 알려주었습니다. 다이의 표본을 보면

할머니는 놀라 자빠질지도 모릅니다.

다이가 저를 알아보고 근처 공원에서 기다려달라고 해서 시키는 대로 했습니다. 우연히 옆 벤치에 있던 여학생 두 사람도 다이의 그림 신문을 가지고 있었습니다. 하지만 두 사람의 표정은 할머니처럼 신문을 보며 기뻐하는 기색이 아니었습니다.

"그림 좀 잘 그린다고 이런 짓을 하다니 뻔뻔하기도 하지. ○○한테 그렇게 못된 짓을 해놓고."

○○는 여성의 이름이었고, 그렇게 못된 짓이란 성적인 학대도 포함한 폭력이었습니다.

"그런 병이 있대. 그래서 남학교에 갔는데, 생긴 건 괜찮으니까 여자애들이 먼저 말을 건다나."

"내 타입은 아닌데……. 신문 나눠주는 것도 그냥 떡밥을 뿌리는 거잖아."

두 사람은 그렇게 말하더니 다이의 신문을 빈 페트병과 함께 쓰레기통에 버리고 떠났습니다. 그때 다이가 다가와 제가 묻지도 않은 이번 신문의 테마를 신나게 떠드는 것이었습니다.

"왕따나 괴롭힘, 장난, 조롱, 목숨을 앗아갈 수도 있는 행위인데 글로 쓰면 심각함이 전혀 느껴지지 않아. 사이버불링도. 악의는 없었다고 말하는 사람은 멍청하니까 정말 악의는 없었을 거야. 하지만 행위의 무게는 그런 말로 넘길 수 없어. 본인이 악의 없이 얼마나 악랄한 짓을 했는지 한눈에 알 수 있는, 그런 작품을 그리고 싶어."

그렇게 말하며 힘차게 일어선 다이의 몸 중심부에 커다란 갈색 브러시가 보였습니다. 이건 역시 생략해서는 안 되겠습니다.

본인이 악의 없이 얼마나 악랄한 짓을 했는지 한눈에 알 수 있는, 그런 작품으로 완성하기 위해.

후카자와 아오는 만나러 가긴 했지만 바로 말을 걸지는 않았습니다.

빛을 받지 않고 홀로 있는 아오를 보고 싶었기 때문입니다. 모르포나비의 날개 색은 파란색이 아닙니다. 구조색이라고 하는데 파란빛의 파장에 반응하는 가루로 덮여 있기 때문입니다.

밤의 아오를 만날 방법. 용기를 내서 아오에게 전화해 봤더니 학원에 간다고 했습니다. 위치와 끝나는 시간, 관심도 없는 추한 경쟁에 끌어들이려는 놈들뿐이라 지긋지긋하다는 불평까지. 전화 통화라도 인간다운 대화를 나누고 있으면 아오의 모습까지 사람으로 보일 것만 같아 다음에 다시 연락하겠다고 끊었습니다.

그리고 아오를 미행했습니다.

달빛에 비친 모습도 아름다웠지만, 아오는 빛을 피하듯 하천 변으로 내려갔습니다. 그러더니 다리 밑, 지저분한 파란색 비닐 시트로 덮인 오두막 같은 건물로 다가가 내부도 확인하지 않고 주머니에서 라이터를 꺼내 시트 끝자락에 불을 붙였습니다.

검은 연기를 내며 열에 녹아 쭈그러들던 시트에서 화르르 불꽃이 일었습니다. 하지만 아오는 그 모습을 보지 않았습니다. 달아난 것도 아닙니다. 아무 관심도 없다는 태도로 유유히 떠나간 것입니다.

못 본 척할까? 순간 그런 생각이 들었지만 다리는 아오를 따라가고 있었습니다.

아오, 하고 부르자 그는 걸음을 멈추고 천천히 돌아보았습니다. 당황하는 기색은 전혀 없었습니다. 왜 이런 짓을? 저는 물어보았습니다.

"더러우니까. 내가 가장 싫어하는 파란색이야. 하지만 괜찮아, 안에 아무도 없어. 오늘은 말이지."

아오는 그렇게 말하며 웃더니 다시 걸음을 뗐습니다. 다시 불러봤자 이번에는 돌아보지 않을 것 같았습니다. 아니,

돌아봐 주지 않기를 바랐습니다. 아오의 등에 악마의 눈이 보였으므로.

흉측하고 추악한, 악마의 얼굴. 아오를 표본으로 만드는 데 앞뒤를 다 볼 수 있는 아크릴 케이스는 안성맞춤 같았습니다.

아오가 오두막 안에 사람이 있었을 때도 방화를 저질렀음을 암시했는데도, 그만 그런 생각에 잠겨 제 욕망을 우선한 나머지 신고도 하지 않고 그대로 집에 돌아온 것은 죄송스럽게 생각합니다.

산속 집에서

루미 선생님이 미국으로 돌아간다는 이야기는 아버지에게 들었지만 저는 다섯 아이들에게 그 소식을 전하지 않고 "여름방학이 끝나기 전에 루미 선생님이 퇴원할 수 있다고 하니, 산속 집에서 작품을 완성하고 전시도 준비해서 놀라게 해드리자"라는 말로 모두를 불러냈습니다. 원래 다들 합숙 때문에 일정을 비워두었던 터라 기꺼이 찾아왔습니다.

캠핑장 버스 정류장에서 산속 집까지는 걸어갔습니다. 짐은 제법 되었지만 아크릴 케이스를 나르는 것보다는 수월했습니다.

인터넷으로 액상 수면제를 구입해, 비싼 돈을 주고 산 멜론으로 만든 카이피리냐에 섞었습니다. 쓴맛도 났을 텐데 다들 맛있다, 맛있다 하며 마셨습니다. 술을 못 마실 것처럼 보이는 도루도 기뻐하며 마셨고, 술이 세서 만만치 않아 보였던 다이가 가장 먼저 쓰러진 건 다행이었습니다.

수면제와 함께 구입한, 심부전치료제로도 쓰이는 콜포르신 다로페이트를 다섯 명에게 주사기로 투여해 숨이 끊어진 것을 확인하고 표본 제작 작업을 시작했습니다.

창고에는 주방용과 별도로 커다란 업소용 냉장고가 있어서 시체를 그곳에 넣어두고 하나씩 작품을 완성해, 미리 정해둔 장소로 옮겨서 사진을 찍었습니다.

사실은 많은 사람들에게 표본을 직접 보여주고 싶었지만 제 눈에는 나비로 보여도 실제로는 사람이고, 부패가 시작된 모습은 그냥 흉측하기만 할 뿐이라 촬영을 마치고 시체는 꽃밭에 묻었습니다.

제가 세 번째 눈을 뜬 계기가 되었던 장소, 그곳이 가장 걸맞은 매장지로 느껴졌기 때문입니다.

이하, 작품 사진을 첨부합니다.

맺음말

핵심 부분인 표본 제작법이 적혀 있지 않다고 생각할지도 모릅니다. 그렇게 생각한다면 애초에 이 리포트를 제대로 이해하지 못한 것입니다.

자유 탐구 주제는 '인간 표본 제작법'이 아닙니다.

평범한 중학교 2학년 남학생이 어떻게 '인간 표본'이라는, 저를 제외한 많은 사람들이 끔찍하다고 여기는 것을 제작할 생각을 하게 되었고 실행을 결단했는가 하는 심리적 흐름이 주제이며 저 자신을 관찰한 기록입니다.

감사의 말, (정정) 사죄의 말

아버지, 죄송해요.

독방에서

기나긴 재판이 끝나고 사형 판결이 나왔다. 항소는 하지 않는다.

사카키 시로는 '나비 박사'에서 '엽기 살인마'로 불리게 되었다.

이게 최선이었지……?

나는 잿빛 천장을 올려다보았다. 몇 번이고 되풀이한 이 의문은 대체 누구에게 던지는 질문일까. 나 자신, 아내, 부모님, 아니면 이타루일까…….

산속 집에서 미술 합숙에 참가한 소년들을 한 사람씩 집에 데려다준 다음 날, 루미의 건강을 염려하면서도 당초 일정에 사흘을 더해 나비를 관측하러 가기로 했다. 여름방학 일정이 갑자기 중단된 이타루를 혼자 집에 남겨두기 미안했지만 데려갈 수는 없다.

일본에서는 규슈 이남에서만 관측되는 흰띠제비나비를 위쪽 도호쿠 지방 산속에서 보았다는 정보를 신뢰할 수 있는 출처로부터 입수해, 그것을 확인하러 가는 극비 관측이라 아무리 아들이라 해도 데려갈 수 없었기 때문이다.

단순한 나비 관측이 아니다. 세계 기후변동, 새로운 지구 생태계의 변화 추이, 중요한 데이터가 될 관측이다. 위치 정보를 들키지 않도록 평소 사용하는 스마트폰은 집에 두고 산에서 조난당할 경우에 대비해 별도의 스마트폰을 빌렸다. 이동 수단도 눈에 띄는 자가용이 아니라 전부 대중교통을 이용했다.

"가사도우미가 없어도 혼자 집 정도는 볼 수 있어요. 모처럼 시간이 생겼으니 루미 선생님이 내준 합숙 과제를 집에서 그려볼까 봐."

웃으며 현관까지 배웅하러 나온 이타루에게 나는 산속 집 열쇠를 맡겼다.

"좋은 생각이네. 얌전하게만 지낸다면 그 아이들을 불러서 산속 집에 가는 것도 괜찮지 않을까? 모두 작품을 완성하면 루미도 기뻐할지 몰라."

그렇게 괜한 조언을 하지 않았더라면, 아니, 열쇠만 주지 않았어도 이타루의 '자유 탐구'도 위험한 몽상으로 끝났을까…….

열흘 동안 산속을 헤매다가 녹초가 되어 늦은 저녁에 집에 도착했다. 이타루와 스테이크나 먹으러 갈까 생각하며 현관문을 여는데 검은 앞치마를 두른 이타루가 나왔다.

"잘 다녀오셨어요? 연락했던 것보다 빨리 왔네. 저녁 식사를 준비하고 있었어요."

미술, 사진 현상, 요리, 다양한 용도로 쓰는 앞치마라 위생 상태는 의심스럽지만 오늘은 요리 때문인 것 같아 마음이 누그러졌다.

"환승 타이밍이 좋았어."

"나비는?"

"허탕 쳤어."

나는 고개를 가로저으며 대답했다.

"그랬구나, 힘들었겠네. 스키야키 재료를 사 왔어요."

"마침 고기가 먹고 싶었는데. 그런데 왜 스키야키니?"

우리 집에서는 겨울에 먹는 요리였다.

"합숙 자기소개에서 좋아하는 음식은 아버지가 만들어 준 스키야키라고 대답했을 때부터 계속 먹고 싶었거든요."

"그랬어? 그 말을 들으니 여기서부터는 아빠가 솜씨를 발휘해야겠네."

나비 관측이 성공하든 실패하든 이타루는 내 기운을 북돋워 주려 했던 것이다.

아내가 떠나고 둘만 남아 어린 아들의 손을 잡아 끌어주고 있다고 생각했는데, 어느새 아들이 내 등을 떠밀어 주고 있었다. 이때도 지친 표정을 내게 감추고.

다정한 우리 아들…….

현관 문턱에 걸터앉아 운동화를 벗고 있는데 이타루의 신발이 눈에 들어왔다. 지저분하다는 생각은 했지만 내 신발을 보니 남 말 할 처지가 아니었다.

그때 물어보았더라면 뭐라고 대답했을까…….

시판 육수를 쓰지 않고 간장과 설탕, 청주만으로 맛을 낸 스키야키를 나는 배가 터져라 먹었지만 이타루는 거의 손대지 않았다.

"어디 속이라도 안 좋니?"

"더위 먹었나? 자유 탐구 과제를 너무 열심히 했나 봐. 맞다, 저 내일부터 닷새 동안 학원 합숙 가요."

이타루는 평소 종합 학원도 다니고 있었다.

"남은 여름방학을 학원에 쓰다니 아깝지 않아?"

"숙제하러 가는 거야. 수업은 없지만 숙제를 가져가서 집중해서 해치우려고요."

이타루는 웃으며 말했지만 안색은 창백하고 눈에는 핏발이 살짝 서 있었다.

"집에서 쉬는 게 낫지 않겠어? 숙제를 꼭 할 필요는 없어."

"선생님께서 그런 말씀하면 큰일 나요. 참, 맛있어 보이는 멜론을 팔길래 사 왔어. 조금 비쌌지만 괜찮죠?"

어깨를 으쓱이는 이타루에게 웃으며 엄지를 세웠다.

스키야키 냄비를 치우고 멜론을 반으로 잘라 씨앗을 빼서 각자 앞에 두고 마주 앉았다.

"괜찮아요? 이렇게 한 번에 먹어도?"

"혼자 집 보느라 고생했으니 상을 받아야지."

그렇게 말하자 이타루는 멜론을 뚫어져라 바라보다가 스푼을 집어 푹 뜨더니 한입에 들어가지도 않는 큰 덩어리를 삼켰다. 얼마 전에야 변성기를 맞이해 튀어나온 울대뼈가 꼴깍 움직였다.

"눈물 나게 맛있다."

이타루는 손등으로 눈가를 훔쳤지만 더 먹으려 하지는 않았다. 나는 내가 마실 위스키에 탄산수를 타고, 이타루를 위해 남은 탄산수를 유리잔에 따랐다.

아버지와 아들, 아니, 남자 대 남자로 대화하게 되었다고 느낀 이 밤을 위해.

"자유 탐구 주제는 뭐였어?"

"나비 표본……."

간신히 들을 수 있을 만큼 작은 목소리였지만 이타루가 내가 생각했던 것보다 더 나비에 관심이 있었다는 사실에 가슴이 뛰었다.

"어디서, 아니, 어떤, 아니, 그보다."

"내 얘긴 됐어요. 부끄럽단 말이야. 그보다 아버지는 이번에 어떤 나비를 찾으러 간 거예요? 물어봐도 돼?"

"흰띠제비나비야."

나는 방에 가서 흰띠제비나비 표본을 벽에서 뗐다. 그 벽면에 어쩐지 위화감이 들었지만 그대로 이타루가 있는 거실로 돌아갔다.

"이거구나. 하얀 반점이 띠처럼 보이는 게 예쁘네. 귤이나 레몬을 좋아한댔나?"

"잘 아는구나."

진심으로 놀라서 눈을 마주 보자 이타루는 "어쩌다 보니" 하고 웃으며 어깨를 으쓱했다. 그러더니 이런 질문을 하는 것이었다.

"아버지는 자기를 나비에 비유한다면 뭐일 것 같아?"

사람을 나비에 비유해 본 적은 없었다. 아니, 딱 한 번 있었던가. 아내에게 프러포즈할 때, 당신은 나의 눈나비라고 한 적이. 옛 생각에 아마도 실실 웃고 있었을 내 얼굴을 이타루가 미심쩍게 쳐다보아서 이야기해 주었다.

"어머니는 뭐라고 했어?"

침울해 보였던 이타루도 이때만큼은 환하게 얼굴을 빛냈다.

"벙찐 표정이었어. 같은 대학에서 사무원으로 일하고 있었거든. 처음에는 자료 제출 기한을 지키지 않는 나를 주의주러 왔는데, 차츰 주먹밥이나 도시락을 만들어주기 시작했어. 프러포즈도 연구실에서 했으니 바로 어떤 나비인지 표본을 보여주었지."

"그랬더니?"

"밋밋하게 생겼다면서 실망하더구나."

"멸종위기종이라는 걸 몰랐던 거구나. 아버지는 간절히 찾아 헤매던 사람을 겨우 찾았다는 뜻으로 말한 거죠?"

사실이 그랬기 때문에 머리를 긁적거릴 수밖에 없었다.

"그럼 나는 호랑나비하고 흰띠제비나비의 아이네."

"어째서 아빠가 호랑나비야? 음? 똑같은 이야기를 최근에 했던 것 같은데."

"루미 선생님이 그랬잖아. 하지만 나도 그렇게 생각해요. 나비라고 하면 호랑나비. 나비라고 하면 사카키 시로. 그렇죠? 게다가 눈도 남다르잖아."

가슴속이 몽글몽글해지는 기분이었다.

"그럼 그 사이에서 태어난 아이는 어떤 나비야?"

"세소스트리스 사향제비나비려나?"

예상했던 답과 달랐다.

"브라질에서 처음 잡았던 붉은무늬제비나비가 아니라?"

"비유 대상과 좋아하는 건 서로 다르니까. 지금 좋아하는 건 남방제비나비고. 뭐, 알고 보면 나도 상당히 독을 가졌다는 뜻이야."

이타루는 장난을 들킨 아이처럼 나를 올려다보며 웃었다. 오싹하리만치 아름다운 얼굴에 순간 악마가 깃든 것처럼 보여 심장이 꽉 죄어드는 기분이었다.

마치 남방제비나비 같았다. 몇만 가지 색에 에워싸여 있어도 그 모습을 당당하게 유지할 수 있는 색. 그러면서도 눈에는 몇만 가지 색이 비치는, 지고한 존재.

아들에게 처음으로 투영된 나비의 모습.

"이런, 중2답게 모가 나기 시작했구나. 바르게 성장하고 있다는 증거네."

불안을 감추기 위해 허세를 부렸지만 그 독이 무엇인지 물었더라면 이타루는 속마음을 조금이라도 털어놓았을까…….

"말씀은 잘하시네요. 내가 저지른 최초의 비행은 아버지 탓도 있었다는 거 알지?"

악마의 기척은 사라졌다. 그리고 이타루는 2년 전 여름 함께 갔던 브라질에서 실수로 술을 마신 일을 그립다는 듯 이야기하기 시작했다.

그때의 광경이 머릿속에서 동영상처럼 재생되었다.

리우데자네이루. 계절은 반대지만 태양 빛이 쏟아지는 거리에서는 낮에 반팔 차림으로 다닐 수 있었다. 굳이 방범 대책을 고민하지 않아도 구겨진 폴로셔츠에 면바지는 내 평소 스타일이고, 브라질 축구팀 티셔츠와 반바지를 입은 이타루 역시 현지 아이들과 똑같은 차림이었다.

세 대의 차량을 연결한 긴 버스, 가파른 벼랑, 로프웨이, 푸른 바다, 동그란 빵에 비유되는 깜찍한 섬.

'아빠가 산속 집에 살았을 때, 초등학교 친구가 발밑을 똑바로 파면 브라질이 나온다고 해서 다 함께 운동장을 팠다가 선생님께 혼난 적이 있어.'

원숭이, 전망대, 카운터에 색색의 과일을 진열해 놓은 노점, 오렌지, 패션후르츠, 파인애플, 일본산보다 작은 사과.

셰이커를 흔드는 활달한 점원, 커다란 투명 컵에 가득히

찬 오렌지색 액체. 탄산 거품.

얼굴을 찌푸리는 이타루, 카샤사 병, 카이피리냐.

'그럼 조금 더 마셔도 돼?'

'그래, 다섯 모금 정도라면. 엄마가 여기 있으면 혼나려나, 아니, 열 모금까지는 허락해 주라고 할지도 몰라.'

즐거웠던 추억, 돌아오지 않는 날……

피곤한 몸에 술이 들어가 잠시 멍하니 있었던 모양이다. 정신을 차리고 보니 이타루가 나를 똑바로 바라보고 있었다. 뭔가 중대한 비밀을 털어놓을 듯한 눈빛으로. 하지만 바로 얼굴을 찡그렸다.

"나, 스무 살 생일에 아버지하고 오렌지 카이피리냐를 마시고 싶어."

"좋구나, 기대되는걸."

무거워진 눈꺼풀을 억지로 뜨려 하지는 않았다. 머릿속에서는 이타루와 함께 건배하고 있었다. 스무 살이 된 아들을 상상하려 했는데 그냥 눈앞의 이타루가 정장만 걸친 모습이었다. 억지로 상상하지 않아도 된다, 천천히 그때를 기다리자, 분명 눈 깜짝할 사이겠지, 그렇게 몽롱한 기분에 빠져 그대로 잠이 들었다.

스무 살을 맞이한 이타루를 축하하는 자리에는 우리 외

에 아내도 있었다. 아버지도, 어머니도, 표본을 사주었던 외할아버지도, 루미도, 안나도, 루미의 부모님도. 산속 집 거실에서 다 함께 카이피리냐를 마시고 있었다. 누가 무슨 과일 맛을 마시는지 모를 정도로 그 그림은 다채로운 색으로 넘쳐났다.

만약 눈을 뜨고 이타루의 눈동자 속에 깃든 감정을 보았더라면, 그날 밤 보았던 꿈을 꿀 수 있었을까? 인생에서 마지막으로 행복했던 꿈을…….

이튿날 아침, 다녀오겠다는 이타루의 목소리에 눈을 떴다. 거실 소파에서 잠들어 버린 내 위에 담요가 덮여 있었다.

아직 꿈속인가 싶었던 것은 이타루가 카이피리냐를 마셨던 그날과 똑같은 티셔츠를 입고 있었기 때문이다.

"이제야 겨우 맞네."

그 말을 듣고 나서야 어른용에서 가장 작은 사이즈를 샀던 게 기억났다. 무릎길이의 반바지도 그날과 똑같은 색, 검정이었다. 미술 합숙 때에도 사용한 커다란 륙색을 등에 메고 있었다.

"숙제가 꽤 밀렸나 보네."

"응, 자유 탐구만 하느라. 그리고 이거."

이타루는 손에 쥐고 있던 물건을 테이블 위에 내려놓았다. 산속 집 열쇠였다.

"그럼 다녀올게요."

느릿한 내 반응에 맞춰주지 않고 이타루는 등을 돌리고 거실을 지나 현관으로 가서 집을 나갔다.

무리하지 말라는 내 목소리는 분명 닿지 않았을 것이다.

집 안은 말끔하게 정돈되어 있었다. 이타루는 남은 스키야키를 보존 용기에 담아 냉장고에 넣어두었고, 멜론도 속만 먹기 좋은 크기로 잘라서 보존 용기에 넣어 스키야키 용기 위에 포개어놓았다. 설거지한 식기는 싱크대 바구니에 엎어놓았고 테이블 위도 깨끗하게 닦아놓았다.

그때 어제 느꼈던 위화감이 치밀어 올랐다. 피로가 조금 가시자 바로 원인을 알 수 있었다.

벽에 붙여놓은 표본의 종류가 달랐다. 누군가 지금까지 있었던 것을 떼어내고 거기에 다른 표본을 걸어두었다. 그런 틀린 그림 찾기가 일곱 군데.

사라진 표본은 레테노르 모르포나비, 휴잇슨 삼원색네발나비, 뾰족날개뒷고운흰나비의 앞면과 뒷면, 배추흰나비들, 왕얼룩나비, 세소스트리스 사향제비나비, 남방제비나비. 공통점은 떠오르지 않았다. 희귀종도 아니라서 굳이 훔

치려고 남의 집에 침입할 바에야 인터넷에서 사는 게 위험도 적고, 그리 비싼 가격도 아니다.

그렇다면 범인은 이타루다. 자유 탐구에 쓴 걸까? 하지만 이미 완성되어 있는 표본을 무슨 용도로? 설마 새 표본 케이스에 일곱 종류의 나비를 대충 넣어서 학교 숙제로 낼 심산은 아닐 텐데.

이타루의 자유 탐구 과제에 관심이 생겼다. 아버지라서 그렇다기보다 학자로서. 학자인 나는 나비에 관한 일이라면 이성을 잃는다. 이타루가 돌아올 때까지 기다릴 수 없었다. 멋대로 내 표본을 건드렸으니 나도 멋대로 이타루의 표본을 구경해도 될 테지. 그런 아이 같은 핑계를 대며 이타루의 방으로 향했다.

방은 잠겨 있지 않았다. 중학생이 되었을 때 문에 잠금장치를 달아줄까 했지만 필요 없다며 거절했다. 가사도우미가 야한 책이라도 찾아내면 어쩔 거냐고 농담 삼아 묻자 그런 건 스마트폰이나 컴퓨터로 볼 수 있다며 맹랑한 얼굴로 대답했다.

집에 없다는 걸 아는데도 살그머니 방에 들어가 책상 앞에 섰다. 덮여 있는 노트북 한 대뿐, 표본 같은 건 보이지 않았다. 방을 한 바퀴 둘러보았지만 만화책도 전부 책장에 꽂혀 있고 휴지 조각 하나 떨어져 있지 않은 방에는 척 보기에도 표본 같은 건 없었다.

침대 밑에도 표본은커녕 걸레질을 한 지 얼마 되지 않았는지 먼지 하나 없었다.

여름방학에는 가사도우미를 부르지 않는데 스스로 이렇게 정리정돈을 할 줄 알다니. 그렇게 엉뚱하게 감탄했을 정도로.

마지막으로 눈길이 멈춘 것은 노트북이었다. 요즘 아이들은 과제를 전부 컴퓨터로 한다. 나비 표본도 어쩌면 진짜 나비가 아니라 가상공간의 숲(그런 게 있는지는 잘 모르겠지만)에서 채집한 2차원 표본일지도 모른다.

그건 그것대로 흥미롭다.

방에 들어갈 때보다 한층 더 큰 죄책감을 느끼면서 노트북을 열고 전원을 켰다. 하지만 패스워드를 모른다. 일단 'ITARU'라고 입력해봤지만 그렇게 단순한 암호는 아니었던 모양이다. 닥치는 대로 시험해 볼 수도 없는 노릇이다.

그때 문득 전날 밤 나눈 대화의 한 자락이 떠올랐다.

'세소스트리스 사향제비나비려나?'

떼어간 표본 중 하나이기는 했지만 이건 아니겠지 하면서도 영문으로 입력했다. 정답이었던 모양이다. 문서를 열었다가 '여름방학 자유 탐구 「인간 표본」'이라는 파일을 발견했다.

인간, 표본?

체형별로 어떤 복장이나 헤어스타일이 어울리는지 조사한 걸까? 나비하고 무슨 상관이지? 그러고 보니 연구실 학생들이 나비 무늬 의류를 기획한 연예인이 있다고 하지 않았던가.

그런 아이한 생각을 하면서, 나는 그 파일을 클릭하고, 말았다.

이타루, 어째서, 암호를 나비 이름으로 했느냐. 내가 모르는 단어로 해두었더라면……. 아니, 나비 이름으로 해줘서 천만다행이라고 감사해야 할까? 감사? 문학작품을 즐겨 읽지도 않고, 원래 아는 어휘도 부족하지만 많은 단어들을 잊어버린 것 같다.

절망의 파도에 휩쓸려서. 진부하구나…….

정신을 차리고 보니 컴퓨터 화면에 나비가 날아다니고 있었다.

원래 내장되어 있는 화면보호기 이미지였는데, 연구실의 내 컴퓨터에도 똑같은 이미지를 설정해 두었기 때문에 지금 내가 어디에 있는지 혼란스러웠다. 반사적으로 몸으로 화면을 가린 것은 방금 내가 본 것을 감추기 위한 행동이었다. 이타루의 방이었다는 것을 깨닫고 전원을 끄지 않은 채로 노트북을 덮고 머리를 싸맸다.

숨을 어떻게 쉬어야 하는지 모르겠다. 진정하자, 진정해, 스스로를 타일렀다.

요즘은 스마트폰 하나로 어떤 이미지든 만들 수 있지 않은가.

설사 리포트에 적혀 있는 생각을 이타루가 실제로 품고 있었다 해도 실행 가능성은 또 다른 차원의 문제다. 사람을 죽이고 싶다고 생각한 이들이 몇 퍼센트나 실행에 옮길까? 게다가 시체를 절단하다니, 어중간한 정신으로 할 수 있는 일이 아니다. 루미 선생님을 놀라게 해주자고 다른 아이들에게 도움을 청해 시체 흉내를 내달라고 한 게 틀림없다. 하반신을 지우는 이미지 처리쯤이야 간단한 작업이리라.

그렇다, 이타루는 사진부가 아니던가. 우리 때와 달리 디지털 처리 방법도 배웠을 테고, 그래서 이런 장난을 생각해냈는지도 모른다. 합숙 중에 다른 멤버에게 학교에서는 사진부라는 이야기를 했고, 어떤 활동을 하느냐고 묻는 말에 대답하다가 아이들끼리 생각해 낸 고약한 장난이다.

거기까지 생각하다가 책장 맨 아랫단에 시선을 던졌다. 텅 빈 공간이 있었다. 평소에는 거기에 카메라를 두었을 텐데. 루미의 아버지가 내게 선물해 준, 일안 반사식 라이카 카메라가.

나는 비틀거리며 일어나 암실로 갔다. 숨을 단숨에 크게 들이쉬는 바람에 콜록거린 것은, 실물을 보고 말았기 때문이다. 카메라가 아니다. 나도 만나보았던 다섯 소년들이 무참한 모습으로 변해 아크릴 케이스 안에 담겨 있는 사진이, 한 장씩 걸려 있었다.

노트북 화면을 찍은 게 아니라, 이쪽이 진짜고 이 사진들을 노트북에 옮겼다는 것을 알 수 있을 만큼은 나도 같은 카메라를 다루어보았다.

살아 있는 사람을 하반신이 보이지 않게 필름 카메라로 찍으려면 어떻게 해야 하지? 거울 같은 걸 쓰면 될까? 다리 힘이 풀려 그 자리에 주저앉았다.

누가, 속임수를 알려다오. 연구실에 사진을 가져가면 학생들이 "선생님도 참, 된통 속았네요"라고 말해줄지 모르지만 가령 콜라주 사진이라 해도 이렇게 끔찍한 것을 남들에게 보여줄 수는 없다.

어쩌면 좋을까? 이타루에게 전화, 아니, 그런 짓은 할 수 없다. 내게 들킨 줄 알면…… 어떻게 나올까?

봤어? 다 함께 열심히 만들었어. 루미 선생님한테는 비밀이야. 원래 나는 그림을 완성하자고 애들을 불렀어. 그런데 쇼가 엉뚱한 소리를. 아오하고 다이가 이쪽이 더 재미있겠다고 했고, 히카루도 도루도 반대하지 않아서. 하필 내가 주모자로 몰리다니 억울해.

고개를 저었다. 현실도피를 하고 있을 때가 아니다. 내 눈으로 직접 확인하면 될 일이다. 산속 집에 가서.

최소한의 소지품만 챙겨서 자가용을 몰아 산속 집으로 향했다. 차체가 태양광을 받지 않을 때까지 기다릴 여유는 없었다.

중간에 후카자와 아오의 집 근처, 방화사건이 있었던 하천 변 다리 밑에 들렀다. 불에 탄 흔적이 교각에 남아 있었다. 시야에 노숙자들이 묵는 오두막 같은 게 보였다. 파란 비닐 시트는 없었다.

이시오카 쇼의 집 근처 고가 밑에도 들렀다. 리포트에 있었던 익룡을 그린 벽화가 있었다. 근처 자동차 정비공장에는 놀랍게도 내 것과 똑같은 자동차가 입고되어 있었다. 도장 수리인 걸까, 순간 그런 생각을 했지만 아무래도 상관없는 일이다.

차로 돌아가 스마트폰으로 아카바네 히카루의 동영상을 검색했다. 라이브에서 꽃잎을 주운 무용담을 들려주며 증거품을 보여주었던, 결혼 전 아내가 열광적으로 좋아했던 스타. 그와 닮은꼴이라는 것을 팬이 아니었던 나도 느낄 수 있었다.

시라세 도루 어머니의 죽음도 작은 기사이기는 했지만 동반자살 미수 사건이었음을 SNS로 확인할 수 있었다. 루미의 세미나에 다녔던 여성이 루미를 신처럼 떠받드는 코멘트도.

구로이와 다이의 또 다른 이름 '비더블'도 검색했다. 다음 호가 나오지 않는 것은 마코룽룽의 저주 때문? 그런 글과 함께 언급하고 있는 그림의 이미지도 실려 있었다. 저주라니 뭐지? 검색해 보고서야 마코룽룽이 자살했다는 것을 알았다.

노숙자 오두막 방화사건에서 안에 사람이 있었던 경우는 한 달 전에 실제로 있었다.

다시 차를 몰아 숲을 개간해 만든 고속도로를 달리면서 태양광 패널도 확인할 수 있었다. 벌써 두 번이나 왕복한 길인데 의식한 것은 처음이었다. 나는 생물학자인데도. 캠핑장 옆을 지날 때는 이타루가 전철과 버스를 갈아타며 여기까지 찾아와 산길로 들어가는 모습을 상상했다. 숲길로 들어서자 커다란 아크릴 케이스를 끌어안고 걸어가는 소년들의 모습이 내 눈에도 보이는 것만 같았다.

도착 후, 차에서 내려 현관으로 가지 않고 뒷산으로 이어지는 길 중간에 있는 꽃밭으로 걸음을 옮겼다. 상쾌한 공기 속에 문득 코를 찌르는 악취를 느끼고 우뚝 멈춰 섰다. 피할 수 없는 현실이 기다리고 있음을, 바람이 예고하고 있었다.

달아나지 마. 스스로를 타이르며 납덩어리처럼 무거운 다리를 한 걸음, 한 걸음, 앞으로 뻗어 과거의 꿈나라에 도착했다.

갈아엎은 땅에 메마른 화초들이 힘없이 들러붙어 있는, 부자연스럽게 솟아오른 흙더미가 다섯 개 있었다. 악취를 견딜 수 없어 숨을 참고 가장 가까운 흙더미로 다가갔다. 입으로 호흡하며 볼록한 흙더미 가장자리를 파보니…….

파란색으로 물든 사람 손 같은 것이 튀어나와 나는 그 자리에서 토악질을 했다. 콧물과 눈물이 동시에 흘러넘쳐 고개를 숙인 채로 집으로 뛰어갔다. 뒷문 옆에 수도가 있었다.

얼굴을 씻고 입안을 헹구었다. 호흡을 가다듬고 고개를 들자 창고가 눈에 들어왔다. 미닫이문을 천천히 여니 나란히 놓인 아크릴 케이스가 보였다. 파란 비닐 시트가 덮인 것도 있었다. 시트를 걷었다가 다시 숨을 삼켰다.

극채색이 춤추는 콘크리트 파편 속에 다리 단면 같은 게 보였다.

감각이 마비되기 시작했는지 구역질은 나지 않았다.

창고에서 나와 소각로를 들여다보았다. 잿더미 속에 와이어와 쐐기 같은 게 타지 않고 남아 있었다.

그냥 이대로 돌아갈까. 더 이상 어떤 증거가 필요하단 말인가. 그래도 집 안에 들어간 것은 운전을 할 자신이 없었기 때문이다. 커브를 돌지 못하고 계곡 바닥으로 떨어지지 않을까. 아니, 그래도 상관없다.

악몽에서 달아날 수만 있다면.

목이 바짝 타서 뒤도 보지 않고 주방으로 향했다. 냉장고를 열기가 무서워서 수도꼭지를 비틀었다. 고개를 숙여 물을 마셨지만 배에 물만 차고 목의 갈증은 가시지 않았다.

문득 싱크대 구석에 눈길이 갔다. 이쪽을 보라는 듯이 그곳에 있는 것은 텅 빈 카샤사 병이었다.

저기에 수면제를 탔던 걸까?

술이라면 다른 종류도 얼마든지 있었을 텐데 왜 이걸 골랐니? 술을 살 때, 카이피리냐를 만들 때, 이타루의 머릿속에 내 모습은 떠오르지 않았던 걸까? 어리석은 짓은 그만두라고 하지 않았던 걸까? 세 번째 눈 따위는 필요 없다, 너는 이미 아버지에게 충분히 소중하고 훌륭한 아이라고 말하지 않았던 걸까…….

풀썩 힘이 빠져 바닥에 꿇은 무릎에 의식을 집중해 다시 일어나서 식탁 의자를 하나 뺐다. 무의식중에 식탁을 반 바퀴 돌아간 것은 몸이 옛날에 앉던 자리를 기억하고 있었기 때문일까.

아버지 자리, 어머니 자리, 아들이었던 내 자리.

아버지, 어머니, 저는 어쩌면 좋아요?

이타루를 나로 바꾸어 아버지와 어머니라면 어떻게 하셨을지 생각했다.

아버지라면 나를 데리고 더 깊은 산속으로 달아날지도 모른다. 나도 이 범행이 만천하에 드러나기 전에 이타루를 데리고 도망칠까? 아마존강 오지는 어떨까?

무사히 달아난다 해도 거기에 행복은 없다. 매일 밤 오늘도 잡히지 않았다고 안도의 한숨을 쉬며 잠들고, 눈을 뜨면 오늘에야말로 경찰이 들이닥치지 않을까 불안해한다. 그런 나날이라 해도 나는 괜찮다. 오늘도 아들을 지켜냈다고 부도덕한 흥분마저 느낄지 모른다.

하지만 이타루는 어떨까? 그런 하루하루를 산들 무슨 의미가 있을까? 자기 죄를 뉘우치고 참회하며 새로운 인생을 살려 할까?

참회……. 친족이라고 하면 적어도 이타루는 시라세 도루의 외할머니를 만나 대화까지 나누었다. 카스텔라는 좋아하느냐고 다정하게 묻던 그 미소가 내 뇌리에도 박혀 있다. 지금도 손자가 산속 집에서 계속 그림을 그리고 있는 줄 알 것이다. 밥은 제대로 먹고 있는지, 감기는 걸리지 않았는지, 그런 걱정을 하고 있을지도 모른다. 그 미소가 비통함으로 일그러지는 순간은 상상만 해도 가슴이 찢겨 나가는 것 같았다.

어머니라면 함께 경찰에 가자고 하지 않았을까? 흉악 범죄를 저질렀지만 나이나 정신감정 결과를 참작해 사형은 면할 수 있다면, 유족에게 사죄하면서 아들이 돌아올 날을 기다리며, 세상 사람들이 던지는 돌을 함께 맞으며, 아니, 아들을 지키는 방패가 되어, 최후의 날까지 곁에 있어 줄지도…….

나도 그렇게 하자. 이타루가 자수를 거부하고 함께 도망치자고 애원한다 해도 평생 지켜주겠노라 약속하고 설득하는 것이다.

전부 포용한다. 그렇게 되뇌며 냉장고를 열었다. 끔찍한 것은 아무것도 없었다. 망고맛 채소주스와 동그란 햄롤빵 봉지. 다섯 개들이 한 묶음인데 두 개만 남아 있었다. 둘 다 우리 집 냉장고에서 빠지지 않는, 이타루의 아침 메뉴다.

아크릴 케이스는 씻어서 창고에 돌려놓았는데 먹다 남은 음식은 그냥 두다니. 바야흐로 범죄 은폐에 가담하고 있는 사람처럼 그런 생각을 하면서 빵 봉지를 꺼냈는데 제조일이 오늘 날짜였다.

학원 합숙을 간 게 아니었나? 설마 이 집에 있는 건가? 무엇 때문에?

스마트폰으로 전화를 걸어볼까 했지만 산속 집에서는 불통이다. 캠핑장까지 내려갈 수도 있었지만 그 대신 아틀리에로 향했다.

문을 열자 타임 슬립이라도 한 듯한 착각에 빠졌다. 루미는 아틀리에는 리모델링하지 않았던 것이다.

희미하게 풍겨오는 썩은 내에 한 손으로 코와 입을 가리고 천천히 안으로 들어가자 안쪽 벽에 기대어놓은 그림이 보였다. 멀찍이 떨어진 곳에서도 숨을 삼켰다. 냄새가 몸속을 파고드는 것도 잊고 시선을 집중하며 토해낸 숨을 다시 한번 크게 들이쉬었다. 한 걸음, 한 걸음, 그림으로 다가갈수록 영혼이 빨려 들어가는 감각에 사로잡혔다.

뒷산으로 이어지는 길에 있는 꽃밭. 그곳이 나비의 눈으로 그려져 있었다.

나비의 왕국이다! 늘 갈망했다. 아무리 연구해도, 특수한 안경을 만들어도, 완벽하게 재현할 수 없었던 세계.

물론 100퍼센트 일치하는 것은 아니다. 나비만이 답을 아는 세계다. 하지만 나는 이것이 정답이라고 느꼈다. 논리를 배제한, 내 안에 아직 희미하게 남아 있었다는 것조차 몰랐던 소년 시절의 마음으로.

작가는 당연히 이타루다. 아버지의 손자이자, 내 아들, 이타루만이 이 세계를 그려낼 수 있다.

기묘한 표본을 만들지 않아도 너는 유일무이한 재능을 가졌는데…….

그 이상 그림에 마음을 빼앗길까 봐 두려워 등을 돌리듯 반대편 벽으로 가서 창가 책상을 두 손으로 짚고 버텼다. 아버지와 함께 표본을 만들었던 책상이다.

구석에 일안 반사식 라이카 카메라가 있고, 그 밑에 리포트 용지가 있었다. 눈에 익은 글씨. 유선노트가 아니라도 항상 단정하고 곧게 나열되어 있었는데, 그곳에 있는 것은 절규, 혹은 솟구치는 피처럼 엉망으로 휘갈겨 쓴 글씨였다.

'표본은 완성했는데 흥분과 충동을 억누를 수가 없다. 날이 갈수록 주변 사람들이 점점 더 나비로 보인다. 채집하고 싶어 미치겠다. 표본으로 만들고 싶어 미치겠다. 하지만 언젠가 체포당하겠지. 시간은 한정적이다. 그렇다면 다음 목표는, 이치노세 안나다.'

책상 서랍을 열자 도화지가 한 장 들어 있었다.

표본 디자인으로 보이는 연필 밑그림이었는데, 꽃밭에 바친 아름다운 제물처럼 오른다리가 잘리고 몸 한가운데에 쐐기가 박힌 그 검은 나비가 안나임을 한눈에 알 수 있었다.

셔츠 속에서 요동치는 가슴을 꾹 누르고 가쁜 숨을 몰아쉬며 호흡을 가다듬었다.

그 아래 서랍에는 수면제와 콜포르신 다로페이트 병과 주사기가 든 케이스가, 한 단 더 아래에는 세소스트리스 사향제비나비 수컷과 남방제비나비 암컷의 표본이 있었다.

이타루가 세소스트리스 사향제비나비, 안나가 남방제비나비라는 뜻일까?

좋아하는 건 남방제비나비. 너는 짝사랑 상대마저도 표본으로 만들고 싶은 거니? 좋아하게 되었기 때문에 그런 충동이 솟아난 거니?

그렇다면 앞으로도 이타루는 소중한 사람들을 표본으로 만드는 걸까?

자수해도 속세에 나오면 다시 살인자가 된다는 뜻일까?

흠칫 놀라 그림을 돌아보았다. 흔히 쓰지 않는 정사각형 특대 캔버스, 아크릴 케이스 사이즈와 거의 똑같지 않은가? 이 훌륭한 그림은 표본을 위해 그렸다는 뜻인가? 그럴 때만 세 번째 눈이 각성해서 재능이 흘러넘치는 걸까?

생물을, 살아 있는 채로, 장기를 포함해 그 형상을 그대로 유지하면서 교정하기란 불가능하다. 적어도 일본에서는. 악마라 해도 인간의 형상을 하고 있으면 '인권'이라는 면죄부를 받는 이 나라에서는…….

나 혼자 힘으로 한 건이라도 저지할 수 있을까? 카샤사를 살인 도구로 삼은 이타루에게 내 목소리를 전달할 자신이 없다. 독나비에게서 독을 빼기란 불가능하다.

팔을 자르면, 눈을 가리면……. 그것은 더 이상 이타루가 아니다. 내가 아니라 그가 그렇게 느낄 것이다. 몽롱하게 탁해지려는 머리를 힘껏 가로저었다. 두 손으로 뺨을 철썩

때렸다.

리포트 용지에 적혀 있는 것은 그게 다가 아니었다.

'8/25'

이게 날짜라면 모레다. 안나는 루미와 함께 미국에 갔을 텐데 귀국하는 걸까? 확인하려 해도 안나의 연락처를 모른다. 루미가 입원한 병원에서 안나의 연락처를 물었을 때, 이타루에게 알려줬다고 했다.

루미에게 연락해서……. 안나의 귀국을 말린다 한들 무슨 소용일까. 일정이 미뤄질 뿐, 다음에 내가 알 수 없는 날에 귀국하면 결국 저지할 수 없다.

어쩌면 좋단 말인가…….

다리 힘이 풀려 아예 서 있지도 못하게 되기 전에 아틀리에를 뒤로 했다. 잠깐이라도 쉬려고 거실에 들어가자 미소 짓는 사와코 씨가 나를 맞이해 주었다. 초상화를 정면에서 바라볼 수 있는 소파에 몸을 깊숙이 묻고 다시 사와코 씨의 눈을 마주보았다.

오랜만이라고 인사라도 하듯이. 하지만 나는 이 그림 속 사와코 씨를 만난 적이 없다. 이타루가 쓴 루미의 말을 떠올렸다.

'함께 지냈던 건강한 시절의 모습이지만, 사카키 화백은

그걸 과거의 모습으로 인식하지 않았어.'

눈을 감으니 이타루의 모습이 머릿속에 떠올랐다. 함께 브라질에 갔을 때의 모습이기도 했고, 조금 더 어렸을 때처럼 보이기도 했지만, 오늘 아침에 본 모습 같기도 했다. 오늘 있었던 일이 맞을까? 끔찍한 수기를 읽기 전에 본, 아들의 모습.

머릿속에 담긴 행복한 사진이 몇 겹으로 쌓여 완성된, 내 안에 존재하는 이타루.

시체를 발견하고 다음 범행을 꾸미고 있다는 것을 알고 나서도 그 얼굴에 광기가 겹쳐 보이는 일은 없다. 설사 범행 현장을 목격해 순식간에 악마의 표정이 머릿속을 차지해도, 아마 눈을 감으면 가장 먼저 떠오르는 것은 지금 내게 보이는 것과 똑같은 모습일 것이다.

아버지의 눈에 사와코 씨가 언제나 이 모습으로 비쳤던 것처럼.

그 모습은, 사진으로는 남길 수 없다.

내게 아버지와 같은 재능이 있다면 그림으로 그려서 남길 수 있을 텐데. 이타루가 티 없이 다정하고 재능 넘치는 아름다운 소년이었다는 증거를 남기고, 둘이서 죽을 수 있을 텐데.

하늘에서 갑자기 그런 재능이 떨어질 리도 없는데 나는 창밖을 보았다. 밤은 아직 찾아오지 않았지만 하늘에 노을빛이 짙어지기 시작했다.

실내로 시선을 돌려 사와코 씨를 피해 거실 안쪽, 난로가 있는 벽 쪽을 보았다.

그곳에는 내가 만든 표본이 있었다. 마치 그날, 아버지에게 표구 액자를 받아 다른 사람들이 지켜보는 가운데 벽에 걸었던 것처럼.

어서 오라고, 여기에서 애타게 기다리고 있었던 것처럼.

이타루의 그림을 본 후라 영 수준 낮은 엉터리라고 할 수밖에 없었다. 그래도 저 표본 너머에 펼쳐진 것이 내가 보는 나비의 왕국이고, 액자가 그곳으로 통하는 창이라는 사실은 변함없었다.

이대로 나비의 왕국으로 가버리면 얼마나 좋을까? 이타루도 함께 데려갈 수 있다면.

나비는 나비를 처벌하지 않는다. 인간 소년들을 살해하고 표본으로 만든 건 인간으로서의 이타루다. 소년들은 나비가 되었다. 나비는 나비를 죽이지 않는다.

그 순간 내 정수리를 찢고 몸속을 꿰뚫은 그 감각은 무엇이었을까? '신의 계시'란 실로 그런 감각을 표현하는 말이 아닐까?

인간 표본.

이타루가 나비가 되면 된다. 인간이었을 때 저지른 업보는 전부 내가 끌어안고, 티 없는 모습으로 왕국으로 보내주는 것이다.

인간의, 부모로서. 그것이 올바른 답이 아님을 알고 있어도 나는 더 이상 다른 답을 생각해낼 수 없었다.

그날 바로 산속 집을 나와 집으로 돌아왔다.

25일 몇 시에 일을 저지를지 알 수 없으니 오전 0시부터라고 생각하고 그 순간에 무슨 일이 생겨도 대처할 수 있도록 늦어도 전날 밤, 즉 내일 밤에는 산속 집에 가서 대기해야 한다.

이타루가 집에 돌아온 흔적은 없었다.

-숙제 잘 하고 있니?

문자 메시지를 보냈다. 바로 답장이 왔다.

-순조로워.

브이 사인을 하고 있는 반달곰 캐릭터 이모티콘도 따라왔다.

이타루가 합숙에 참가하지 않았다는 것은 학원에 전화

해 이미 확인했다. 실제로는 어디에서 무엇을 하고 있는 걸까? 바로 답장이 왔으니 산속 집에 있는 것은 아니다. 혹시 공항에서 안나를 기다리는 걸까?

실제로는……. 그때 이타루가 캠핑장 방갈로에 있었다는 것을 재판 중에 알았다. 그곳에서 루미 앞으로 소포를 보냈다는 것도.

'갑자기 보내달라고 했는데, 주소도 미국이지, 크기도 크지, 운송회사에 전화로 확인하랴, 포장도 튼튼하게 하랴, 힘들어서 똑똑히 기억합니다.'

캠핑장 관리인이 그렇게 증언하는 것을 표정이 변하지 않도록 얼굴에 힘을 주며 듣고 있었다.

경찰 조사로 이타루가 보낸 짐이 안나의 초상화라는 것을 알았다. 설마 정말 루미가 과제로 내준 그림을 그렸을 줄이야. 아마도 산속 집에서 거의 완성해 두었다가, 내가 나비 관측에서 돌아올 즈음 연락이 닿도록 방갈로로 이동했으리라.

루미에게 후계자 후보로서 과제를 완성했다는 소식을 성실하게 전하고 싶었던 걸까? 라이벌들이 죽은 후라도 선택되고 싶었을까? 아니면 안나를 표본으로 만드는 것이 루미에게 미안해서, 안나를 대신할 그림을 그려서 보내기로 한 걸까?

이타루를 표본으로 만들 준비를 마칠 때까지 그렇게 하라고 지시했다는 내 진술은 의심받지 않고 채택되었다.

이타루에게 더 연락하지는 않았다. 식욕이 없어 차가운 물만 마시고 욕조에 몸을 담그고 구석구석 씻은 후 잠에 곯아떨어졌다.

일출과 함께 눈을 떴지만 두세 가지 처리하고 싶은 일이 있었다. 그러려면 아직 몇 시간 더 기다려야 했다. 침대에 누워서 하얀 천장을 바라보았다.

이타루가 25일에 산속 집에 오지 않을 경우…….

안나를 표본으로 만드는 것을 이성적으로 단념했음을 알게 될 경우…….

이타루를 표본으로 만들고, 내가 죄를 전부 뒤집어쓸 결심은 했다. 그렇다면 이타루가 더 이상 죄를 저지르지 않는다면 죄는 내가 그대로 뒤집어쓰고 이타루는 피신시키면 되지 않을까?

아마존강 오지의 작은 마을에 사는 지인에게 내가 저지른 사건 때문에 받을 비난으로부터 아들을 지키고 싶다는 편지를 써서 이타루에게 들려 보내면 분명 돌봐줄 것이다. 내가 사형당한 후에 이타루는 일본으로 돌아와 새로운 인생을 살면 된다.

침대에서 일어나 컴퓨터를 켜고 8월 27일 하네다에서 출발해 두바이를 경유해 리우데자네이루로 가는 항공권을 이타루 이름으로 한 장 예약했다.

재판 중에 그 목적을 묻기에, 학교에서 2학기부터 이타루가 등교하지 않는 이유를 물으면 가족이나 다름없는 지인이 위독해서 아들을 대신 보냈다고 대답하기 위한 알리바이 공작이었다고 진술했다.

그렇다면 미국이 아니라 왜 브라질인가? 본인이 달아나기 위해 아들 이름으로 예약해 두었다가 직전에 취소해 자리를 확보하려는 심산 아니었는가? 그렇게 추궁하기에 그쪽이 더 일리 있는 거짓말 같아서 그럴지도 모르겠다고 장단을 맞추었다.

어쨌거나 취소 연락도 하지 않고 미사용으로 끝난 항공권이 이타루를 도망치게 하려는 용도였다는 것은, 본인이 사망한 이상 알아챌 길이 없을 것이다.

그렇게 이타루가 다시 집으로 돌아오기를 바랐다.

식욕은 없었지만 냉장고를 열었다. 아직 뜯지 않은 채소 주스와 햄롤빵은 건드리지 않고 스키야키와 멜론을 입안에 꾸역꾸역 쑤셔 넣었다.

청결한 셔츠와 바지를 입고 아내의 위패를 둔 작은 불단에 두 손을 모으니 자연스레 말이 흘러나왔다. 부탁해. 구체적으로 무엇을 어떻게 부탁하고 싶었는지는 기억이 나지 않는다. 아마 그때도 구체적으로 표현하지는 못했으리라.

짐을 꾸리고 먼저 이발소에 갔다. 그 후 몇 가지 물건을 사서 산속 집으로 향했는데 날이 저물기 전에 도착했다.

차에서 내리다가 집 안에서 풍겨오는 냄새를 맡고 다리가 얼어붙었다.

향긋한 카레 냄새.

안나가 돌아온 걸까? 서둘러 현관 앞으로 다가가 바지 주머니에서 열쇠를 꺼내려던 손을 멈추고 주먹을 불끈 쥐어 문을 세게 두드렸다. 안에서 발소리가 들리더니 문이 열리면서 웃는 얼굴로 나온 것은······.

이타루였다.

"앗, 아버지? 무슨 일이에요?"

나를 보고도 그리 놀라지 않는다.

"루미가 뭘 좀 부탁해서. 이타루 너는?"

"역시 혼자서 과제를 마무리하고 싶어서, 여기로 왔어요."

"열쇠는?"

"미안, 복사해 뒀어요."

이타루는 장난꾸러기처럼 어깨를 들썩였다. 그리고 자기 집에 손님을 초대하듯 현관에 슬리퍼를 꺼내놓으며 나를 안으로 불렀다.

"카레를 만들었어. 같이 먹어요."

주방으로 가는 이타루의 뒤를 고분고분 따라갔다.

"다른 사람도 있니?"

"오늘은 아무도."

내일은 누가 오니? 그런 질문은 굳이 하지 않았다.

아내가 죽은 뒤 아직 어린 이타루가 내게 처음 만들어준 메뉴도 카레였다. 깎아낸 껍질이 더 두꺼웠던 감자도, 금방 얇게 깎을 수 있게 되었다. 순한 맛 카레가 초등학교 고학년이 되자 약간 매운맛으로, 중학생이 되자 매운맛으로 바뀌었다.

루미가 사둔 그릇에 담았기 때문에 남의 집 카레를 먹는 기분으로 한 입 떴지만, 입에 넣으니 익숙한 맛이 퍼져나갔다.

치밀어 오르는 눈물을 수저를 들지 않은 반대쪽 손등으로 훔쳤다.

"매워요? 평소하고 같은 재료를 썼는데."

이타루가 페트병에 든 생수를 유리잔에 따라주었다.

"더위를 먹었는지도 모르겠네."

발밑에 내려놓은 가방에서 수건을 꺼내 땀을 닦는 척하며 눈물을 모조리 닦아냈다.

가방을 들고 안에 들어가니 어제와 똑같은 장소에 그림이 놓여 있었다. 코가 적응해 버렸는지 냄새는 이미 신경 쓰이지 않았다.

"멋진 그림이구나."

가방을 내려놓고, 머리를 어루만져주자 이타루는 눈을 빛내며 나를 보았다. 키도 이미 나를 넘어섰다는 것을 깨달았다. 앞으로 더 자랄 테지, 그런 상상을 지우기 위해 다시 그림으로 시선을 돌렸다.

"나비의 시각, 맞게 그렸어?"

"맞고 자시고, 이렇게 보인다는 정답을 배운 기분이구나. 아버지는 상상은 할 수 있지만 그걸 눈에 보이는 형태로 정확하게 표현하지는 못해. 그러니 머릿속에 떠오르는 것을 조감하듯 구석구석까지 바라보지는 못하지. 이 그림은 아버지가 상상하는 것 이상의 색이 넘치는 세계야, 오랜 꿈이

비로소 이루어졌구나."

"나, 할아버지 손자여서, 아버지 아들이어서 다행이야. 그런데…… 이 그림이 여기에 있다는 걸 알고 있었어요?"

"실은 어제도 여기 왔었다."

"그렇구나, 엇갈렸나 보네. 나는 다른 곳에 잠깐 볼일이 있었거든요."

이타루가 살며시 책상에 시선을 던지는 것이 보였다. 내가 저기도 봤을까 염려하는 건지도 모른다.

"여기에 카메라를 가져왔더구나. ……얘야, 이타루."

이타루가 나를 보았다. 눈에 불안한 기색이 어른거린 것처럼 보인 건 기분 탓일까?

"사진을 찍을까? 이 그림을 배경으로. 옷도 사 왔어."

나는 가방에서 낮에 산 정장 봉투를 꺼냈다. 이타루의 방에서 학교 교복을 가져와 사이즈를 맞춰달라고 했다. 셔츠도 넥타이도, 양말도 구두도 세트로 맞췄다.

"짐이 많다 했더니, 내 옷이었어요?"

"뭐 어때. 거실에서 갈아입고 오렴."

이타루는 내 말을 순순히 따랐다. 이타루가 자리를 비운 사이 나도 셔츠 맨 위 단추를 잠그고 집에서 가져온 재킷을 걸치고 넥타이를 맸다. 넥타이는 몇 년 전에 연구실 학생들이 선물해 준, 호랑나비 같은 색조에 광택이 있는 디자인이다. 슬리퍼도 가죽 구두로 바꿔 신었다.

책상으로 다가가 서랍에서 필요한 물건을 꺼내 주머니에 넣고 카메라를 삼각대에 조립해 그림 앞에 설치했다.

부끄럽다는 듯이 아틀리에로 들어온 이타루를 보고 나는 숨을 삼켰다.

우아하면서도 섬세한 선을 그리는 검은 정장 위에 서늘하니 아름다운 얼굴이 있었다. 셔츠는 흰색, 넥타이는 핑크색 바탕에 기하학무늬가 들어간 디자인이다.

조금 비뚤어진 매듭을 다듬어주었다.

"이 어른스러운 핑크색은 붉은무늬제비나비? 세소스트리스 사향제비나비?"

이타루가 쑥스러운 기색으로 물었지만 나비를 의식하고 고른 것은 아니었다. 내 안의 이타루는 남방제비나비니까, 나비를 의식했다면 셔츠는 검은색, 넥타이는 빨간색으로 샀을 것이다. 하지만 어쩐지 이 조합을 좋아할 것 같아 핑크색을 골라보았다.

"잘 어울리니까 어느 쪽이든 상관없잖아. 자, 여기 서자."

그림 앞에 먼저 서서 이타루를 손짓으로 불렀다. 꽃밭으로 부르듯이. 새 가죽 구두에 익숙하지 않은 옷차림일 텐데도 이타루는 가벼운 발걸음으로 다가왔다.

내 옆에 서서 나비가 날개를 쉬듯이 한 손을 내 어깨에 살짝 얹었다.

"그건 부모가 취하는 포즈 아니니?"

"그래요? 아무렴 어때."

이타루가 웃었다. 어깨에서 잠시 손이 떨어지는 것을 아쉬워하며 나는 타이머를 설정한 셔터를 누르러 갔다가 재빨리 돌아갔다. 다시 어깨에 손의 감촉을 느꼈고, 기분 좋은 셔터 소리가 들려왔다.

이번에는 내가 이타루의 어깨에 손을 얹었다. 둘 다 팔짱을 낀 포즈, 곧게 선 포즈, 찍을 때마다 자세를 바꾸었다. 마지막 열 장째에서 이타루는 "스무 살 성인식 같네"라며 오른손으로 브이 사인, 왼손으로 동그라미를 만들어 어깨 위로 올렸다. 함께 찍은 내 얼굴이 당장이라도 눈물을 쏟을 듯한 표정이었다는 것은 모든 일을 끝마친 뒤 집에서 사진을 현상했을 때 알았다.

같은 필름으로 다음에 찍은 것은······.

"그래, 성인식이야."

셔터 소리가 울린 뒤, 나는 그림 앞에 서서 이타루를 돌아보며 그렇게 말했다.

"그래서 비장의 선물도 준비해 뒀지. 맞춰보겠니?"

"혹시 카이피리냐?"

"정답. 그것도 오렌지."

"와, 정말 마셔도 돼?"

"멋진 작품에 대한 보답이야."

"저기…… 집 암실에 걸어둔 다른 작품 사진도 봤어요?"

천진난만한 그 표정에 몸이 떨렸다.

"나비를 못 찍어서, 암실에는 가지 않았어."

"아쉽다. 돌아가면 꼭 봐줘요. 이 그림에 지지 않을 만큼 잘 찍었으니까."

목소리도 천진난만했다.

"그래, 카이피리냐는 어디서 마실까? 거실에서 마실까?"

"좋아요."

"그럼 먼저 가 있으렴. 주방에서 만들어 갈게. 아차, 얼음을 산다는 걸 깜빡했네."

미지근한 카이피리냐라니, 안 마시는 게 나을 만큼 맛이 없다. 게다가 한 모금 마셔보고 이상한 게 섞여 있다는 걸 눈치챌지도 모른다.

"내가 냉동고에 만들어뒀어."

무엇을 위해서? 이미 확인할 필요는 없었다. 어쩌면 천진난만하게 범행 계획을 털어놓을까 봐 두려웠던 걸까.

이미, 물러날 수 없다……. 각오를 굳히고 아틀리에를 나섰다.

주방에서 마음을 비우고 준비해 간 재료를 꺼냈다.

카샤사, 탄산수, 오렌지 다섯 개. 커다란 플라스틱 컵에 얼음을 깨서 넣고, 셰이커를 흔들고, 오렌지즙을 가득 넣은 카이피리냐 두 잔을 만든다. 한쪽은 수면제를 넣어서. 빨대를 꽂아 쟁반에 얹고 이타루가 기다리는 거실로 가져갔다.

이타루는 방 안쪽 난로 근처에 앉아 있었다. 나비의 왕국으로 들어가는 입구를 마주하듯이. 산속의 밤이지만 아직 더위가 남아 있어 그런지 재킷을 벗어 비어 있는 소파 등받이에 걸쳐두고 셔츠 소매도 살짝 걷었다.

나도 이타루의 시선에서 표본을 가리지 않는 대각선 옆자리에 앉았다.

가죽 소파는 옛날 이 거실에 있던 것보다 쿠션이 부드러워 이타루처럼 등받이에 기대어 몸을 파묻으면 1분도 지나기 전에 잠들 것만 같아 최대한 끝에 걸치듯 앉았다.

낮은 테이블에 카이피리냐를 내려놓았다.

"와, 맛있겠다."

이타루가 몸을 일으키고 들뜬 목소리로 말했다. 하지만

컵에 손을 뻗지는 않고 나를 바라보았다. 그 눈에는 어딘가 불안한 빛이 어른거렸다. 뭔가 눈치챈 걸까?

"갑자기 스무 살 축하 같은 걸 하다니, 어디 몸이라도 안 좋아요?"

떠보는 말투는 아니었다. 어렸을 때부터 힘들어 보이는데 괜찮아요? 열이 있는 거 아니에요? 그렇게 나보다 더 내 몸을 염려해 주었다.

"아니, 조금 피곤하기는 하지만 정말 이타루의 그림에 진심으로 감동해서 뭔가 특별한 걸 하고 싶었을 뿐이야."

"그럼 다행이고. 저를 위해서라도 건강하게 오래 사셔야죠. 이렇게 큰 잔으로 만들다니, 술도 약하니까 무리해서 마시면 안 돼요."

"정말이지, 겉모습만 그런 게 아니라 성격까지 엄마를 쏙 빼닮았구나."

넥타이를 푸는 척하면서 눈물을 훔쳤다.

"그럼, 건배."

힘차게 얼굴 높이로 든 이타루의 컵에 나도 내 컵을 부딪쳤다. 유리처럼 맑은 소리는 없었지만 두 개의 컵이 맞닿는 감촉이 손에 똑똑히 느껴졌다. 서로 한 모금씩 마시고 컵을 내려놓았다.

"리우데자네이루에서 마셨던 것보다 독한 것 같은데?"

이타루가 얼굴을 찌푸렸다. 그만 마시겠다고 할까 봐 불안한 마음 반, 그러길 바라는 마음이 반이라는 걸 깨달았다.

내가 더 젊고 아름다웠더라면 이타루는 나를 표본으로 만들어주었을까. 이대로 잠들어 눈을 떴을 때 나비의 왕국에 있다면 얼마나 행복할까.

이타루의 목소리가 몽롱한 머리를 뒤흔들었다. ……해줘요.

"뭐라고?"

"나 참, 아버지 것에도 술을 똑같이 넣었어요? 어쩌려고 그랬어요. 천천히 끝까지 마시고 싶으니 아무 얘기나 해줘요."

둘이서 지내는 밤이면 이타루는 종종 이렇게 내게 이야기를 해달라고 졸랐다. 동화는 거의 모른다. 하지만 이타루는 언제나 나비 이야기를 듣고 싶어 했다. 그때마다 정성껏 이야기를 들려주었다.

그런가, 이타루가 가진 나비 지식은 대부분 내가 해준 이야기에서 얻은 건지도 모른다.

"무슨 이야기를 듣고 싶니?"

남미 분쟁 지역에서 나비를 쫓다가 그만 출입 금지 구역에 들어가 총구를 마주했던 일…… 벌써 세 번은 이야기했다.

"이 표본을 만들었을 때 이야기."

이타루는 정면에 있는 나비 왕국의 입구를 올려다보았다.

"그러고 보니 그 이야기는 아직 안 했구나."

나도 같은 쪽으로 시선을 돌렸다. 그 시절의 나를 만나러 가자. 이 표본이 끔찍한 사건의 방아쇠가 되리라고는 상상도 못 했던, 그저 홀린 듯이 나비를 쫓아다녔던 그 여름으로…… 이타루를 데려가기 위해서.

"초등학교 1학년 때였단다……."

액자 속에서 오래된 홈비디오가 재생되었다. 그것을 해설하듯 이야기를 들려주었다.

"학교까지 가는데 그렇게 오래 걸렸어요?"

이타루가 맞장구를 치며 카이피리냐를 한 모금 마셨다.

"유리구슬이라니 멋지네."

"주사기까지 있는 곤충채집 세트라니……."

"그랬구나, 초상화하고 표본은 같은 시기에 완성한 거군요……."

"도서관………."

"나무 상자를 받았더라면 어떻게 됐을까…………."

"초등학교 1학년한테 학자라니……………."

"구산당은 굉장하네………………."

"루미 선생님이 말씀해 주신 부분이야…………………."

"저기, 아버지………………………."

"루미 선생님이 화가가 되기로 결심한 건……………
…………."

"이 표본, 덕분, 이, 래…………………………."

컵은 이미 비어 있었고, 이타루의 목소리는 거기에서 끊겼다. 천진무구하게 잠든 얼굴에서 신생아실 유리 너머로 처음 보았던 내 아이의 얼굴이 보였다.

한동안 그 얼굴을 바라보다가 조용히 웃옷 주머니에서 이타루가 옷을 갈아입으러 갈 때 숨겨둔 약병과 주사기가 든 케이스를 꺼냈다.

주사기에 약물을 채웠다.

이타루는 나비가 되는 것이다.

떨리는 손을 아버지가 붙잡아 주는 것 같았다. 이타루의 몸속에 천천히 약물을 주입한다.

눈을 뜨면, 나비의 왕국이다. 나비는 나비를 죽이지 않는다.

나비가 나비와 다투지 않는 것은 라이벌 의식이 없기 때문이라는 설이 있다.

아버지는 그걸 직접 발견하고 싶었단다.

그러면 네게 나비의 눈에 대한 이야기보다 그걸 더 당당하게 들려주었을 텐데.

저마다 멋진 특성을 지니고 있다. 하지만 나비는 그것을 다른 종과 비교하려 들지 않는다. 자기 특성을 호흡처럼 자연스럽게 살리며 동료들과 무리 짓고, 반려를 찾아, 자손을 남기고, 마지막 그날까지 아름다운 세계를 날아다닌다.

잠든 이타루의 눈에서 눈물이 한 줄기 흘러내렸다.

이타루가 인간이었다는 증거를 지우듯, 나는 손끝으로 가만히 눈물을 닦아냈다.

이게 최선이었지……?

세운 무릎 사이에 얼굴을 묻고 소리 내어 중얼거렸다. 이번에는 누구에게 하는 질문인지 금방 알 수 있었다.

아들을 죽인, 나 자신에게다.

산속 집에서 모든 일을 마치고 집으로 돌아온 후에 같은 날 루미가 세상을 떠났고, 안나가 그 곁을 지키고 있었다는 사실을 알았다. 루미의 비서라는 사람이 보낸 이메일이 와 있었다.

 그렇다면 실명을 써서 상세 기록을 남겨도 화내지 않겠지. 나는 그 컴퓨터로 수기를 쓰기 시작했다. 하나의 거짓말을 숨기기 위해 필요한 것은 다른 거짓말이 아니라 확대된 진실이다. 진실 속에 거짓을 묻어, 마치 그것이 진실인 양 글을 썼다.

 이타루의 죄를 짊어지고, 내 죄도 처벌받을 수 있도록, 사형 판결을 받아내기 위해…….

면회실에서

처음 독방에 들어갔을 때는 하얀 벽에 묻어 있는 갈색과 회색 얼룩이 나비가 된 소년의 얼굴로 보였다. 서글픈 얼굴, 화난 얼굴, 도움을 청하는 듯한 얼굴. 시선을 집중하면 다른 소년의 얼굴이 보인다. 나를 비웃는 얼굴. 그저 여름 하룻날, 청춘을 구가하며 웃는 얼굴. 다섯 명 모두, 그리고 이타루의 얼굴······.

정신이상자를 완벽하게 연기하기 위해 사죄할 수 없었던, 유족들의 얼굴도.

하지만 그렇게 보이던 벽이 어느새 색색의 세계로 변해갔다. 시각은 어차피 뇌가 처리한 정보를 보여줄 뿐이다. 우리 속에 갇혀 생물로서 최소한의 행위를 반복하며 하루하루를 보내는 사이 인간이었을 때의 기억은 옅어지고, 사람으로 살아가기 위한 시각은 필요 없다고 판단한 뇌가 그 대신 이 세상에서 쾌적하게 살기 위해 보고 싶은 영상만 만들어내는 건지도 모른다.

나비가 되면 인간으로서 느끼는 절망은 사라진다.

하얀 벽은 계절의 영향을 받지 않는 고산식물들의 꽃밭이 되고, 이타루와 소년들은 나비의 모습으로 내 주위를 즐거이 날아다닌다. 유족들의 얼굴도 경치에 녹아들어 어느새 사라지고 없었다. 내가 얌전히만 지내면 그냥 그곳에 있는 존재일 뿐인 교도관은 여름철 산에서 보는 투구벌레나 장수풍뎅이다.

내가 바라는 것은 단 한 가지.

이 세계에서 나비로 마지막 날을 맞이하고 싶다.

하지만 인간과의 관계가 완전히 끊긴 것은 아니었다. 사형수 면회는 어려운 일인데도 나를 만나려 하는 목소리가, 주로 편지라는 형태로 들어왔다.

내가 쓴 『인간 표본』을 영상화하고 싶다는 정신 나간 제안도 있었다.

자기도 인간이 나비로 보인다느니, 외계인이 차지한 뇌를 자기가 발명한 기계로 고쳐줄 수 있다느니. 악마에 대한 분노를 표현한 정상적인 편지는 검열당하고, 무해한 허풍만 검사를 통과하는 걸까?

당연히 그런 요청은 전부 거절했다. 인간을 만나면 사람으로 돌아가고 만다.

그래도 오늘, 면회실로 걸음을 옮긴 이유는 면회를 요청한 사람이 이치노세 안나였기 때문이다. 친구의 딸. 아들이 짝사랑했을지도 모를 상대. 표본으로 만들려 했던 사람. 그 사실을 모르는 안나의 눈동자 속에 이타루의 모습은 어떻게 남아 있을까?

하지만 그런 과거에 대한 향수 때문에 만나기로 결심한 것은 아니다.

변호사 사무실 이름이 찍혀 있는 봉투에는 안나의 편지와 함께 엽서 크기로 인쇄된 그림이 함께 들어 있었다.

그림을 본 순간 가슴이 술렁거렸다. 영문은 알 수가 없었다. 그곳에 있는 줄도 잊고 있던 심장이 펄떡거리는 것을 느끼며 얇게 접힌 편지지를 펼치자 바로 그 그림에 관한 한 줄의 글이 적혀 있었다.

'소중한 그림에 대해 말씀드릴 게 있어요. 부디 면회를 허락해 주세요.'

가슴을 술렁거리게 만든 파도는 날마다 커졌다. 이미 파도에서 조금이라도 눈을 돌리면 온몸이 휩쓸려 떠내려갈 정도로.

면회실로 한 걸음 옮길 때마다 돌아가라는 목소리가 들렸다. 다가가지 말라고. 사람으로서의 뇌가 근거에 입각해 보내는 경고일까, 나비로서의 자기방어 본능에서 오는 목소리일까?

하지만 커져버린 파도로부터 달아날 방법은 이미 없었다.

표본 케이스가 연상되는 아크릴 판 너머에 안나가 먼저 와서 앉아 있었다. 맑고 검은 눈동자와 긴 검은 머리가 주는 인상은 그대로였지만 기억 속 모습보다 표정이 어른스러워졌다.

고딕 롤리타 스타일의 하얀 옷깃이 달린 광택 있는 검정 원피스는 검은색이라도 상복과는 대조적으로 화려해서 나비에 비유한다면 역시 남방제비나비라 부를 만했다.

"안녕하세요, 사카키 아저씨. 합숙 때는 '사카키 씨'라고 불렀지만 어머니하고 이야기할 때는 '아저씨'라고 해서, 그렇게 부를게요."

맑은 목소리로 그렇게 말하더니 빨간 립스틱을 바른 아름다운 얼굴에 우아한 미소를 머금었다.

"마음대로 부르렴. 점점 더 어머니를 닮아가는구나."

"두 달 전에 스무 살이 되었어요."

천진한 말투였다.

스무 살, 이타루가 나와 오렌지맛 카이피리냐로 건배하고 싶다고 했던 나이. 그때는 영원히 오지 않을 아득한 미래 같았는데, 이렇게나 덧없는 세월이었나.

"그림 때문에 할 말이 있다면서?"

동봉되어 있던 그림을 보고 생겨난 파도는 하나의 가설이 되어 커져갔다. 하지만 가설이 옳다면 (내가 안나의 입장이라면) 면회는 바라지 않을 것이다. 그 모순이 어리석은 가설을 분쇄해 줄 것만 같아 일말의 희망을 거는 내가 있다.

"축하도 해주지 않으시는군요."

"그런 감정은 내 안에 이미 없거든."

"그럼 용서는 받을 수 있을까요?"

연극적인 말투가 옛날 서양 영화의 더빙 같았다. 본심을 들키지 않으려는 작전일까? 아니, 그러고 보니 이 아이는 미국에서 나고 자랐다.

"얘기해 보렴."

기억에 남아 있는 방법으로 웃어보려 했지만 제대로 되었는지 모르겠다. 안도하는 안나의 표정도 내 태도에 호응한 것이 아니라 전부 준비해 온 대본대로 연기하는 것처럼 보였다.

"어머니의 유산은 미국 것도, 일본 것도 전부 제가 상속했지만 성인이 될 때까지는 작은아버지가 관리하고 있었어요. 하지만 스무 살이 되어서 스스로 결정할 수 있게 됐어요. 그래서 일본에 있는 부동산을 전부 매각 처분하기로 하고 먼저 산속 집을 해체하기로 했어요. 그렇지 않아도 입지가 나쁜데 끔찍한 살인사건의 현장이 된 건물이 남아 있으면 땅을 사줄 사람도 없으니까요."

"해체……."

쓸데없이 끼어들 생각은 없었는데 그만 입에서 새어 나왔다.

"아저씨가 어렸을 때 살던 집이라는 건 알아요. 어떤 소년 시절을 보냈는지도. 수기를 읽었으니까요. 하지만 아쉬워하지 마세요. 6년 만에 가봤는데 리모델링했다는 게 믿기지 않을 정도로 폐허가 되었어요. 담력 시험장으로 소문이 나서, 으스스한 분위기를 연출할 셈이었는지 가구들을 고의로 부숴놨더군요. 게다가 불붙은 담배꽁초를 버렸는지 군데군데 불에 탄 흔적까지 있어요. 할머니 초상화에도."

집에 대해서는 아무 감정도 들지 않았지만 사와코 씨 초상화가 머릿속에 되살아나 불길에 타들어 가는 상상을 한 순간, 얼굴이 일그러지는 것을 느꼈다. 희미하게 들린 소리는 아버지의 비명일까?

"하지만 아저씨가 초등학생 때 만들었다는 표본은 없었어요."

"경찰이 사건과 관련된 물품이라고 가져갔겠지."

"아저씨가 숨긴 건 아니었군요."

"그런 짓을 왜 하겠니……."

그 대답에 안나가 입술을 비죽거렸다.

"다른 그림은 숨겼으면서요?"

들키고 말았나. 건물을 해체했다면 당연한 일이다.

"『인간 표본』에 쓴 그림은 전부 처분했다고 수기에 쓰셨죠."

이타루가 다섯 명의 표본에 사용한 그림과 장식품을 소각 처분한 것처럼, 나도 이타루의 표본에 사용한 그림을 처분할 생각이었다. 하지만 그 걸작을 태워버릴 용기가 없었다.

그런 그림을 그릴 수 있는 사람은 이타루, 단 한 사람. 그 재능의 결정체를 이 세상에서 지울 수는 없다.

표본을 제작한 뒤에 그림을 사용한 것을 후회했다. 이타루가 그럴 목적으로 그렸다고 해도 그 그림을 써서는 안 되었다. 나중에 후기에 쓴 것처럼 나도 아버지에게 물려받은 재능이 있다고 자아도취 암시를 걸어 서툰 그림이라도 그려서 썼어야 했다.

아니, 그런 짓을 했다간 다섯 소년들의 표본과 이타루의 표본을 만든 사람이 서로 다르다는 사실을 들키고 만다. 시라세 도루에게 썼던 그림을 다시 그려보라고 한다면 모든 게 수포로 돌아갈 터였다.

나는 그림을 숨기기로 했다. 사형당하는 날 형무소 목사에게 표본에 쓴 그림을 남겨두었다고 고백하는 건 어떨까, 그런 생각을…… 했던가. 단지 이 그림을 태울 수는 없다. 그 일념밖에 없었던 것 같다.

"아틀리에 바닥 밑에. 일부러 바닥 판자를 몇 개 떼어낸 다음 비닐 시트로 그림을 꼼꼼하게 감싸 깊숙이 넣어 숨기고 바닥을 수리했더군요. 저 혼자 발견했다면 어디 다른 장소에 숨겨놓고 아저씨에게 의논할 수도 있었겠지만 해체업자들도 다 있어서 경찰에 연락할 수밖에 없었어요. 그림에 피와 체액 같은 흔적도 묻어 있어서, 아무리 그 집에 있던 물건이라 해도 제가 돌려받을 수는 없을 것 같아요."

무사히 회수되었다는 뜻이다. 화재에 휩쓸리거나 해체 작업으로 부서지지 않아 다행이다. 내가 그린 줄 알고 있을 텐데, 경찰이 내게 아무 말도 하지 않았다는 건 그리 중요한 문제로 보지 않았다는 뜻일까? 만약 앞으로 누가 이유를 물어보더라도 마음에 들어서 태우기 아까웠다고 대답하면 된다.

사형 판결을 뒤집을 정도의 작품이라고 생각할 리는 없다.

"너는 신경 쓸 것 없다. 일부러 알려줘서 고맙구나."

"그렇게 말씀해 주시니 마음이 놓여요. 그럼 이만……."

안나가 의자에서 일어섰다.

"잠깐만."

본론은 아직 꺼내지도 않았다. '그림'을 다르게 해석한 걸까?

"네가 편지에 동봉해 준 그림. 그건 어떤 의도로……."

나는 무릎 위에 엎어둔 엽서 크기 그림을 안나 쪽에서 바로 보이도록 탁자 위에 올려놓았다.

안나의 초상화였다. 하얀 옷깃이 달렸고 옷자락에 핑크색 물방울무늬가 있는 검은 원피스를 입고 서 있는 안나의 뒤로 배경을 뒤덮을 정도로 수많은 나비들이 날아다니고 있다.

아마 이타루가 미국에 돌아간 루미 앞으로 캠핑장에서 보낸 그림일 것이다.

"아저씨가 저를 만나는 걸 긍정적으로 검토해 주시도록

뭔가 선물을 같이 넣으려 했어요. 나비 책이나 표본 같은걸요. 이것저것 생각하다가 이타루가 그린 그림이 좋을 것 같았어요. 미워해서 죽인 것도 아니잖아요. 수기에 나오지 않았으니까 아저씨는 못 보셨을 것 같아서."

안나는 의자에 도로 앉더니 생긋 웃었다. 구겨진 치마를 가다듬고 있다. 일어섰을 때 눈치챘는데 새까만 줄 알았던 원피스 옷자락에 직경 5센티미터 정도 되는 핑크색 물방울 무늬가 쭉 찍혀 있었다. 초상화 속 원피스와 똑같은 디자인이다.

"네가 보내줘서 처음 봤다."

"다행이에요. 제가 모델이라 칭찬하기 쑥스럽지만, 굉장히 아름다운 그림이죠. 뒤에 원피스와 똑같이 생긴 멋진 나비까지 그려주다니. 오늘 입은 원피스도 이 그림을 의식해서 맞춘 거예요."

안나는 일어서더니 가볍게 한 바퀴 돌아 다시 의자에 앉았다. 지금은 내 눈에도 그 등에 희미한 날개가 보인다.

"잘 어울리는구나."

나는 한 번 눈을 질끈 감았다가 천천히 떴다. 날개는 이미 사라지고 없었다. 아니, 나는 처음부터 그런 눈을 갖지 못했다. 아무리 나비를 잘 알아도, 인간이 나비로 보이는 일은 없다. 연구실 졸업생에게 기념품을 선물할 때도 참고하는 것은 고향이나 인상적이었던 옷 색깔 정도였다.

그 눈을 가진 건······.

"그런데 너는 이 나비의 이름을 알고 있니?"

안나의 초상화 배경 속 나비를 가리켰다.

검은 앞날개에 하얀 반점, 마찬가지로 검은 뒷날개에 핑크색 반점이 주르르 있다.

이 나비가 없었다면 그림을 봐도 가슴이 술렁거리지는 않았을 것이다. 그 재능과, 이토록 아름답게 그린 소녀를 표본으로 만들고 싶다는 충동적인 광기가 뒤섞여 통제를 잃은 가련한 아들을 떠올리고 아직 희미하게 남아 있는 사람의 감정 때문에 눈물을 흘렸을 뿐이리라.

하지만 나는 나비라면 어떤 종류든 알아볼 수 있다. 학생이 그린 서툰 스케치라도, 그 특성이 표현되어 있다면. 이타루의 그림이라면 잘못 볼 리가 없다.

"저는 아저씨나······ 어머니만큼 나비에 대해 잘 몰라서. 남방제비나비인가요?"

"이건 세소스트리스 사향제비나비야."

"세소······? 어디선가······. 그래, 분명 아저씨가 이타루를 빗댄 나비가 남방제비나비하고, 그 세소 뭐라는 나비 아니었나요?"

"맞다, 잘 기억하고 있구나."

"제 이름도 나온 수기니까요. 몇 번이나 읽었어요."

"그 점은 미안했다. 아무리 나쁜 짓을 하지 않았어도 살아 있는 사람은 가명으로 써야 했는데. 하지만 이 그림을 보고 그것 말고도 실수를 했다는 걸 깨달았어."

"뭐를요?"

안나의 얼굴에서 미소가 사라졌다.

"나비 비유 말이다. 이타루는 세소스트리스 사향제비나비도, 남방제비나비도 아니었어. 역시 붉은무늬제비나비였어."

안나의 뺨에서 긴장이 사라졌다. 맥이 빠진 것처럼 보이기도 했다.

"하지만 그건 이타루가 전에 좋아했던 나비잖아요. 지금 자기를 나비에 비유한다면 세소 어쩌고 하는 나비고, 좋아하는 건 남방제비나비라고 이타루가 직접 말하지 않았던가요?"

"정말 꼼꼼히 읽었구나. 그렇다면 세소스트리스 사향제비나비가 독을 가졌다는 것도 알겠구나."

안나가 침을 삼켰다.

"이타루가 한 말 중에 그런 내용이 있었던 건 기억나요."

"그럼 붉은무늬제비나비의 특성은 알고 있니?"

"몰라요."

"수기에는 나오지 않으니까. 그럼 의태라는 말은?"

"다른 걸 흉내 내거나 그런 척한다는 의미인가요?"

"미국에서 오래 살았는데 일본어도 바르게 이해하는구나. 나비의 경우 흔히 의태라고 하면 독이 없는 나비가 독을 가진 나비의 모습을 흉내 내는 현상을 뜻하는 경우가 많지. 어째서 독이 있는 나비를 흉내 낼까?"

안나는 살짝 고개를 갸웃거렸다. 만약 이곳이 산속 집 거실이고 이타루도 함께 있었다면 어떤 태도를 취할까?

아버지, 그만해요. 안나가 난처해하잖아요. 머릿속에서는 이타루도 성인이 된 모습이었다. 내가 사준 검은 정장을 입고. 핑크색 넥타이가 잘 어울린다. 하지만 그 핑크색은 세소스트리스 사향제비나비의 색이 아니다.

"자기를 잡아먹으려는 새 같은 동물에게서 몸을 보호하기 위해서……인가요?"

"정답. 붉은무늬제비나비는 독을 가진 세소스트리스 사향제비나비에게 의태하는 독이 없는 나비야. 이타루가 붉은무늬제비나비라면 누구에게 의태했을까?"

안나가 아크릴판 너머에서 자기 초상화에 시선을 던졌다.

"저라고 말씀하고 싶으신 건가요?"

"어디까지나 가설로."

우리만 있는 게 아니다. 기척을 죽이고 귀를 쫑긋 세우고 있는 교도관(오늘은 사람 모습이다)이 이야기를 끊지 않도록 조심스럽게 말해야 한다.

"그 경우 어째서 의태할 필요가 있었는지 알려주지 않겠니?"

"그건 제가 더 궁금해요."

차분한 목소리로 하는 대답에 눈을 크게 뜨고 안나를 쳐다보았다. 얼버무리려는 것처럼 보이지는 않았다. 사나워진 눈빛에서는 각오마저 느껴졌다.

"네가 독나비라는 건 인정하는 거니? 나는 사형을 받아들였다. 그걸 바라고 있다고 해도 좋아."

눈도 깜빡이지 않고 말없이 이쪽을 바라보는 그 눈동자에는 루미와 똑같은 색이 보이는 걸까? 그런 말은 듣지 못했다.

하얀 목이 천천히 앞으로 기울었다.

가설이 맞았을 뿐인데 갑자기 뒤통수를 얻어맞은 듯한

충격을 느끼고 눈앞이 깜깜해졌다. 그 상태 그대로라도 상관없으니 입을 움직이라고, 뇌가 명령을 내렸다.

"어째서."

"후계자가 되기 위해서예요."

서서히 시야가 돌아왔다. 하지만 이번에는 귀가 제대로 작동하지 않았다. 내 목소리도, 안나의 목소리도, 물속에서 이야기하는 것처럼 탁하게 들렸다. 그래서인지 짧은 단어인데도 사고가 따라가기까지 시간이 걸렸다.

"그건, 그때 루미가……"

"죄송해요, 아저씨. 일본어로 말하는 게 조금 피곤하네요. 단어도 몇 군데 이해 못 했고요. 미리 허락은 받았으니까……"

안나가 교도관을 슬쩍 쳐다보았다.

"산속 집에서 합숙 첫날에 선언한 후계자 선정 말이에요."

영어가 아니라 포르투갈어였다.

"아버지가 브라질에서 태어난 일본계 2세예요. 동북부 산간 마을 출신이라나. 전문 통역원이 입회할 필요는 없다고 판단한 것 같으니 이대로 계속해도 될까요?"

마지막으로 써본 게 언제였을까? 귓속에 고인 물을 빼내듯 손바닥으로 귀를 번갈아 세게 쳤다.

"알아들으니까 계속하렴."

머릿속에 방치해 두었던 뻑뻑한 서랍을 억지로 열어 서툰 포르투갈어를 쥐어 짜냈다.

"어렸을 때부터 어머니에게 칭찬받고 싶어서 그림을 그렸는데 제 그림은 시시하다고 하셨어요. 미술 유치원에서 '안나가 받은 선물은 그림 재능이야. 역시 루미의 딸이라니까'라고 해서 포기하지 않고 노력했어요. 계속 연습해서 데생은 제가 더 뛰어났는데도 어머니는 남들 흉내만 내는 거라고 했어요."

이타루가 세 살이 되기 전에 미국식 미술 유치원에 보내는 것에 난색을 표한 내게 "부모는 아이의 재능을 찾아내 칭찬으로 성장하게 도와주는 거야"라고 조언했던 건 루미가 아니었던가?

"병에 걸린 뒤로는 간병은 물론이고 미술 재료 주문까지, 일도 도왔어요. 갑자기 일본에 가겠다고 했을 때도 고등학교를 휴학하고 동행했고, 미술 학원도 세미나도 도왔어요. 좀 쉬라고 애원해도 들어주지 않으니 곁에서 돕는 수밖에요. 하지만 그게 행복했어요. 어머니가 병에 걸리기 전에는 혼자 집만 지켰으니까. 그림을 그리면서 기다리는 것밖에 못 했으니까."

안나의 모습을 상상하려는데 홀로 그림을 그리는 그 뒷모습이 어느새 이타루로 바뀌었다.

"합숙 이야기도 갑작스러웠어요. 일본에는 할아버지가 지은 집이 따로 있어서 산속 집을 산 줄도 몰랐어요. 하지만 재미있을 것 같았죠. 저도 그림을 그릴 준비를 하고 있었는데 너는 모델이라고 했어요. 참가자는 같은 또래 남자아이들이니 모델이 안나라면 기뻐할 거라고. 네가 잘 만드는 레모네이드도 타 주라고. 그냥 그렇게 피서지에서 여름을 즐기는 이벤트인 줄 알았는데……."

그 자리에 있었던 나는 후계자 선정 이야기를 들은 이타루를 포함한 소년들의 표정 변화는 관찰했지만, 안나가 어떤 표정을 짓고 있었는지는 기억나지 않았다. 아마 보지도 않았을 것이다. 친딸이 후계자가 아니라는 것에 의문도 품지 않고.

마침 딸이 태어났는데, 하는 생각조차도.

만약 사와코 씨가 똑같은 선언을 했다면 거실을 뛰쳐나가 뒷산으로 이어지는 길 중간에 있는 꽃밭까지 달려가 피눈물을 흘리며 분해하는 루미의 모습을 상상할 수 있는데.

"다섯 명 다 남자아이. 사원색 눈은 당연히 없어요."

"이타루까지 여섯 명 아니니?"

안나는 살짝 눈썹을 찌푸렸다.

"이타루는 어머니가 산속 집에 아저씨를 초대하기 위한 핑계였어요. 아저씨가 돌아간 뒤에 이타루에게 심사위원으로 도와달라고 부탁했어요. 그 증거로 산속 집으로 주문한 아크릴 케이스는 다섯 개였어요. 어머니는 그 다섯 명에게 너희 작품을 넣을 거니까 곱게 다루라고 했고, 이타루는 다른 물건이 든 큰 상자를 날랐어요."

"잠깐만."

이타루의 '자유 탐구'를 떠올렸다. 틀린 부분을 맞춰보고 싶지만 이타루가 그런 기록을 남겼다는 것을 알려줄 수는 없다. 그건 이미 대학에서 극비 정보를 지울 때 쓰는 방법으로 삭제했다. 남아 있는 곳은 내 머릿속뿐.

"알겠다. 계속하렴."

"하지만 아저씨도 알다시피 어머니는 갑자기 건강이 악화되어 입원하게 되었어요. 체력이 남아 있을 때 미국으로 돌아가게 되자 저는 기회다 싶었죠. 자리가 떨어져 있는 걸 이용해 전속 간호사와 미국 공항에 마중 나와 있을 비서와 사무소 직원들에게 어머니를 맡기고, 저는 비행기에 타지 않고 산속 집으로 돌아갔어요. 흉내가 아니라, 인간을 아름다운 표본으로 만든다는, 어머니가 생각도 못 할 궁극의 작품을 만들어 저를 후계자로 인정하게 만들겠노라 맹세하면서."

현기증을 참았다. 안나의 말에 기시감을 느낀 것은 '자유 탐구'에 비슷한 표현이 많았기 때문이다.

"너는 이타루에게 그 이야기를 하고 도와달라고 한 거니?"

개성이 없다, 세 번째 눈. 그것은 이타루의 목소리가 아니라 안나에게 의태해서 썼을 뿐인가?

"아니요. 애초에 저는 이타루를 산속 집에 부르지 않았어요. 멋대로 온 거죠. 그림을 그리려고. 합숙이 취소되고 다섯 명 가운데 몇 명을 만나러 갔다가 자극을 받았는지, 자기도 같은 과제를 그려서 후계자 후보로 루미 선생님 앞에 서겠다고 했어요."

만나러 갔던 것은 사실이었나. 라이벌들의 작품을 실제로 보기 위해서. 그림을 그리려는 마음은 강했다. 역시 '자유 탐구'에 적혀 있던 글은 이타루 본인의 마음이 분명했다. 아크릴 케이스를 갖고 싶었던 게 틀림없다.

"이타루가 왔는데 계획을 중지해야겠다는 생각은 하지 않았니?"

"곤란하긴 했지만 중지할 생각은 없었어요. 어머니를 놀라게 해드리고 싶으니 도와달라고 연락한 다섯 아이들도 같은 날에 이미 도착해서, 이타루가 라이벌이 되면 힘들어지겠다느니, 그럼 진심으로 그리겠다느니 하며 흥분했거든요. 더군다나 아오는 학원을 빠질 핑계가 생겼다고 기뻐했고, 다이는 이타루가 가르쳐준 카샤사와 멜론을 사 왔다며 후계자 후보의 가치를 이해하지 못하고 멍청하게 굴었으니까."

카이피리냐를 준비한 것도 이타루가 아니었다…….

"수면제는 레모네이드에 섞을 계획이었지만 카이피리냐를 이용하기로 했어요. 제일 애먹을 줄 알았던 다이가 가장 먼저 잠들어서 이타루가 아버지 같다며 웃었어요."

내 얼굴을 떠올리기는 했던 것이다.

"모두 잠든 것을 확인하고 다섯 명의 손발을 케이블 타이로 묶은 다음 주사를 놔서 죽었는지 확인하고 아틀리에로 옮겼어요. 이타루가 찾아온 건 아오의 몸에 도끼를 휘둘렀을 때였어요. 제가 난로 안에서 도끼를 꺼내는 소리를 듣고 잠에서 깼는지, 몰래 뒤를 쫓아왔다더군요. 저는 이타루를 묶어두지 않은 걸 후회했어요."

이타루가 받았을 충격을 짐작도 할 수 없었다.

"이타루는 다리가 풀려서 소리도 못 내고 그저 그만두라고 입만 벙긋거렸어요. 주사를 놓을까 생각도 했지만 그래서야 그냥 살인이잖아요."

안나는 표정도 바꾸지 않고 '살인'이라는 말을 입에 담았다.

"나머지 다섯 명도 그냥 살인이긴 마찬가지야."

"단순한 살인이 궁극의 예술을 위해 필연적인 행위가 되는 사고의 변화를 『인간 표본』에 적어두셨잖아요. 실제로는 이타루의 표본밖에 안 만들었으면서. 화가도 아닌데. 그 글을 읽고 제 머릿속이 바로 그 상태였다는 걸 이해하고 아저씨가 초능력자인가 싶어 오싹했을 정도예요."

창작이니까 그렇게 표현할 수 있었던 것이다. 이타루는 나비가 되었다는 자기암시 속에서도 인간의 시체가 뿜어내는 악취, 피부의 감촉, 쐐기를 박았을 때의 충격, 모든 것이 접착제처럼 내 안으로, 밖으로, 파고들었다. 그것은 지금도 남아 있었다.

"이타루는 죽이지 않고 묶어두기로 했어요. 피가 묻은 도끼를 휘둘러서 위협하면서. 청테이프가 안 보여서 입은 막지 못했어요. 표본에는 디자인 밑그림이 있었는데 벽에 붙어놓은 그걸 보고 제 계획을 알아차린 것 같았어요. 그래서 부탁했죠. 이게 끝나면 무슨 말이든 들을 거고, 자수도 할 테니까 완성된 작품 사진을 어머니에게 보낼 때까지는 지금 본 것을 말하지 말아달라고."

"이타루는?"

"울고 있었어요. 하지만 결국 고개를 끄덕였죠."

안나의 모습에서, 눈동자 속에서, 이타루는 무엇을 보았을까? 말로 하지 않아도 후계자가 되고 싶다는 갈망을 읽었을까?

"이타루를 무시하고 작업을 재개했어요. 하지만 뼈는 단단하더군요. 피부도 어찌나 질기던지. 도끼에 피가 묻어서 안 그래도 무딘데. 아오의 배에 몇 번이고 도끼를 내리찍고 있는데 이타루의 목소리가 들렸어요. 그만두라고, 커다란 목소리로. 아오가 불쌍하다고, 힘쓰는 일은 자기가 할 테니까 케이블 타이를 풀어달라고."

포획한 나비를 통에서 살며시 꺼내던 이타루의 손길을 떠올렸다. 표본으로 만들기 위해 날개가 상하지 않도록 그랬던 게 아니다. 탁월한 통찰력과 상상력으로, 고통에 공감하고 마는 것이다.

"꼬박 이틀 동안 작품을 완성해서 스마트폰으로 찍은 사진을 어머니에게 보내려고 캠핑장으로 갔어요. 비서가 이메일을 몇 통이나 보냈더군요. 어디에 있느냐고, 어머니의 상태가 더 악화되었으니 당장 돌아오라고. 이타루도 저를 감시할 셈인지 그 자리에 있었는데, 약속은 지키겠다고 하면서 그날 바로 공항까지 데려다줬어요. 저를 따라왔던 거죠. 그 후로 이타루를 만나지는 못했어요. 어머니가 돌아가시고 얼마 지나 초상화를 받고 이타루에게 연락하려 했더니 낯익은 캠핑장 부근에서 시체가 발견되었다는 일본 뉴스가 나와서……."

안나는 눈을 감고 심호흡을 하더니 천천히 눈을 떴다.

"아저씨가 자수했다는 것도 알았어요.『인간 표본』이라는 제목의 수기를 소설 투고 사이트에 올렸다는 것도. 그렇게 상세한 내용을…… 어째서?"

갑자기 튀어나온 일본어가 낯선 외국어처럼 들렸다.

"사실은…… 이타루는 '자유 탐구'라는 형식으로 산속 집에서 혼자 '인간 표본'을 만들었다는 글을 썼어. 거기까지 이르는 심경도 상세하게. 그걸 읽은 나는 그 내용을 철석같이 믿었지."

일본어로 말할 수 있는 내용이 아니다.

"그래서 이타루도 표본으로 만들어 전부 아저씨가 저지른 짓으로 꾸몄나요?"

"그 방법밖에, 떠오르지 않았어."

"이타루가 당신의 실패작이라는 걸 알게 되어 폐기했다는 뜻이군요."

"말도 안 되는 소리! 부모의 책임, 아니, 사랑이야. 우리끼리 살아왔단 말이다……."

그런 것에서 구제나 가치를 찾아서는 안 된다는 것을 알고 있어도.

"배경 그림은 당신이?"

"무슨 낯짝으로 묻는 거냐! 네 탓이잖아!"

버럭 고함을 지른 순간, 뭔가가 뚝 끊겼다. 교도관이 이쪽을 보고 있었다.

"미안하다. ……그림은, 아무래도 상관없어."

숙이고 싶지 않은데도 머리가 절로 무거워졌다. 고개를 푹 떨군 채로, 거대한 바위가 등을 짓누르는 것처럼 허리도 펼 수 없었다. 고개만 겨우 들었다.

아름다운 사이코패스가 우아한 미소를 머금고 있는 것 같았는데, 눈앞에 있는 것은 겁에 질린 얼굴이었다. 그만해요, 아버지. 이타루가 있었다면 두 손을 펼치고 내 앞을 가로막았을지도 모른다. 아니, 이타루가 있었다면 나는 고함을 지르지도 않았을 테지.

진정하자. 사이코패스라는 안이한 발상에 사로잡혀서는 안 된다. 상상만으로 완결시켜서는 안 된다. 눈앞에 보이는 것만 믿어서는 안 된다. 그것이 얼마나 어리석은 일인지…….

이치노세 안나는 당시 열네 살의 힘없는 소녀였다.

"어째서 저를 더 비난하지 않는 거예요? 교도관이 있어서? 나중에 규탄할 작정이라면 지금 그렇게 하세요."

"말했잖아, 나는 사형을 원한다. 이타루의 죽음은 사람을 죽일 아이가 아니라는 걸 끝까지 믿어주지 못한 내 잘못이야. 네게 느끼는 건…… 연민뿐이다."

"무슨 뜻이죠?"

"너 역시 의태하고 있었던 것 아니니?"

안나가 숨을 삼키는 소리가 귓속까지 들렸다. 안나가 감추고 있던 사실을 말해줄 때까지 기다리고 있을 시간이 없었다.

"하나를 만들어봤으니 안다. 그 표본은 둘이서 해도 제대로 된 준비 없이 이틀 만에 할 수 있는 일이 아니야. 이타루는 '자유 탐구'에 시체를 냉장고에 넣어두었다고 쓰면서 핵심적인 제작 과정은 생략했지. 시간을 들여 혼자 만들었다고 믿게 만들 셈이었겠지. 그래서 일부러 집에서 카메라를 가져가 필름으로 찍은 거야. 어느 사진을 언제 찍었는지 알지 못하게 만들려고. 그렇게 되면 나도 표본을 만든 게 언제인지, 사후경직을 고려하면 정말 '자유 탐구'에 적혀 있는 순서대로 만들었는지도 알 수 없으니, 시체를 발견한 경찰이 감정할 때 수기와 모순되지 않도록 그 부분을 애매하게 쓸 수밖에 없었겠지."

"순서는 아저씨 수기에 있는 그대로예요."

안나가 힘없이 웃었다.

"도구도 완벽하게 갖추어져 있었지. 캔버스와 모조지는 언제든지 살 수 있는 흔한 사이즈가 아니지만 그건 과제용으로 주문했다고 하면 돼. 아크릴 케이스도. 하지만 다른 물건들이 그림 전시 재료라는 건 말이 안 돼. 십자가와 쐐기야 그렇다 쳐도 밀랍 시트는 대체 어디에 쓰려고? 밑그림이 있었다고 했는데, 누가 봐도 표본 제작을 전제로 준비한 물품들이야."

"계획은 훨씬 전부터 세워뒀어요. 밑그림도 그려뒀고요."

"산속 집을 산 줄도 몰랐던 네가 어머니의 건강이 악화된 걸 기회 삼아 실행에 옮기기로 결심한 다음 어느 타이밍에 준비했다는 거지?"

이상한 점은 그밖에도 있었다.

"인터넷으로 뭐든 살 수 있는 세상이지만 수면제는 그렇다 쳐도 중학생이 콜포르신 다로페이트를 간단히 손에 넣을 수 있겠니?"

이타루는 신용카드조차 없었다…….

"이틀 동안 배경 그림을 전부 그릴 수 있을까? 이시오카 쇼의 배경은 쇼를 콘크리트에 묻은 뒤에 그려야 하니 너나 이타루가 그렸겠지. 시라세 도루에게 사용한 그림까지라면 이틀 만에 그릴 수 있었을지도 몰라. 하지만 구로이와 다이의 그림은 어떨까? 한두 장이 아니야. 열 장이다. 시간을 들여 베낀 게 아니라면 합숙 전에 다이의 집에 모조지를 보내서 그 그림을 그리게 했을까? 하지만 내가 캠핑장에서 아이들을 태웠을 때 다이는 빈손에 가까웠어. 두 번째로 산속에 갔을 때 가져갔을까? 애초에 표본에서 가장 위에 있었던 그림부터 말이 안 돼. 다이는 여자아이를 울리지 않는다는 주제에는 관심조차 없었을 거야. 아니면 네가 집에서 열심히 차곡차곡 그렸던 거니?"

안나는 고개도 움직이지 않고 입술을 악물고 나를 바라보고 있었다.

"그래요. 게다가 냉장고가 있어서 이틀 만에 완성할 필요도 없었어요."

한숨이 새어 나왔다. 어째서 저렇게까지 자기가 주모자라고 주장하려는 걸까? 안나를 몰아세우려고 모순점을 따지는 게 아닌데.

"혼자서 계획을 세웠니?"

"네."

갈라진 목소리로 대답하는 일본어에서 피폐한 안나의 정신을 느꼈다. 나도 일본어로 말하기로 했다. 이것만큼은 정확하게 전달되도록.

"너는 나비에 대한 지식이 전혀 없어. 『인간 표본』에 사용된 나비 이름을 말해보거라. 그 특성도 함께."

수기를 여러 차례 읽었으니 대답할 가능성은 있다. 하지만 적어도 세소스트리스 사향제비나비는 명확하게 기억하지 못했고 한 번 들은 후에도 세소 어쩌고라고 했다.

"몰라요."

마침내 백기를 들었다. 배추흰나비 정도는 대답할 수 있었을지 모르지만 뒤를 이어나갈 수 없어 포기한 것이리라.

집에서 사라졌던 나비 표본과 '인간 표본'에 사용된 나비가 일치해서 다른 가능성을 생각하지 못했다. 아니, 수기에서 언급하고 있었는데도 결부해 생각하지 못했다.

"나는 옛날에 루미에게 나비 표본을 선물한 적이 있었단다."

안나가 숙이고 있던 고개를 번쩍 들었다.

"레테노르 모르포나비, 휴잇슨 삼원색네발나비, 뾰족날개뒷고운흰나비, 배추흰나비, 왕얼룩나비. 그것 말고도 여러 종류를."

하지만 그 안에 세소스트리스 사향제비나비와 남방제비나비는 없었다.

"'인간 표본'을 제작한다는 끔찍한 계획을 세우고 필요한 물건들을 준비해 산속 집에 소년들을 모아서 실행하려 한 건, 루미였구나."

안나의 검은 눈동자가 흔들렸다. 안나의 머릿속에 있는 대본은 이제 쓸 수 없다.

"맞……아요."

"그림을 그려두었던 것도."

안나는 고개를 떨구듯 끄덕거렸다.

"그걸 네게 맡겼던 거지?"

"네……."

"언제, 어디서?"

"어머니가 병원에 실려 간 날, 아저씨가 돌아가고 병원에 둘만 남았을 때요."

독이 있는 세소스트리스 사향제비나비는 루미였고, 안나 또한 붉은무늬제비나비였던 것이다. 이타루는 그 의태를 알아보지 못하고 안나를 세소스트리스 사향제비나비로 보고 의태했다. 나 또한 마찬가지. 이타루의 의태를 알아보지 못하고, 이타루가 세소스트리스 사향제비나비임을 의심치 않고 의태를 선택했다.

나는 이타루를 위해서. 이타루는 안나를 위해서. 안나는 루미를 위해서…… 무엇 때문에?

"루미가 네게 뭐라고 했기에?"

안나는 내게서 시선을 돌려 허공을 바라보았다. 마치 그곳에 루미가 있는 것처럼. 말해도 되는지 묻는 것처럼. 그리고 허락을 얻은 듯 작게 끄덕거리더니 내 쪽으로 몸을 돌렸다.

"재능을 받아 이 세상에 태어난 이치노세 루미가 마지막 순간까지 예술가로 살았다는 증거로 도전해야만 하는 작품이 있어. 준비는 전부 해뒀어. 나는 이제 병원에서 나갈 수 없을 거야. 뒷일을 맡길 수 있는 사람은 안나 너뿐이야."

"너는 바로 그러겠다고 대답했니?"

안나는 격렬하게 몇 번이고 고개를 가로저었다.

"살인을 할 수는 없다고 말했어요."

나라도 똑같이 대답했을 것이다. 아무리 소중한 사람의 마지막 부탁이라 해도.

아니, 마지막이라 해도 내 아이에게 그런 일을 맡기지는 않는다.

일시적으로 악몽에 사로잡혔다 해도 실행하지 못하게 된 것이 신의 계시였다고 생각하지는 못했던 걸까?

안나는 거절했다. 그것이 옳은 대답이라 해도 용기가 필요했을 것이다.

"루미는?"

"일본의 법률은 미성년자에게 허술하니 너는 반드시 무죄를 받을 거라고. 그리고 죽어도 싼 못된 아이들이나 죽고 싶어 하는 아이들만 골랐다고. 한 사람씩 이유를 알려주었어요."

고개를 젖혀 하늘을 바라볼 수밖에 없었다. 하지만 그곳에는 악마가 있다.

"너는 그걸 이타루에게 말했구나."

"아오의 절단면을 밀랍 시트로 처리할 때, 쇼의 하반신을 콘크리트에 묻을 때, 히카루의 목을 도끼로 자를 때, 도루의 몸에 한지를 두를 때, 다이의 거기에 바늘을 꽂을 때, 각자의 사연을 이야기해 줬어요. 이타루가 울고 있어서 조금이라도 마음을 가볍게 해주려고."

만나보려고 전화한 건 사실이지만 방화 현장을 목격했다는 건 거짓말 아닐까? 안나도 이타루가 다섯 명을 전부 만났다고는 하지 않았다.

몰래 술을 마신 이야기라면 모를까, 그리 친하지 않은 상대에게 약물 복용에 대해 털어놓을 리 없다.

재생 횟수가 적은 동영상을 찾는 건 그렇다 쳐도 춤에 사용된 곡으로 유추하는 게 아니라 골격만으로 자기가 모르는 스타와 어떻게 연결 지을 수 있단 말인가?

아무리 사람 좋은 노인이라도 처음 보는 손자의 친구에게 딸의 동반자살 미수 이야기까지 할까?

비더블 팬이라는 할머니는 실존 인물일까? 익명 시대에 대낮 공원에서 실명을 거론해가며 구체적인 악담을 옆 벤치까지 들릴 만한 목소리로 떠들어댈까?

"이타루는?"

"잠자코 있었어요. 그때만 그랬던 게 아니라 거의 계속. 거기를 붙잡고 있으라거나, 나비 방향이 반대라거나, 작업할 때 짤막하게 지시는 했지만."

마음을 죽이고 있었던 것이다. 그렇게까지 해서 도운 이유가 대체 뭐였을까? 시체를 훼손하는 모습을 보기 괴로웠다면 달아날 수도 있었을 텐데.

"너와 이타루는 어떤 관계지?"

역시 확인해 두고 싶었다.

"어떤 관계라니요?"

"예를 들어 이타루가 너를 짝사랑했고, 너도 어떠한 행위로 그 마음에 응해주었다거나."

가설 속에서는 독나비에게 현혹당한 게 아닌가 의심했다.

"그런 건 전혀. 표본을 완성하면 뭐든 시키는 대로 하겠다고 했지만 이타루는 아무것도 요구하지 않았어요. 이타루가 무슨 생각을 하는지 전혀 몰랐고, 저도 그런 걸 신경 쓸 경황이 없었어요."

"영혼을 갉아먹는 작업을 하면서 유대가 생겼다는 생각은?"

"표본을 완성하고 싶었던 건 저뿐이니까요. 다만 마지막 사진까지 찍었을 때, 제가 울음을 터뜨렸어요. 그때 제 머리를 쓰다듬어주었죠. 그런 손길은 난생처음이라 기뻤어요. 하지만 저를 좋아해서 그런 건 아니라는 걸 알 수 있었어요."

과연 그럴까? 이타루가 어렸을 때 나는 우는 아이를 달랠 방법을 몰라 그저 머리만 쓰다듬어주었다. 이타루도 우는 상대에게 해줄 수 있는 행동을 그것밖에 몰랐다고 하면, 좋아하지 않는 상대에게 그럴 수 있을까?

난생처음…….

중요한 부분에서 이야기가 엉뚱하게 샜다는 것을 깨달

았다.

"너는 루미에게 다섯 소년들의 숨겨진 얼굴과 사정을 듣고 그대로 받아들였니?"

안나는 다시 허공을 바라보았지만 이번에는 수긍하지 않고 고개를 숙였다.

"그렇게 침묵한 네게 루미가 뭔가 결정적인 한마디를 한 건 아니니?"

고개를 든 안나의 얼굴이 순간 루미로 보였다.

"후계자……. 내 후계자는 처음부터 안나 너뿐이라고. 지금까지 모질게 대해서 미안하다고. 안나라면 기대에 부응해 줄 거라고 믿었기 때문이라고. 너를 진심으로 사랑한다고. 네가 내 딸이라는 사실을 신에게 감사드린다고. 이 계획이 성공하도록 도와준다면 너를 후계자로 공식 발표하겠다고. 처음부터 함께 완성하고 그럴 작정이었다고. 마지막 부탁이라고. 그것만 이루면 여한 없이 떠날 수 있다고."

악마의 저주다.

"루미는 약속을 지켰니?"

적어도 나는 그런 연락을 받지 못했다. 내가 몰랐어도 공식 발표를 했다면 루미의 비서가 보낸 부고 메일에 한 줄이라도 적혀 있었을 텐데.

안나는 서글픈 표정으로 고개를 가로저었다.

"설마 너를 속이려고 그냥 한 말이었니?"

안나는 한 번 더 방금 전처럼 고개를 저었다. 무슨 뜻이지?

"계획에는 뒷부분이 있었는데, 저는 그걸 실행하지 못했거든요."

"대체 어떤 목적이 더 있었다는 말이냐?"

상상조차 할 수 없었다.

"말해도 되나요?"

"이타루가 살인자가 아니었다는 사실보다 더 무거운 진실은 아무것도 없어."

안나는 나를 안쓰럽게 바라보았다.

"완성한 표본을 사카키 시로, 당신에게 보여주라고 했어요. 사진이 아니라 실물을."

끔찍한 계획의 최종 목적이, 나?

"어째서?"

"모르겠어요. 그때까지 저지른 행위에 비하면 덤이나 다름없다고 생각했어요. 그래서 미국에 돌아가게 되었을 때도 아저씨 앞으로 사진을 보내면 된다고 생각했죠. 어머니 이름으로. 게다가 스마트폰으로 어머니에게 사진을 보내놓았으니,

이미 어머니가 아저씨에게 보냈을 수도 있었고요."

받지 못했다. 만약 그 사진을 받았더라면······.

"이타루는 알고 있었니?"

"말하지 않았어요. 제 계획 속에서는 사카키 시로에게 보여줄 필요가 없으니까요."

애초에 안나는 어째서 단독 계획으로 꾸미는 일에 집착했던 걸까?

"루미는 뭐라고?"

"표본을 만든 건 고맙다고 했지만, 아저씨에게 직접 보여주지 않았다고 하자 쓸모없는 아이라고, 역시 실패작이었다고. 그게 제게 남긴 마지막 말이었어요. 그 후 병실에 비서와 사무소 직원, 친구들이 들어왔지만 저를 후계자로 삼겠다는 말은 한마디도 하지 않았어요. 저를 잘 돌봐주라느니, 자기에게 쏟아준 애정을 이번에는 안나에게 주라느니 하며 딸을 사랑하는 어머니인 척하다가 숨을 거두었어요."

눈물 한 방울 흘리지 않고 잔혹한 이야기를 털어놓는 이 아이는······.

"안나, 너는."

앞으로 어떻게 살아갈 작정이냐. 단죄를 피해 뻔뻔하게 살아가는 모습을 상상하고 초상화를 찢어버리고 싶었던 적도 있었다. 하지만 현실은……. 사람까지 죽여가며 어머니의 의지를 이어받았는데, 쓸모없는 실패작.

안나가 한 행동의 의미는 결국 무엇이었나. 이타루는 무엇을 도왔던 건가. 전부 뒤집어쓰기까지 하며…….

"그러고 보니 어머니가 비서에게 아저씨 얘기를 했어요. 자기 죽음은 사카키 시로에게 가장 먼저 알리라고. 자기 눈이 신에게 받은 선물이라는 걸 알게 해주었고, 유일무이한 예술가가 되는 문을 열어준 단 한 명뿐인 이해자라고."

'인간 표본'의 뿌리가 된 것은 역시 그 표본이었단 말인가. 초등학교 1학년짜리가 여름방학 숙제로 만든 그런 엉터리 표본이.

아이들의 운명을 망쳐버렸다…….

"아저씨, 저는 어쩌면 좋아요?"

안나가 내게 면회를 요청한 것은 이 질문을 하기 위함이 아니었을까. 산속 집에서 나온 그림은 면회를 위한 핑계고, 사실은 참회하고 용서를 구하고 싶었던 게 아닐까?

"너는 지금 어떻게 지내고 있니?"

"신분을 말씀하시는 거라면 대학생이에요."

안나는 이곳에 들어올 때도 사용했을지 모를 학생증을 가방에서 꺼내 내게 보여주었다. 루미가 객원교수로 일한 적 있는 미국의 명문 예술대학이었다.

이타루가 살아 있었더라면······.

"카운슬링을 받은 적은?"

"없어요."

"그럼 한번 제대로 받아보는 게 좋겠다."

루미가 건 저주를 풀고······.

"인간으로 돌아가렴."

분명 이타루도 그러길 바랐을 것이다.

"예술가는 누군가의 재능을 이어받아서 되는 게 아니야. 네 재능으로 선구자가 되면 된다."

"고맙습니다."

안나가 깊숙이 숙였던 고개를 다시 들어 올리다가 우뚝 멈췄다. 이타루가 그린 자기 초상화에서 눈길이 멈춘 것 같았다.

"나비 박사님이신 아저씨에게 마지막으로 한 가지 더 물어봐도 될까요?"

"뭐니?"

"초상화 배경에 쓰인 세소 뭐라는 나비 무늬하고 제 원피스 옷단 무늬는 어째서 색이 다른 거예요?"

엽서를 손에 들고 자세히 보았다. 질문의 의미를 이해할 수 없었다.

"내 눈에는 똑같은 핑크색으로 보인다만."

"그래요? 실물로 보면 확실히 차이를 알 수 있을 텐데."

혹시…….

"네가 지금 입고 있는 원피스 무늬 색은?"

"빨간색에서 옅은 핑크색으로 변하는 예쁜 그러데이션이에요."

역시.

"그 눈은 언제부터?"

"날 때부터 이랬는데요."

"그럴 리 없어. 너는 나비의 눈이 없었어. 하지만 루미에게 그 사실을 들키고 싶지 않아서 그런 시늉을 했겠지. 피나는 노력을 거듭했기에 후계자로 인정받는 것에 집착한 거야."

안나는 아크릴판 너머로 내 얼굴을 들여다보았다.

"뭐든 꿰뚫어 보시는군요. 어머니는 아저씨의 그 눈에 뭘 보여주고 싶었던 걸까요? 그렇게 끔찍하기만 한걸."

안나가 의자에서 일어나더니 다시 고개를 가까이 기울였다.

"아오의 몸에 도끼를 내리찍었을 때였어요. 아오의 피만 특별한 색인 줄 알고 놀랐죠. 그래요, 도루의 배경에 쓴 그림은 흉내 낸 게 아니에요. 예비 캔버스가 두 개 더 있어서 어머니가 준비해 둔 건 태우고 제가 그린, 바로, 제 작품이에요."

그 말을 끝으로 안나는 다시는 뒤를 돌아보지 않고 떠났다.

나도 면회실에서 나왔다. 교도관이 두른 밧줄에 묶여 독방으로 향했다.

신이 주신 눈에는 정체불명의 방아쇠가 있다.

루미에게 거부당했어도 안나의 마음이 망가지지 않은 이유는 표본을 제작함으로써 그 눈을 손에 넣었기 때문이다. 그리고 주어진 과제에 임하는 사이 깨달은 게 틀림없다.

루미가 그 눈을 잃고, 몸부림치며, 괴로워했다는 사실을.

사카키 시로에게 다시 구원을 바랐다는 사실을.

너는 그걸 어떻게 받아들였지? 결과적으로 자기를 살인자로 만든 원흉인 남자의 아들이 표본 제작을 돕는 것을 어떻게 생각했니?

루미의 상태가 급변하지 않았더라면 이타루는 그렇게

엮일 일도 없지 않았을까? 아버지가 도호쿠 지방 산속에서 조난당했다는 거짓말로 보내주었을지도 모른다.

아니, 살아날 길은 있었다.

이타루…… 너는 그 눈으로 안나의 무엇을 느꼈기에 돕는 데서 끝나지 않고 그 죄까지 떠안은 거니?

어째서 표본을 만든 후에 초상화를 그려서 루미에게 보냈니?

나비와 원피스, 무늬 색이 다르다…….

그 나비가 세소스트리스 사향제비나비라는 사실은 틀림없다. 의태. 안나가 붉은무늬제비나비라고 말하고 싶었던 걸까? 자기와…….

동종이라는 걸 알았기 때문에, 도왔다.

나비는 동료를 인지하고 행동한다, 본능적으로.

빨간색의 차이를 식별할 수 있고 나비에 대한 지식도 있는 루미에게 그림을 보낸 것은 안나에게 잔혹한 표본 제작을 지시한 사람이 당신이라는 걸 알고 있다는 미약한 의사 표현이었을까?

그렇다면 어째서 내게 의논하지 않았니?

어째서 나는 스스로 깨닫지 못했을까?

안나 앞에서 명탐정처럼 늘어놓은 추론을, 어째서 당시

에는 생각해내지 못했을까?

모순투성이다.

빈 아크릴 케이스를 혼자 운반하는 것도 힘겨운데 완성한 표본을 혼자서 다섯 개나 어떻게 촬영 장소까지 옮겼을까? 이타루의 표본을 뒷산으로 이어지는 길에 있는 꽃밭에서 조립하면서, 어째서 그런 의문을 품지 않았을까?

모순투성이.

소년들의 시체를 묻은 것은 이해할 수 있지만 어째서 일부러 아크릴 케이스를 깨끗하게 씻어서 창고에 돌려놓아야 했을까? 안나는 계획했던 모든 표본을 만들었고, 그 죄를 숨길 생각도 없었는데.

나를 유도하기 위해서……

적어도 표본을 하나 더 만들 수 있다고 속이기 위해. 내가 아크릴 케이스가 여섯 개 있다고 믿도록 만들기 위해.

이타루는 나를 유도했다. 스스로 표본이 되기 위해서.

'자유 탐구'는 안나를 지키기 위해서 쓴 게 아니라, 이타루가 연쇄살인범이라는 것을 내게 알리기 위해서. 나를 속이기 위해서.

나비 표본을 벽에서 떼어낸 것도, 낡은 카메라로 사진을 찍어 암실에 걸어둔 것도. 자유 탐구 과제를 하느라 지쳤다, 나비 표본이 주제라는 말을 흘리며 노트북 패스워드를 최근에 대화한 나비의 이름으로 설정한 것도.

자기를 나비에 비유한다면 세소스트리스 사향제비나비, 좋아하는 건 남방제비나비.

세소스트리스 사향제비나비 표본은 수컷, 남방제비나비 표본은 암컷.

안나의 표본을 만들 것처럼 꾸민 메모도, 날짜도.

본인용으로도 위화감 없는 배경이 될 그림을 그린 것도.

그리고 최후의 만찬……. 어째서.

살인은 저지르지 않았다. 하지만 시체를 절단하고 장식하는 행위를 이타루의 마음은 견뎌내지 못했다. 그래서 원했다.

내 손에 의해 '인간 표본'이 되기를…….

아니, 아니다, 내가 그렇게 믿고 싶은 것뿐이다.

유도는 했다. 하지만 도박도 했던 게 아닐까? 생사를 내게 맡겼던 것이다.

남방제비나비 표본만 있어도 되는 자리에 세소스트리스 사향제비나비를 배치한 것은 나라면 의태를 알아차릴 거라고, 넥타이의 핑크색이 붉은무늬제비나비인지 세소스트리스 사향제비나비인지 묻기까지 하지 않았던가?

카이피리냐를 마시고 잠들었다가 다시 눈을 뜰 수 있다면 전부 털어놓기로 결심했던 거라면.

모든 것은 내 잘못.

이타루는 살인귀도 그 무엇도 아니었다. 항공권을 예약해 두었으니 밧줄이든 수면제든 뭐라도 써서 브라질로 보냈어야 했다.

살아만 있어 준다면.

나비가 되면? 다 부질없다. 표본은 그저 시체 케이스, 아직 땅에 묻히지 않은 관이나 다를 바 없다. 어째서 그런 것에 매료되었나, 제작했는가, 수집했는가. 내 눈에는 보이지 않는 세계를 갈구했는가. 인생을 그런 것에 바친 결과, 무엇을 잃었나.

인간인, 사랑하는 아들이다. 이타루, 이타루, 이타루…….

"이타루!!!!!!!!!!!!!"

짐승의 포효와도 같은 절규와 함께 몸속에서 커다란 덩어리가 쑥 빠져나갔다.

교도관들이 내 몸을 구속하고 팔에 주삿바늘을 찔러 넣었다.

멀어져가는 의식 속에서 마지막으로 본 것은, 내 몸속에서 나온 검고 추악한 덩어리가 커다란 호랑나비로 변해 하늘로 올라가는 모습이었다.

얼마나 잠들어 있었는지 모르겠다. 의무실 침대에서 깬 내 눈에 날아든 것은, 하얀 천장이었다.

독방으로 돌아가도 된다는 허락을 받았다. 편안한 그 방으로 돌아가고 싶다.

하지만 그곳은 면회실에 가기 전에 지냈던 곳과는 완전히 다른 공간이었다.

하얀 벽. 갈색과 회색빛 얼룩.

눈을 감는다. 머릿속에 삼원색, 자외색, 나비의 눈. 그런 글자들이 떠올랐다가 바로 부서졌다.

눈을 떴다. 하얀 벽, 얼룩, 독방. 하얀 벽, 얼룩, 독방. 하얀……

이 안에서 나는 일생을 마치리라. 사람으로.

그래도 최후의 날, 한 가지 소원을 들어준다면 뒷산으로 가는 길에 있는 그 꽃밭을 그린 이타루의 그림을 보고 싶다.

이제 그곳으로 떠나는 거라고, 생각할 수 있도록.

이타루를 만날 수 있다고, 생각할 수 있도록.

분석 결과

통칭 '인간 표본' 살인사건의 범행 현장이 된 가옥 바닥에서 발견한 사건 번호 6에 사용된 그림을 과학수사연구소에서 분석한 결과, 그림 밑에 글자가 적혀 있었다는 사실이 판명되었다.

도끼를 내리찍은 순간, 나는 더 이상 사람이 아니었다.
아버지의 사랑이 부른 죄. 세상이 그렇게 용서해 주기를 바라며.
아버지, 저를 표본으로 만들어주세요.

옮긴이의 말

※ 작품의 핵심 내용을 언급하고 있습니다.

『인간 표본』은 미나토 가나에의 작가 생활 15주년 기념작입니다.

『고백』으로 충격적인 데뷔를 한 미나토 가나에에 대해 이제는 구구절절 설명할 필요는 없을 것 같습니다. 이 책으로 미나토 가나에라는 작가를 처음 접하는 분이 계신다면 『고백』도 꼭 읽어보시기를 바랍니다.

저와 미나토 선생님의 (일방적인) 인연도 『고백』으로 시작되었습니다. 『고백』이 미나토 가나에라는 작가의 튼튼한 발판이 되었음은 말할 필요도 없지만, 당시 번역의 세계에 뛰어든 지 몇 년 되지 않은 저의 기반도 탄탄하게 다져주었습니다. 『고백』의 유명세에 힘입어 그 후 여러 출판사에서 연락을 받게 되었거든요.

헤아려보니 저도 올해로 벌써 19년째 일본 미스터리를

번역하고 있는데, 한 작가의 데뷔를 실시간으로 경험하고 그 작품을 번역할 기회까지 얻는다는 것은 흔치 않은 일입니다. 미나토 가나에 선생님의 작품과는 얽힌 추억이 많은데 첫 방한 이벤트에 맞춰『리버스』를 번역할 때는 시한이 촉박해 작가들만 하는 줄 알았던 크런치 모드, 일본에서는 '통조림'이라 불리는 경험도 해보았습니다. 호텔이 아니라 편집부 사무실이었지만…… 밤새 작업하고 일출을 보았던 기억이 새록새록 되살아나네요. 세상에서 가장 아름답고, 가장 아찔한 일출이었습니다. 멋진(?) 경험을 하게 해주신 선생님께 이 자리를 빌려 감사드립니다. 진심이에요.

『고백』을 시작으로 읽고 나면 뒷맛이 찝찝하고 기분이 언짢아지는 '이야미스(싫다, 불쾌하다는 뜻의 일본어 '이야나'와 '미스터리'의 합성어)' 장르의 여왕으로 군림하고 있는 미나토 가나에지만 최근 몇 년 동안은 밝은 작품을 발표했습니다. 그랬던 작가가 다시 원점으로 돌아온 것이 바로 이『인간 표본』입니다.

부모와 자녀 관계에 대한 작가의 시선은 다른 작품에서도 종종 드러나는데, 특히 미나토 가나에가 관심을 보이는 주제는 '아이의 인생을 지배하고 아이에게 해악을 끼치는 부모'를 뜻하는 'Toxic Parents(독성 부모)' 문제입니다. 심리 치유 전문가 수전 포워드가 1989년에 쓴 『독이 되는 부모』(김형섭 외 옮김, 푸른육아, 2023)라는 책에서 처음 등장하는 개념입니다.

『인간 표본』에서는 이치로와 시로, 시로와 이타루, 사와코와 루미, 루미와 안나라는 네 타입의 부모자녀가 등장하는데 1세대 이치로와 사와코는 뛰어난 재능을 가졌지만 자녀들에게 그것을 강요하지는 않습니다. 그렇지만 2세대 시로와 루미는 부모의 재능을 의식하고 그 영향을 받은 분야로 진출하게 됩니다. 이어서 3세대 이타루와 안나에게 운명의 갈림길이 찾아오는데, 긍정적인 관계를 형성한 시로-이타루와 부모의 애정이 결핍된 루미-안나의 관계는 결코 길지 않은 작품 속에 몇 번이나 나오는 반전의 핵심 요소로 작용합니다.

루미는 독성 부모이자 사이코패스지만 '좋은 지도자', '다정한 어머니'의 가면을 쓰고 있습니다. 세상의 많은 '독이 되는 부모'들 역시 그렇게 좋은 길잡이, 좋은 부모를 표방하며 자녀들의 인생을 지배하고 정서적으로 악영향을 끼친다는 것을 깨닫게 하는 대목입니다.

반면 시로는 일견 억울한 피해자로 보이지만 미나토 가

나에는 여기에서도 문제를 제기합니다. 작중에서 시로도 언급하는 것처럼 이타루에게 직접 진상을 물어보았더라면 부모가 자녀를 살해하는 비극은 일어나지 않았을지 모릅니다. 완전하게 믿어주지 못하는 대상을, 사랑해서 살해한다고 정당화하는 것의 모순을 지적하기 위해 미나토 가나에는 마지막 반전을 준비합니다. 이 부분은 현지 인터뷰에서 다음과 같이 언급하고 있습니다.

부모의 자식 살해를 그저 아름다운 이야기로 끝낼 생각은 없었어요. 부모가 자식을 살해했는데 옳은 일이었다거나 어쩔 수 없었다는 건 말도 안 돼요. 절대로 긍정해서는 안 될 일입니다. 아버지를 확실하게 질책하면서 끝내고 싶어 그다음 단계로 넘어가기로 했어요.

인물들의 복잡한 심리와 관계성을 '나비'에 대입한 부분도 뛰어납니다. '나비'가 갖는 아름다우면서도 어쩐지 오싹한 이미지로 작품 전체의 분위기를 형성하고, 독을 가진 나비를 흉내 내는 의태라는 특성을 활용해 거듭되는 반전을 선사합니다. 다만 곤충이나 벌레를 별로 좋아하지 않는 저로서는 작업하는 내내 인터넷을 검색하고 도감을 펼쳐보다 보니 예쁜 날개만 보는 게 아니라 알과 애벌레까지 보게 되어 또 다른 의미로 '이야미스'였습니다. 바로 검색되면 좋을 텐데, 안타깝게도 나비 연구가 생각보다 활발하지 않아 명칭 확인에 애를 먹었습니다.

일본 출판사에서는 『인간 표본』 특설 페이지(kadobun.jp/special/minato-kanae/ningen-hyouhon)를 통해 작품 속에 나오는 나비 사진을 공개하고 있습니다. 나비의 경우 아종도 굉장히 많아서 원서 표기대로 검색해도 몇몇 나비는 특설 페이지에 실린 이미지와 다른 외형의 나비가 검색되기도 하니, 이 작품에 한해서는 일반적인 포털 검색보다는 특설 페이지의 나비 이미지를 참고하시길 바랍니다.

마지막으로 '세소스트리스 사향제비나비'는 사실 '녹색구름 사향제비나비'라는 우리나라 명칭이 있습니다. 다만 이 나비는 학명이나 일본 명칭으로 조사해도 특설 페이지 게재 사진과 동일한 외형적 특성을 가진 나비가 검색되지 않고, 분홍색 반점이 작중 중요한 요소로 사용되는데 우리나라 명칭으로는 색상 이미지에 혼선을 줄 우려가 있어 학명을 살려 옮겼음을 밝혀둡니다.

주요 참고문헌

○ 노지마 사토시, 『인간이 보는 세계, 나비가 보는 세계ヒトの見ている世界 蝶の見ている世界』, 세이슌 출판사, 2012.
○ 야지마 미노루, 『나비와 나방의 신비한 세계チョウとガのふしぎな世界』, 카이세이샤, 2001.
○ 다케우치 고, 『무기가 없는 나비가 싸우는 법: 라이벌이 보이지 않는 세계에서武器を持たないチョウの戦い方: ライバルの見えない世界で』, 교토대학 학술출판회, 2021.
○ 우미노 카즈오, 『세상에서 가장 아름다운 나비 도감: 꽃과 물가를 찾아다니다世界で一番美しい蝶図鑑: 花や水辺を求め飛び回る』, 세이분도 신코샤, 2022.
○ 일본나비보전협회 편, 『일본의 나비日本のチョウ』, 세이분도 신코샤, 2012.
○ 이마모리 미쓰히코, 『두근두근 나비 도감ときめくチョウ図鑑』, 야마토케이코쿠샤, 2014.
○ 이치카와 카즈오, 『알려지지 않은 색각 이상의 진실知られざる色覚異常の真実』, 겐토샤, 2015.
○ TOYOTA LEXUS 홈페이지 https://lexus.jp

그 밖에도 다양한 웹사이트를 참조했습니다.

옮긴이 김선영

다양한 매체에서 전문 번역가로 활동했으며 특히 일본 미스터리 문학에서 왕성한 활동을 하고 있다. 옮긴 책으로는 미나토 가나에 『고백』, 요네자와 호노부 '고전부 시리즈', '소시민 시리즈', 『흑뢰성』, 야마시로 아사코 『엠브리오 기담』, 아리스가와 아리스 『쌍두의 악마』, 야마구치 마사야 『살아 있는 시체의 죽음』, 사사키 조 『경관의 피』, 오구리 무시타로 『흑사관 살인사건』, 히가시노 게이고 『가공범』 등이 있다.

인간 표본

초판 1쇄 발행 2025년 10월 30일
초판 4쇄 발행 2025년 11월 24일

지은이 미나토 가나에
옮긴이 김선영

펴낸이 허정도
편집장 박윤희
디자인 용석재 **마케팅** 신대섭 김수연 배태욱 김하은 이영조 **제작** 조화연
펴낸곳 주식회사 교보문고
등록 제406-2008-000090호(2008년 12월 5일)
주소 경기도 파주시 문발로 249
전화 대표전화 1544-1900 **주문** 02)3156-3665 **팩스** 0502)987-5725

ISBN 979-11-7061-323-7 (03830)

• 책값은 표지에 있습니다.

• 이 책의 내용에 대한 재사용은 저작권자와 교보문고의 서면 동의를 받아야만 가능합니다.
• 잘못된 책은 구입하신 곳에서 바꾸어 드립니다.
• '북다'는 기존 질서에 얽매임 없이 다양하게 변주된 책을 만드는 종합 출판 브랜드입니다.